En miljövänlig bok!
Papperet i denna bok är tillverkat
av helt mekanisk trämassa – utan
tillsats av klor och kemisk massa
eller andra miljöfarliga ämnen.

Musselstranden

Marie Hermanson

MånPocket

Omslag av Helena Modéer
Omslagsfoto © Tony Stone Images

www.manpocket.com

Denna MånPocket är utgiven enligt överenskommelse med Albert Bonniers Förlag AB, Stockholm

Tryckt i Danmark hos Nørhaven a/s 2000

ISBN 91-7643-497-4

Kristina

Det är en grå värld hon färdas i. Solen har ännu inte gått upp. Hon älskar denna värld som saknar både ljus och mörker, en värld utan skuggor, utan färger. Ingenting är riktigt synligt och inget riktigt dolt, allt är aningar, förväxlingar.

Nattens ljud har tystnat – den prasslande vinden, råbockens hesa skall, frasandet från nattfjärilarnas vingar – och de andra ljuden, dagens ljud, har ännu inte vaknat. Snart kommer de. Allra först morgonbrisen i trädens kronor, så sjöfåglarnas skrik, småfåglarnas kvitter och till slut också människornas kakofoniska kör av röster, motorer och musik.

Men än så länge är det tyst. Världen vilar sig mellan sina båda skift, och i denna vilande värld färdas hon över ett hav, vindlöst och stilla som en grottsjö. Kajaken smyger längs den välbekanta kusten, följer bergens branta sidor, vikarnas lummiga stränder, slickar dem som en smal och smidig tunga.

Nu öppnar sig vattnet, en bred väg löper mellan öarna ut mot horisonten. På utsidan av dessa skyddande öar, långt ute i det öppna havet, skymtar några små skär. Hon lämnar kusten och sticker iväg mellan öarna, ut mot skären.

Det måste vara lugnt om hon ska klara det. Det händer att det är helt vindstilla vid land och att hon inte upptäcker de höga vågorna förrän hon är ute på öppet vatten. Då måste hon vända hem igen.

Men idag är det ingen fara. Havet verkar omöjligt att färdas i, så kompakt och stilla förefaller det henne, och hon förvånas nästan när kajaken skär igenom dess yta.

Andning och paddel följer samma rytm, armmusklerna sväller av styrka och vilja. Hon är en sjöjungfru. Bara överkroppen är mänsklig. Underkroppen färdas under henne, passivt glidande, dold i den mörka sittbrunnen. Den tillhör havet.

Långt innan hon är framme ser fåglarna henne. De lyfter i ett skrikande moln över skären. Deras vita fjädrar lyser som av eget ljus i den grå luften. De möter henne, omringar henne, och hon glider in i skriken och de virvlande kropparna.

Ulrika

Det fanns ingen grind. Tomten var fortfarande lika öppen och lättillgänglig. Och ändå drog jag mig för att gå in. Jag stod stilla och tvekade.

Det var inte sant att den var lättillgänglig. Där fanns en integritet. Fastän jag varit som barn i huset kände jag fortfarande samma gamla osäkerhet. Samma längtan efter att höra dit, samma tvivel på att jag faktiskt gjorde det.

Allt var sig likt. Den bergiga tomten med sina ekar hade samma magiska verkan på mig som när jag första gången inträdde här som barn. Bergig, vild, otuktad. Trapetsen, repstegen, gungan och lianrepen var naturligtvis borta, liksom kojan och sjörövarskeppet, men stämningen av äventyr fanns kvar.

Jag visste inte vem som ägde huset nu. Kanske var det fortfarande i familjen Gattmans ägo.

Långsamt gick jag uppför trappstegen av trästockar mot det bruna huset. Det var i slutet av september och jag trodde inte att någon skulle vara här så pass sent. Ingen bil fanns parkerad och det fick mig att känna mig ännu säkrare.

Jag gick runt huset och upp på verandan. Havet var intensivt blått, så som det bara är på våren och hösten. Som om det var tjockt bläck som flöt där nere.

Jag ställde mig på tå och kikade in genom fönstret.

Ett ögonblick befann jag mig i en absurd dröm. Det var mitt eget hem jag tittade in i! De vinkelställda sofforna med sitt bredrandiga, blåvita tyg, tavlan med skeppet ovanför. Det runda, förlängningsbara matsalsbordet med sina lustiga gångjärn och stolarna med krumma ben och rundade ryggar. Jugendlampan i sina kedjor ovanför. Sjömanskistan. Den vita gungstolen med sin orientaliska dyna och den lilla nackkudden med tofsar. Vägghyllan som löper högt upp runt hela rummet, full med diverse småsaker.

Alltsammans var så oerhört likt mitt eget vardagsrum. När chocken lagt sig såg jag ju skillnaderna, men det var ändå märkligt. Om någon bett mig beskriva det här rummet hos Gattmans så hade jag inte kunnat göra det. Köket kom jag mycket väl ihåg och Anne-Maries vindsrum naturligtvis, men det här rummet mindes jag bara diffust, försjunket i en gulaktig halvdager innanför nerdragna rullgardiner.

Mitt vardagsrum har vuxit fram successivt genom åren och jag har aldrig tänkt på att jag haft någon förebild för det. Men jag måste ha bevarat det här rummet med alla sina detaljer i mitt minne och undermedvetet möblerat mitt eget hem likadant. Och jag som trodde jag hittat på allt själv. Jag var stolt över min blandning av gammalt och nytt, över att jag inte hade någon speciell stil som kunde placera in mig i ett fack. Idén med den långa vägghyllan var jag särskilt förtjust över.

Bakom mig hörde jag pojkarnas springande steg över verandan.

”Kom får ni se”, sade jag och lyfte upp dem en och en för att de skulle kunna se in.

”Sätt inga händer på rutan. Ser ni?”

De nickade ointresserat och rusade därifrån. De hade inte märkt likheten med deras eget hem. Kanske ser inte pojkar sådant.

Jag fortsatte att stirra in genom glasrutan. Ingenting tycktes ha ändrats där inne på tjugofyra år. Det var som att se rakt in i det förflutna.

Jag gick fram till verandadörren och kikade in i köket. Skåpdörrarna var fortfarande blå, men det var inte den blå färg jag mindes. De hade målats om i en ny nyans. Krukorna med rosengeranium var borta. Annars var allt sig likt.

Pojkarna lät plötsligt väldigt högljudda och jag blev orolig för att de kanske skulle förstöra något. Jag gick ner från verandan och rundade huset. Jonatan hade hämtat sitt spinnspö som han ställt ifrån sig vid en av ekarna.

”Vi skulle ju gå och fiska”, klagade han otåligt.

”Okey”, sade jag. ”Vi ska gå och fiska. Jag vet ett bra ställe.”

Jag tänkte på Musselstranden, tänkte på de jättelika torskar Jens brukade dra upp där och på de sällsynta, skimrande gånger som en laxöring sprattlade på kroken. En sådan upplevelse önskade jag Jonatan.

Vi gick ner till vägen, följde den ett hundratal meter medan jag funderade på var vi skulle vika av. Förr i tiden sneddade man över en äng, men det fanns knappt några ängar kvar längre. Ingen ville ha höet. Inga kor eller hästar betade. Landskapet var oigenkännligt. De områden som inte var bebyggda var igenväxta av slyskog eller nyponsnår. Det var trångt, mörkt. Som ett övermöblerat rum hos en gammal människa. Barndomens fria lekytor var borta.

Till slut fann jag stället och vi trängde oss in i vegetationen. Gång på gång fick vi stanna och lirka loss Jonatans drag som fastnat i grenarna. Jag hakade av det från linan och Jonatan lade det i en ask tillsammans med de andra dragen.

Jag fann stengärdsgården som man skulle passera. Jag följde den för att hitta det nedrasade stället där man kunde ta sig igenom. Det fanns flera raserade ställen. I själva verket var större delen av gärdsgården raserad. Vi klev över någonstans på måfå och så var skogen slut och vi var ute bland de ljungklädda bergen.

Vi hade hamnat lite för långt åt väster såg jag. Men nu när jag hade fri sikt visste jag precis var jag var. Bergen var sig lika. Här ute hade ingenting ändrats. Det blåste friskt.

Jag återupplevde den underbara fysiska känslan att ta sig fram i berg på gummiskoklädda fötter. Beräkningen av avståndet inför ett hopp. Känslan av att landa precis som man tänkt, hur sulan liksom klibbar fast vid berget och är hård nog att ta emot stöten och mjuk nog att låta foten känna strukturen i underlaget. Ögonen som spanar runt omkring. Hjärnan som hela tiden tänker ut bästa vägen att ta sig fram, hela tiden val och beslut. Kroppen som lyder så perfekt, klättrar, hoppar, böjer sig, sträcker ut sig.

Det här var naturligtvis självklarheter för mina söner. De leker i bergen dagligen hemma. De var långt före mig och jag såg deras röda kepsar avteckna sig mot himlen när de då och då stannade på en höjd och vände sig mot mig, så att jag kunde visa dem vägen med en semaforerande armrörelse.

Det var inte längesedan det var jag som väntade på dem. Som ensam tog mig ner för en brant bergknalle och sedan vände mig om och tog dem i min famn, en efter en, och lyfte dem över det svåra.

Det här är ett landskap format av inlandsisen. Bergen är genomskurna av smala sprickdalar och klyftor, ibland grunda, ibland bråddjupa, och det är svårt att avgöra vilket förrän man är alldeles vid kanten. Klyftans växtlighet, som man nyss tagit för späda, halvmeterhöga småekar, visar sig vara topparna av höga träd, som har sin rot tio eller tjugo meter längre ner, och det är i sista sekunden som man hejdar sig från det jättesprång man planerat.

Sådana klyftor kan rymma helt olika naturtyper, var och en en liten värld för sig. I de flesta växer småekar. Men där kan också finnas en liten mosse, med tuvor av starrgräs, martallar och ängsull. Andra klyftor kan rymma en minimal Bruno Liljeforsvärld med dunkel granskog, ett förhistoriskt landskap med ormbunkar eller en kompakt massa av sammantrasslade enbuskar. Var och en av dessa världar verkar ha fallit rätt ner från himlen, för att sedan, nersjunken i berget, utveckla och förfina sin originalitet i total isolering från omgivningen.

Det är via en sådan klyfta man når Musselstranden, den enda möjliga vägen om man kommer från land. Jag spanade ut över bergslandskapet för att finna dess tak av blandad grönska. Men vi var ännu för långt väster ut.

Då mindes jag plötsligt en annan av dessa klyftvärldar. En värld med skirt grönt gräs och tallar. Anne-Marie och jag grävde ner en skatt där en gång. Det var en teburk av plåt som vi stoppat grejer i.

Plötsligt kände jag att jag oerhört gärna ville hitta den där skatten. Jag skyndade ikapp pojkarna och meddelade dem mina nya planer.

”Vi ska leta efter en skatt”, sade jag.

De verkade lite misstrogna, men hjälpte mig att leta.

”Det ska vara tallar”, sade jag. ”Tallar och grönt gräs. Och ett körsbärsträd.”

”Hur ser tall ut nu igen?” frågade Max.

Egentligen visste jag inte alls var den här klyftan låg. Tallar, grönt gräs och ett vildkörsbärsträd var allt jag mindes. Jag insåg strax att det var omöjligt. Jag avblåste skattjakten och vi fortsatte österut mot Musselstranden. Den klyftan går inte att missa. Det är bara att följa kustlinjen så stöter man på den. Men inte för nära havet, för klipporna stupar nästan lodrätt ner i vattnet och jag höll pojkarna under noggrann uppsikt.

Så fann vi det rätta stället och i hukställning hasade vi på skosulorna nerför berget och damp ner i den frasande mattan av torra fjolårslöv. En uttorkad bäckfåra. Ek, rönn och fläder. Åldrade alar med uppsprucken bark och grå lav. Kaprifolrankor, tvinnade runt trädstammarna med sådan styrka att de gjort djupa märken i barken.

Max gav upp ett tjut för att Jonatan råkade smätta en gren i ansiktet på honom. Jag tröstade, men han vred sig undan.

”Det finns väl inget hav här heller”, fräste han och betraktade mig med sina stora sexårsögon. Skeptisk, misstänksam, nästan rädd. Hade hans mamma blivit tokig? Hon kikade in genom andras fönster. Hon lurade honom att leta efter en skatt som inte fanns. Hon sade att de skulle till havet och fiska, samtidigt som hon förde honom djupare och djupare in i en urskog av ondskefullt snärjande, piskande grenar.

”Vi är strax där”, sade jag och satte på honom kepsen som han tappat när grenen slog honom. Jag satte den bakfram som han vill ha den, men det var ändå fel, för han tog den genast av sig och satte med en suck på sig den igen.

”Okey”, sade han samlat. ”Ska vi inte gå någon gång?”

Vi kom till den täta muren av enar och slånbuskar. När man står där tror man sig vara miltals från havet, fången i en djup skog. Och ändå är det bara denna mur, ogenomtränglig, utan ljusglipor, som skiljer en från stranden och havet. Man känner saltdoften, hör vågskvalpet, hör också vinden, fastän man står i en värld som är fullkomligt vindstilla.

Förr kunde man ta sig igenom alldeles vid den vänstra bergväggen. Jag fann att det fortfarande var möjligt. Vi tryckte oss mot bergväggen, förde de barriga grenarna åt sidan och slank ut i det bländande ljuset.

Pojkarna rusade över den lilla stranden med drivorna av musselskal krasande under fötterna. Vattnet var kristallklart. Sandbottnen lyste som små vita öar mellan musselkolonierna. Som barn kom jag ofta hit med syskonen Gattman för att plocka stora, välmatade blåmusslor, som vi tillagade direkt på stranden i en havsvattenfylld plåtburk över öppen eld.

Jonatan ville genast fiska och jag visade honom det stora kubformade stenblocket vid strandens bortre del där vattnet är djupt.

Det är en märklig botten här. Från stranden sträcker sig ett solfjäderformat område med grunt vatten. Utanför det sluttar botten mycket plötsligt, så att en badande vid ena steget har vattenytan i knähöjd och i nästa steg vid bröstet. Ett barn bottnar inte alls efter höjdskillnaden. Det är en livsfarlig badplats för en icke simkunnig. I min forskning har jag stött på flera sägner från den här trakten som berättar om ett ondskefullt, kvinnligt havsväsen som bor i en vik och drar ner folk under vattenytan. Det skulle kunna vara den här viken. Man kan föreställa sig att någon vadar ut för att plocka musslor och plötsligt hamnar i det djupa området och drunknar. För en åskådare på stranden måste olyckan ha tett sig oförklarlig.

Jag har inga kunskaper i geologi, men jag tror att den plötsliga nivåskillnaden har att göra med de jättelika stenblock som ligger travade utefter bergssidan för att sedan välla ut över stranden och vattnet. Ett verk av inlandsisen. Jag gissar att det under strandens och det grunda områdets snäckskalssand vilar stora nedrasade klippblock som fyller upp viken, och att det plötsliga djupet inträffar vid randen av dessa block.

Pojkarna klättrade omkring på stenblocken. Jag ropade åt dem att ta det försiktigt. Man har en stark känsla av att dessa stenblock när som helst ska börja rulla igen. Egentligen är det märkligt att de kan ligga som de gör i den branta lutningen. Som om en trollformel frusit detta ras mitt i sin rörelse. Naturligtvis ligger alltsammans mycket stadigt efter tusentals år. Men blocken är ojämna, det är lätt att trampa fel och de mörka mellanrummen skulle ledigt kunna sluka en barnkropp.

Mina varningar rann av dem som vatten. De sprang som om de var hemma på köksgolvet och jag andades ut när de äntligen tog sig ner till det kubformade blocket som jag anvisat dem som fiskeplats.

Jonatan hakade på draget, kastade och vevade in. Han fick sitt spö förra sommaren. Han har aldrig fått napp, fastän jag brukar be till Gud att han äntligen ska få en fisk.

Max sparkade i musselskalen på stranden, stampade på dem och krossade dem. Hans beteende gav mig kluvna känslor. Jag förstod hans förtjusning i det krasande ljudet och samtidigt blev jag obehagligt berörd av hans destruktivitet. De där vackra, matta, blåvita skalen! Jag funderade på om jag skulle servera ytterligare en av mina otaliga förmaningar eller vända bort blicken. Jag valde det senare och märkte att Jonatan satt draget i botten. Jag tog mig upp till honom och efter långvarigt lirkande och ryckande hit och dit var jag tvungen att skära av linan och sätta på ett nytt drag.

När jag kom ner på stranden igen var Max borta. Det var inga stora ytor att röra sig på. Uppe bland klippblocken var han inte. Han skulle aldrig gå ut i vattnet vid den här tiden eller skulle han det? Inte utan att jag märkte det. Jag ropade hans namn utan att få svar.

”Har du sett Max?” frågade jag Jonatan.

”Jag såg honom nyss”, sade han. ”Där.” Han pekade på klippblocken. Jag ropade igen.

När jag för femte eller sjätte gången ropade hans namn uppenbarade sig plötsligt en röd keps på en otillgänglig plats högt upp i klippraset. Det var en förändring av min röst, en gäll ton av panik, som fått honom att ge sig till känna.

Synen av hans strålande ansikte gjorde mig så het av glädje att jag inte reagerade för det omöjliga ställe han befann sig på, högst upp bland de allra översta stenblocken.

”Där är du ju!” skrek jag, yr av moderskärlek.

”Hur kom du dit?” ropade Jonatan som tänkte klarare.

Max bara skrattade.

Och så försvann han igen, uppslukad av jättestenarna. När hans uppdykande dröjde återvände min oro.

Jonatan hade lämnat spinnspöt och var på väg upp till den plats där Max nyligen synts till. Han fick strax ge upp. Nivåskillnaderna mellan blocken var för stora för att han skulle kunna klättra ända upp. Men om inte Jonatan som var nio år klarade det, hur hade då hans sexårige lillebror klarat det?

”Max!” skrek jag. ”Sluta leka och kom fram! Det är farligt att vara bland de där klippblocken! Max!”

I nästa ögonblick hörde jag ett skratt alldeles intill mig. Där satt han bland musselskalen vid mina fötter och skrattade så att han tjöt och kastade nävar med sand omkring sig. Själv bara glodde jag. Hans uppdykande var snudd på övernaturligt.

”Hur kom du hit?” frågade jag.

Jonatan, som har erfarenhet av ett flertal äventyrsfilmer och dataspel, hade situationen klar för sig.

”Du har hittat en grotta! En grottgång från stranden upp i bergen. Vänta så kommer jag.”

”Här finns ingen grotta”, sade jag.

För det här var min barndoms lekplats. Jag kände den som min egen ficka.

Och det var inte bara en lekplats. Det var en mycket speciell plats även av andra orsaker. Det var här, vid Musselstranden, som vi fann Maja, Anne-Maries lillasyster, som försvann sommaren 1972. Efter hennes försvinnande gick vi aldrig hit mera, men innan dess hade vi varit här så ofta att jag tyckte mig känna varenda sten, varenda klyfta, varenda färgskiftning i berglaven.

Max klättrade upp på det närmsta klippblocket och vidare ner i ett smalt mellanrum. Jonatan såg efter honom och följde strax efter.

”Kom får du se, mamma”, ropade han där nerifrån. ”Det är en lång gång här under. Man kan krypa uppför berget. Under stenarna. Man kan titta upp. Jag ser himlen. Det är jättekul.”

Jag hörde deras röster inifrån stenraset och försökte hålla mig lugn. Återigen måste jag intala mig att klippblocken var stadigt fastkilade. Hade de legat stilla i tusentals år skulle de väl hålla sig stilla den lilla stund det tog för mina söner att ta sig fram där nere. Ändå var det en skrämmande tanke att de hade dessa stenmassor över sig, och jag andades ut när jag såg dem klättra upp ur en öppning och vinka till mig från den höga, otillgängliga plats där Max tidigare visat sig.

Flera gånger kröp pojkarna fram och tillbaka i gången. Själv lade jag mig på mage på klippblocket vid stranden och tittade ner i den breda spricka som utgjorde gångens öppning. Jag såg musselskal, en tovig måsfjäder och sand. Och ett mörkt utrymme under det intilliggande blocket. Att klättra ner och krypa in skulle jag aldrig ha drömt om. Jag har fobi för trånga utrymmen.

Jonatans beteckning var fel, det var ingen grotta. Det var helt enkelt ett utrymme under stenblocken, som bildats tack vare de mindre stenarna som bar upp blocken.

Och varför hade inte Anne-Marie och jag under våra otaliga besök på stranden funnit denna märkvärdighet som mina pojkar funnit efter en kvart?

Därför att ingen av oss hade kommit på tanken att hoppa ner i en sådan där spricka. Vi var kanske inte tillräckligt modiga eller tillräckligt intresserade eller tillräckligt dumma för att utsätta oss för sådana faror.

Det är ändå märkligt så mycket barnen upptäcker åt en. Ofta tror jag att de lär mig mer än jag lär dem.

I nästa ögonblick blev det ett förfärligt liv på pojkarna där nere. Jag hörde deras röster genom öppningarna.

”Mamma! Vi har hittat en grottmänniska! Ett skelett!”

”Det är nog ett djur”, sade jag. ”En mink kanske. Det finns gott om minkar här.”

”Titta här då!” hördes Jonatans röst, längre bortifrån nu.

Jag tittade uppåt klippblocken och återigen stack ett huvud upp på den omöjliga platsen.

Men den här gången var det inget blont pojkhuvud med röd keps som skrattade mot mig mellan jätteblocken. Det var ett brungult människokranium med tomma ögonhålor.

Polisernas bil var ny och körde mjukt och tyst. Jag satt i framsätet.

"Och vad sysslar du med?" frågade han som satt i baksätet.

Vi hade en bra bit att åka från polisstationen till Tångevik och vi måste tala om något under tiden. Vi åkte i en vanlig bil, ingen polisbil. Poliserna bar lediga fritidskläder och talade bohuslänska.

"Jag är forskningsassistent. På etnologiska institutionen", sade jag.

"Och vad forskar du om då?"

"Om bergtagningsmyten. Ni vet, förr skickade man ju ut unga flickor i ödemarken för att valla korna. Och så försvann de av någon anledning och då sade man att trollen tagit dem och höll dem fångna i berget. Eller när någon fick en psykos och personligheten förändrades, då trodde man att den här personen varit bergtagen och att psykosen var en form av förtrollning."

Jag talade snabbt och ivrigt. Om jag inte vet vad jag ska tala med främmande människor om, så brukar jag alltid tala om min forskning. De flesta blir intresserade. Jag har berättat för medpassagerare på tåg, bordsgrannar på fester, barnens kamrater. Bergtagning går alltid hem.

"Den där myten är spridd över stora delar av världen", fortsatte jag. "Men den ser lite olika ut på olika platser. I Sverige och Norge är det bergen som folk försvinner i. I England är det kullar. Och älvor istället för troll. "

"Men ingen tror väl på det där nu för tiden?" sade polisen som körde.

"Nej, men det finns människor som kan berätta hur de blivit kidnappade av utomjordingar och tagits ombord på rymdskepp.

Det är en modern form av samma myt. Mönstret är detsamma. De blir utnyttjade av de där främmande varelserna, utsätts för medicinska experiment och liknande. Sexuella inslag förekommer. De kan få något i gengäld, men något väsentligt tas ifrån dem. Deras själ, deras personlighet. Varelserna är varken onda eller goda, men känslolösa, de ser människor som ting. Efter händelsen har offret förändrats. Minnesförlust är vanligt. Via drömmar, hypnos eller terapi kan man erinra sig vad man varit med om. I USA finns terapeuter som specialiserat sig på att behandla sådana ombordtagningsoffer. Kritikerna menar att det är terapeuterna som planterar minnena hos offren också."

"Ja, herregud, så många stollar det finns", stönade polisen i baksätet.

"Ni tror dem inte?" sade jag provocerande.

De som inte blir fascinerade av bergtagningsmyten brukar bli förbannade. Det finns folk som avskyr irrationella förklaringar.

"Vad tror du själv?" frågade han som körde.

Jag svarade som jag brukar:

"Jag tror ingenting. Jag studerar myten. Det är mitt jobb."

"Jag önskar vi kunde göra det", sade den körande polisen stillsamt. "Tänk, om vi skulle börja med det, Jan-Erik? När busarna drar sina valser, så slår vi oss ner och studerar dem?"

Polisen i baksätet skrattade och de fortsatte prata med varandra medan jag i tankarna spann vidare på hans idé. "Lögnen i polisförhöret." Så otroligt många lögner det måste finnas i deras arkiv. En sådan guldgruva av dikt, påhitt, olika uttryck för människors kreativitet. Hur ljuger man? Man vill framstå som oskyldig förstås, men vilken metod väljer man? Förringar man sig själv eller hävdar man sig? Broderar man ut små, trovärdiga detaljer eller är man tvärtom så kortfattad och allmän som möjligt för att slippa snärja in sig? Finns det historier som kommer tillbaka, standardlögner som polisen känner igen? Lånar man dessa standardlögner av varandra eller uppstår de spontant?

Vi nådde Tångevik och poliserna parkerade vid vägkanten.

Flera gånger under vandringen till Musselstranden sade de: ”Är detta verkligen enda vägen?”

”Man kan komma med båt också. Men detta är enda landvägen.”

När vi hasade utför bergsbranten ner i den djungelliknande skogsdungen i klyftan sade de det igen. ”Är detta verkligen rätt väg?” Och de gav mig samma misstrogna blickar som pojkarna gett mig och jag läste deras tankar: ”Troll och utomjordingar och skelett. Jo, jo man träffar på alla slags människor i det här yrket.”

På stranden var det blåsigare nu än förra gången jag var här. Jag stod och småfrös medan den ene polisen kröp in under stenblocken. Det var han som varit chaufför. Han var yngst och verkade mest vältränad. Den andre stod kvar och trampade otåligt i musselskalen.

”Vi har inte rört något. Min son lade tillbaka skallen precis som den låg”, sade jag.

Jag hade kommit ihåg den där Ismannen som de hittade i Alperna och som de behandlade så oförsiktigt och Jonatan hade fått stränga tillsägelser att inte röra något mera.

Polisen nickade tigande. Den yngre var redan på väg tillbaka i gången. Man kunde höra honom svära när han slog huvudet i stentaket. Så dök han upp bakom nedersta stenblocket, kravlade sig över det och ner till oss på stranden. Han snörvlade lite efter ansträngningen.

”Jo”, sade han till sin kollega. ”Hon hade rätt. Det finns något där.”

Sedan vände han sig till mig, pekade uppåt stenraset och sade:

”Den där tror jag på. Han blev bergtagen, han.”

”Ska ni inte ta det med er?” frågade jag.

Den yngste skakade på huvudet.

”Det tar vi nästa gång. Men då kommer vi med båt.”

I tvåfamiljsvillans stora trädgård stod Åse på en stege och plockade äpplen, klädd i stickad tröja och med en rödmönstrad scarf knuten som pannband. Nedanför låg två högar med äpplen, en med felfria exemplar, en med maskangripna. Hedda, Åses och Anders tvååriga dotter, stod vid stegens fot och tog emot äpplen som Åse räckte henne och lade dem med stort allvar i rätt hög. De samtalade lågmält och småtrevligt med varandra. I trädgårdslandet prunkade astrarna i gult och rostrött tillsammans med rader av någon sorts krusbladiga kålhuvuden.

När Anders och jag var gifta betraktade vi villa som en oöverkomlig lyx. Eller det var väl jag som tänkte så. Blotta tanken på att vara skyldig en miljon får mig att rysa. Fast jag vet ju att det är fel sätt att se det. Åses och Anders gemensamma inkomst kan inte vara högre än vår var. Ändå bor de här i en sagolik trädgård och en gammaldags villa – åtminstone en halv. Medan vi trängdes i den där lilla lägenheten i Majorna. Jag och pojkarna bor kvar där fortfarande.

Pojkarna rusade fram till Hedda och började lyfta henne och busa och skoja. De är oerhört förtjusta i sin halvsyster.

”Hej”, sade jag och ställde ner sportbagen med pojkarnas grejer på marken. ”Jag gissade att det var här ni var. Jag ringde på dörren, men ingen öppnade.”

”Anders är och tränar. Han kommer när som helst”, sade Åse och klättrade ner. ”Vi tyckte det var bäst att ta vara på frukten innan frosten kommer. Det blir mycket i år. Vi vet knappt var vi ska göra av allt. Vi får väl koka mos på de där.” Hon pekade på den sekunda högen.

Vilka ”vi”? tänkte jag. Inte skulle hon inbilla mig att Anders bekymrade sig om äppleskörden.

Och just då hörde vi bilen som backade in på garageinfarten och så dök han upp bland fruktträden. Han hade blivit muskulös sedan han började gå på gym för ett år sedan. Den långa hästsvansen han har numera var fortfarande våt efter duschen. Han stannade och lade in snus under överläppen med den där välbekanta gesten. För ett mycket kort ögonblick stack det till i mig av kärlek, längtan, svartsjuka. Var det fel att skilja sig? Hade jag missat någonting hos honom, någon kvalitet som Åse såg men inte jag? Den där läckra, muskulösa hästsvansmannen kunde varit min fortfarande, borde varit min, var på sätt och vis alltid min.

Men så kom han närmare, hejade, började prata och känslan försvann genast. Det var bara gamla vanliga Anders. Nej, jag ångrade ingenting.

Han började spela badminton med Jonatan, sköt stenhårda bollar som var omöjliga för honom att ta. När Jonatan surade greppade han istället tag i Max, vände honom upp och ner och höll honom i fötterna. För hårdhänt, för häftigt som vanligt. En gång kräktes Max när han gjorde så där, en annan gång slog Jonatan huvudet i golvet. Det hade de glömt nu, både pojkarna och Anders. Jonatan ville också bli lyft i fötterna. Pojkarna pendlade mellan gråt och skratt. De älskar honom intensivt, detta stora, drumliga barn som är deras far.

”Okey. Då kilar jag. Badbyxorna ligger i väskan om ni går till simhallen. Ha det så bra, pojkar. Vi ses på måndag.”

Jag pussade adjö, gick genom trädgården ut på gatan och körde in mot stan igen. Solen stod lågt, träden dignade av frukt. Det var fortfarande milt ute, mer sommar än höst. Efter långvarigt sökande hittade jag en parkeringsplats två kvarter från huset där jag bor. Jag gick upp för trapporna och låste upp dörren till den tomma lägenheten. Min egen helg hade börjat.

Vi har ordnat det så att pojkarna är hos Anders från fredag eftermiddag till måndag morgon var tredje vecka.

Direkt efter skilsmässan längtade jag efter dessa alldeles egna helger. Som gift hade jag trott att ett stort härligt frihetsland väntade på mig utanför äktenskapet. Mitt äktenskap var tråkigt. Anders och jag var som bror och syster för varandra. Vi upprätthöll vår sexuella relation, men talade om den i hurtig ton: ”Nu är det dags för de äktenskapliga plikterna.” Usch, vad tråkigt det var. Jag blev ofta förälskad i andra män och njöt av oskyldiga flirter med arbetskamrater och män jag träffade på kurser och fester. Fan också att man gift, tänkte jag. För otrohet kunde jag inte tänka mig. Anders skulle märkt det på mig direkt. Jag är fruktansvärt dålig på att ljuga, särskilt för honom. Svartsjuk skulle han nog inte ha blivit, men med sin barnsliga rättvisefilosofi skulle han ha sagt: ”Då ska minsann jag också.” Och det hade jag inte stått ut med. Men att vara skild var någonting annat.

Den första tiden njöt jag intensivt av mina ensamma helger. Tog långa bad med sidenglansiga badkulor i vattnet och ljuskandelaber på tvättställskanten. Köpte massor av kläder och gick på lokal med väninnor. Jag var äntligen redo att kliva in i den värld av tygellösa passioner som jag trott väntat utanför äktenskapets hank och stör. Och upptäckte att den inte existerade. Jag insåg att flirterna var just flirter och inget mer, och att de män som lockat mig när jag var gift var lika gifta som jag själv varit då, och hade lika liten lust att vara otrogna som jag haft den gången. Nu blev jag inte kär i någon. Med undantag av två tillfälliga trista och pinsamma historier som inträffade de första månaderna efter skilsmässan (den ena med en arbetskamrat och den andra med en främmande man på Danmarksbåten) har jag levt helt utan män. I början betraktade jag det som en paus, men så småningom insåg jag att det kanske skulle vara så här livet ut och till min egen förvåning upptäckte jag att jag inte skulle ha så mycket emot det.

Passionerna lyste alltså med sin frånvaro. Det positiva med skilsmässan var något annat, något betydligt mer trivialt, men väsentligare än jag trott. Att slippa städa upp efter Anders, att slippa övertala, tjata, lirka, kompromissa. Jag förstod hur mycket tid och energi detta tagit från mig. Allt detta onödiga tjafs – inte gräl, men tjafs – till långt fram på natten så att man var dödstrött nästa dag.

När vi inte tjafsade tittade vi på TV. Det slutade jag med helt när Anders flyttat. När pojkarna har lagt sig sitter jag och läser eller går omkring och småpysslar medan jag lyssnar på radion. Jag har ändrat matvanor också. Jag upptäckte att jag egentligen aldrig tyckt om kalops eller köttbullar, men tycker bra om vegetarisk och orientalisk mat.

En kort tid upplevde jag också en berusande känsla av fysisk rymd. Jag njöt av de luftiga ytorna som hans skrivbord, bokhyllor och fula ärvda soffgrupp efterlämnade. Snabbare än jag trott fylldes de upp igen.

Förvåning. Det var Anders reaktion när jag föreslog skilsmässa. Så farligt var det väl inte, tyckte han. Men om jag absolut ville så. Det jobbigaste var att han måste skaffa sig en ny lägenhet. Han mindes hur krångligt det varit för oss att få den vi hade och som jag nu ville behålla, eftersom pojkarna skulle bo med mig. Men han hade tur. Han fick mycket snabbt en ny lägenhet i kvarteret bredvid och nästan lika snabbt en ny kvinna. Han bara vände sig om och så stod hon där. Precis så beskrev han det för mig. ”Jag bara vände mig om och så stod hon där.”

Det var på hans arbetsplats, Etnografiska museet. Han stod i museibutiken och ordnade med något. Och så vände han sig om och där stod hon och satte upp vykort med indianmasker i ett ställ. Hon var deras nya beredskapsarbetare, trettiotvå år, friskt och sunt utseende, norsk brytning, kort brunt hår, indianskt fjädersmycke i ena örat. Kvinnorummet i hans liv var tomt och så vänder han sig om och där står en kvinna och så är rummet fyllt igen. (Jag minns nu att han befann sig i en liknande situation när han och jag träffades på Falköpings station. Han var på hemväg från en flicka som han just gjort slut med. Han hade bara varit singel några få timmar när jag dök upp.)

Åse har berättat sitt utgångsläge för mig. Hon hade av en astrolog fått veta att hon innan året var slut skulle träffa mannen i sitt liv, vilket gladde henne mycket. Efter en fri och kringflackande tillvaro längtade hon efter att rota sig och skaffa barn. Den dag hon satte upp vykort med indianmasker på sin nya arbetsplats var det den 19 december och således inte långt kvar av året, och Åse betraktade varje manlig varelse med spänd förväntan. Så fort hon kom in i lokalen hade hon alltså lagt märke till mannen i svart skinnväst som stod böjd och grejade med något i en låda innanför disken. Hon iakttog honom hela tiden i ögonvrån och när han reste sig och lite irriterat vände sig om mötte hon hans blick.

Anders har berättat att han genast kände att något var annorlunda. (Jag antar att hennes förväntan gav henne vidgade pupiller och rodnande kinder, naturens signaler för parningslek.) Han hade tänkt fråga om det där han letat efter i diskens låda, men plötsligt hade han glömt vad det var. Han uppfattade hennes norska, vackra brytning och att hon skulle arbeta där. Han tog handen som hon sträckte mot honom och i samma ögonblick hörde han det svaga, men tydliga ljud som kung Carl XVI Gustaf beskrivit som "klick", en beskrivning som Anders tidigare flinat åt, men som han nu upplevde som kusligt träffande. "Just så", sade han, när han berättade alltsammans vid mitt köksbord, "just så var det. Klick bara. Jag kunde faktiskt höra det."

Som två legobitar som fogas samman. En pusselbit som pressas ner på sin plats. En tryckknapp som trycks i en annan. Ett ljud av fullbordan. Klick.

Den märkliga känslan av tomhet var borta. Han hade en kvinna igen. Hon ville sätta bo med honom, köpa hus, skaffa barn. Och inte honom emot. Det var naturens ordning.

Jag tog en dusch. Baden slutade jag med ganska snart, det är så jobbigt att göra rent badkaret. Iklädd min frottémorgonrock satte jag mig i soffan med en kopp te och ett äpple från Anders och Åses trädgård och bläddrade igenom mina papper. Jag skulle hålla föredrag på Stadsbiblioteket på kvällen och jag funderade lite på vilka bergtagningshistorier jag skulle ta. "Klösmärkena på fönsterbrädan" brukar jag ta när det är kvinnor som lyssnar och det är det alltid vid sådana här tillfällen. "Gruvarbetaren" tar jag om jag ser några män i publiken.

Jag förflyttade mig till datorn och kollade upp några saker. Jag har sex olika filer där jag samlar uppgifter: "Vem bergtas?", "Vem bergtar?", "Bortrövandet", "Tiden i berget", "Befrielsen" och "Efteråt". Sedan skrev jag ner mitt föredrag i form av nyckelord, startade skrivaren och öppnade garderobsdörren.

Till vardags går jag gärna i långa kjolar från Indiska och mönsterstickade tröjor, men i sådana här sammanhang undviker jag nogsamt kläder med folkloristisk anstrykning. Medan skrivaren spottade ut mitt föredrag provade jag en dräkt i en svårbestämbar nyans mellan brunt och grönt, som expediten av någon märklig anledning kallat "mullvad", och bytte strax därpå till svarta byxor, röd polo och en tunn, svart läderjacka. Sedan föntorkade jag håret och satte upp det i en lös knut, som var avsedd att ge ett både professionellt och kvinnligt intryck. Jag packade min portfölj, målade läpparna, tog på mig kappan och mina vristhöga boots och gick.

”Myter som innebär att en människa bortförs av ett övernaturligt väsen och sedan hålls fången på en otillgänglig plats förekommer lite varstans i världen.

Grekiskan har ett uttryck, nymfóleptos, gripen av en nymf, som kan jämföras med vårt bergtagen, men som också kan betyda sinnesförvirring eller tillstånd av extas. I Orienten förekommer begreppet ökentagen, vilket innebär att djinnerna, de onda andarna, för bort en människa. Tyskarna har uttrycket ”bergentrückt”, men hos dem återfinns det mest i gamla hjältesagor om kungadöttrar som hålls fångna av jättar och befrias av modiga män. Bergtagningsmyten i den form vi känner den hör hemma i nordisk och keltisk kultur.”

Jag hade ingen stor publik, men ganska hyfsad ändå med tanke på att det var fredag kväll. Jag vet ju själv hur svårt det kan vara att ge sig ut i höstmörkret igen, när man kommit hem från jobbet, ätit middag och sjunkit ner i soffan, mätt och belåten. Det tar emot. Det är många föredrag jag tänkt gå på, men när det väl varit dags har jag inte kommit iväg.

Huvudsakligen bestod publiken av de vanliga två kategorierna som brukar lyssna på mig: unga flickor med smak för new age och äldre hembygdsintresserade damer.

”Vilka är det som bergtas?” frågade jag retoriskt. ”Ja, unga kvinnor och småflickor ligger illa till. Det finns perioder i en kvinnas liv då hon är särskilt utsatt. Man kan säga att hon befinner sig i riskzonen strax före en religiös rit: före dopet, före konfirmationen, före bröllopet och före kyrktagningen efter förlossningen. När hon väl genomgått någon av dessa riter har hon ett starkt skydd och kan känna sig lugn ett tag framöver. Men”, fortsatte jag och spände blicken i en av de få karlar som befann sig i lokalen, ”även män kan bli bergtagna”.

Och så berättade jag om gruvarbetaren i Persbergsgruvan i Värmland, en historia som jag är mycket förtjust i:

”Innan arbetarna gick ner i gruvan brukade de alltid hämta nyvässade borr i smedjan. En av männen hade för vana att dröja sig kvar där. När kamraterna kom ner i gruvan var han redan där. De förstod att han måste känna till någon genväg från smedjan, men hur de än letade hittade de ingen sådan genväg. En dag bestämde de sig för att i smyg ta reda på hur mannen bar sig åt. De kikade in genom fönstret i smedjan och fick se hur mannen försvann rakt genom smedjans hårda golv och ner genom berget. De förstod då att han var förtrollad. När de frågade mannen om detta erkände han att han en gång blivit bergtagen när han arbetade i gruvan. Han hade varit på en plats längst inne i berget där det funnits sköna kvinnor och vacker musik. Sedan hade han fått återvända och arbetade nu som vanligt i gruvan. Men det var tydligt att bergfolket fortfarande hade makt över honom. Flera gånger såg man honom gå på vattenytan på sjön. En klok gumma tillkallades för att häva förtrollningen. Det enda hon lyckades åstadkomma var att mannen inte längre gick på vattnets yta, utan sjönk ner till knäna, så att han liksom pulsade i vattnet som i djup snö. Enligt gruvfogden, som berättat historien, var det mycket märkligt att se. Men mannen gjorde det inte så många gånger. Strax därefter pulsade han iväg rätt över sjön och kom aldrig tillbaka.”

(Jag älskar det där med pulsandet. Att han liksom var förtrollad *till hälften*. Och att det var ett tillstånd som förmodligen var väldigt otillfredsställande och att han hellre valde att återvända till trollen helt och hållet. Jag kan se honom framför mig där han kämpar sig fram med vattnet plaskande om benen i den sjö där han nyss spatserat så lätt på ytan.)

”Det finns också fall där hela grupper av människor har bergtagits”, fortsatte jag. ”Brudföljeshistorierna till exempel. På väg till kyrkan bergtas inte bara bruden eller brudgummen utan hela följet med folk och hästar och vagnar. Ett helt artilleri lär en gång ha tagits in i Mösseberg. Men den sortens massbergtagningar hör till ovanligheten. Det är förresten inte bara människor som bergtas. Enligt berättelserna är bergen fulla av kor, kalvar, oxar, får och getter som rövats av trollen."

En dam på tredje raden viftade energiskt och bad att få ställa en fråga. Fast egentligen ville hon inte fråga någonting, hon ville berätta. Det händer alltid på mina bergtagningsföredrag. Folk vill berätta själva. De äldre har ofta hört sådana här historier i sin hemtrakt och eftersom bergtagningsberättelser ofta liknar varandra leder den ena till andra. "Det där kommer mig att tänka på" och så vidare. Hon berättade en historia om en bergtagen kalv. Jag lät henne prata en liten stund, avbröt henne sedan – lite bryskt kanske – sammanfattade hennes historia i några meningar och lyckades fläta samman den med nästa del i mitt föredrag som handlade om själva bergtagningshändelsen.

"Den är för det mesta ett dunkelt parti av berättelsen", sade jag. "Bergtagna som återvänt har svårt att beskriva vad som skett. Ena stunden här, andra stunden där. Någon väg dit beskrivs inte. Det verkar snarare röra sig om en annan dimension, ett annat tillstånd, än om en annan plats."

Sedan pratade jag om befrielsen och lyckades även där anknyta till kalven som damen på tredje bänk berättade om. Hon såg nöjd ut, men en del i publiken verkade lite hängiga så jag tyckte tiden var mogen för "Klösmärkena". Den hör till en egen genre inom bergtagningsmytologin: Tvegiftesberättelserna.

"I Bergs socken bodde två makar", började jag och strök undan en hårslinga som fallit ur knuten. "Hustrun födde ett barn. En dag strax därefter när hon gick efter korna, kom trollen ut ur skogen och tog henne. När mannen kom hem fann han barnet skrikande och hungrigt i vaggan, men hustrun var borta. Han väntade, men hon kom varken den dagen eller nästa. När ett år hade gått utan att hustrun återvänt gifte han om sig.

En kväll satt mannen, barnet och den nya hustrun och åt kvällsvard. Då knackade det på fönstret." Jag gjorde en kort paus. "När mannen såg dit upptäckte han sin första hustru. 'Släpp in mig fort! Jag har rymt från trollen!' ropade hon. Mannen reste sig för att släppa in henne, men den nya hustrun höll fast honom och hindrade honom. Medan han kämpade för att göra sig fri hördes buller och oväsen utanför. 'De kommer, de kommer! Skynda dig och öppna!' skrek den första hustrun. Men mannen kom inte fram till dörren för den nya hustrun hängde om halsen på honom och han kunde inte komma loss. Då hörde han ett fruktansvärt dunder och brak. Den första hustrun skrek och hela stugan skakade.

Inte förrän nästa morgon vågade han sig ut. På fönsterbrädan fann han blodspår och tio klösmärken efter den första hustruns naglar. Hon hade försökt hålla sig fast, men trollen hade slitit loss henne och tagit henne med sig. Hon kom aldrig tillbaka. Men klösmärkena på fönsterbrädan finns där än."

Historien hade avsedd effekt. De flesta kvicknade till. Små viskningar hördes i bänkraderna.

Det finns saftigare varianter. Hela pölar med blod utanför fönstret och bäckar av blod som leder bort till berget. Men jag tycker bäst om klösmärkena.

Sedan talade jag om "Efteråt", om dem som lyckades återvända efter en bergtagning:

"Personen beskrivs ofta som 'velig', 'underlig', 'virrig'. En del får fysiska men, som hälta, dövhet, stumhet, skelögdhet eller ryckningar i ansiktet. En del förefaller oskadda och återgår till sitt vanliga liv, men insjuknar strax därpå i en oförklarlig sjukdom och dör. I de fall där den bergtagna är helt opåverkad efteråt rör det sig oftast om barn. Djur som varit bergtagna är magra och korna har sinat. Men motsatsen förekommer också" – jag gjorde en nick mot damen på tredje bänk – "kalvar som är välgödda och kor som mjölkar tiofalt."

Nu viftade en ung man i flanellskjorta.

"Jaha?"

"Trodde folk på det här? Egentligen alltså?" undrade han.

”En bra fråga. Jag kan tänka mig att de både trodde och inte trodde. Att det kunde finnas olika förklaringar till ett försvinnande, en mytisk och en realistisk, och att man i vissa fall, när den realistiska förklaringen var alltför smärtsam, föredrog den mytiska. Medvetet eller omedvetet.”

”Hur menar du?” sade flanellpojken.

”Tänk dig en kvinna med många barn. Hon är ute i skogen för att plocka bär och de minsta barnen har hon med sig, hon har ingen annanstans att göra av dem. Hon är upptagen av plockningen, måste plocka så mycket som möjligt innan det blir mörkt, och när hon tittar upp är ett av barnen borta. Hon letar, andra letar, men barnet förblir borta. Förklaringen att barnet gått vilse och svultit ihjäl i skogen för att hon inte passat det ordentligt ger henne alltför starka skuldkänslor. Det är mer uthärdligt om någon främmande varelse rövat barnet ifrån henne. Den förklaringen håller också om man senare hittar barnet, försvagat och yrande av hunger och chock.

De flesta försvinnanden är så tragiska och så behäftade med skuld, att man är beredd att acceptera vilken förklaring som helst, utom den verkliga. Gravida, ogifta kvinnor som dränker sig, misshandlade tjänstehjon som rymmer till skogs, barn som överges. Det ligger inte i någons intresse att den verkliga förklaringen uppenbaras. Den skulle splittra bygemenskapen. Det är bättre att skylla på en utomstående kraft, trollen.”

Jag kastade en blick på mitt armbandsur, som jag tagit av mig och lagt på talarstolen bredvid manuskriptet. Jag hade tio minuter kvar. Egentligen hade jag tänkt avsluta med att spela upp ett band med en intervju jag gjort. Men damen på tredje bänk viftade ivrigt och jag bestämde mig för att istället avsluta med frågestund.

Damen på tredje bänk lurade mig igen. ”Jag tänkte fråga hur det är med bergtagna djur egentligen. För där jag bodde där var det en gris…” Och så var hon inne på en historia som omärkligt och skickligt gled över i tre, fyra andra historier, allesammans om djur. Jag lät henne hålla på, tacksam över denna lättsamma avslutning på mitt föredrag, som hade blivit lite tyngre än jag avsett. Hon fick dra över tiden några minuter, sedan tackade jag henne och avslutade det hela.

När jag gick genom den tomma, svagt sluttande hörsalen på väg mot utgången upptäckte jag att en man fortfarande satt kvar. Han satt längst bak nära dörren. Han hade en skarpt blå fritidsjacka på sig och såg inte ut som mina åhörare brukar se ut. Han nickade lite igenkännande mot mig och då såg jag vem det var: polisen som satt i baksätet när vi åkte till Tångevik och jag visade var skelettet låg.

Han reste sig och gick emot mig i gången med framsträckt hand. Jag flyttade över portföljen till vänsterhanden och hälsade.

”Jan-Erik Liljegren, Polisen, du kommer ihåg mig? Ja, nu fick man lära sig mycket nytt”, sade han.

”Är du här för att förhöra mig?” frågade jag.

Jag hade faktiskt tyckt att det var lite konstigt att poliserna inte kontaktat mig. Jag trodde de ville fråga mig lite mer. Inte för att jag hade så mycket mer att berätta precis, men i alla fall. Jag – eller min son – hade trots allt hittat skelettet av en död människa. Och när jag pekat ut det åt dem så sade de knappast tack ens och hörde inte av sig mer. Men nu dök alltså den här Jan-Erik Liljegren upp på min föreläsning som en annan Columbo.

”Du hade annars kunnat få tag i mig på min hemadress”, tillade jag lite kort.

”Haha. Förhöra? Nej, för sjutton, jag jobbar inte nu. Jag är bara i stan och gick in här för att läsa tidningar och så såg jag på ett anslag att du skulle prata här. Du snackade ju en del om det här sist. Det var intressant.”

”Vet ni något mer om det där skelettet?” frågade jag.

”Lite grann kanske. Men du, de ska visst låsa här nu. Kan vi inte gå någonstans och prata eller du har kanske bråttom hem till ungarna?”

”Inte idag. De är hos sin pappa.”

”Jasså, det är de. Då går vi till Mickey’s Inn.”

”Vad är det för något?”

”Ett ställe. Dit går jag alltid när jag är här. Billig öl. Nu börjar de bli otåliga här, tror jag. Nu går vi.”

Jag hämtade min kappa och så gick vi ut i höstmörkret. Som vanligt på fredag kväll var det fullt med ungdomar som drog fram och tillbaka längs Avenyn i stora gäng. Dunkande musik strömmade ur bilar som gled förbi med nedvevade rutor. Efter tjugo minuter befann vi oss på Mickey’s Inn, som var en krog med grava identitetsproblem. Den kunde inte bestämma sig för om den ville likna ett engelskt lantkök, en schweizisk alphydda eller en bohuslänsk sjöbod. Men ölen var mycket riktigt billig. Vi beställde varsin stor stark och satte oss vid fönstret. Jan-Erik Liljegren berättade att han bodde på Tjörn men brukade åka till Göteborg då och då.

”Jag skulle gärna flytta ner hit, men frugan och pojken bor ju där uppe, och jag vill inte bo för långt ifrån dem”, sade Jan-Erik Liljegren. ”Familjen, det finns inget så viktigt som ens familj. Att komma hem från jobbet och se dem, krama sin käresta, käka middag med dem, höra dem andas när de sover.” Han suckade djupt.

”Det är klart du vill bo med din familj”, sade jag förvånat. ”Varför skulle du inte göra det?”

”För att hon har slängt ut mig. Du, vi hade ett fall med en kille som blev utbackad så där. Vet du vad han gjorde? Nej, det vet du inte, för det har inte stått ett ord om det i tidningarna. En helt vanlig kille, egen företagare, tränade ungdomar i volleyboll. Han satt ensam i en sommarstuga i elva dagar. Hade laddat upp med mat och öl och isolerade sig helt. Sedan tog han en älgstudsare och åkte hem till frun och sköt allihop. Först barnen i sina sängar, sedan käringen i trappan och sist sig själv. Det var det värsta jag sett. Då fattade man ingenting. Man bara skakade på huvudet. Men nu förstår jag precis. Precis!”

Han slog ut med handen i en häftig gest så att han höll på att vispa ner porslinsankan i fönstret.

”Det gör inte jag.”

”Nej, ni kvinnor förstår inte hur hårt man tar det, tror jag. Hej svejs, nu är det inte roligt längre, vi har vuxit ifrån varandra, ut med dig! Fy fan, jag förstår den där killen. Familjen, det är något heligt. Det är inget man bara upplöser så där.”

Jag tänkte hastigt att det var tur att inte Anders hade licens för någon älgstudsare. Men jag tror inte sådant ligger för honom. Jag försökte också föreställa mig att Anders slängt ut mig när barnen var små och jag fortfarande var förälskad i honom, men jag kunde inte tänka mig att jag skulle skjutit ihjäl mina egna barn med en älgstudsare för det.

”Jag förstår honom inte alls”, sade jag.

”Det är för att du är kvinna.”

”Det är det nog. Många män vilar på tre pelare, familjen, jobbet och TV:n. Rycker man undan någon av dem så faller de ihop”, sade jag vist. Och så fick jag ett infall: ”Har den där killen något med skelettet att göra?”

”Va? Nej, det är något gammalt.”

”Så det *är* en grottmänniska?”

”Haha, nej, inte *så* gammalt alltså.”

”Vet ni vad det är för en människa då?”

”Inte helt säkert. Men ganska säkert. Det kan vara en kvinna som var efterlyst för många år sedan. Kristina Lindäng. Det var före min tid.”

”När var det hon försvann?” undrade jag.

”Hon anmäldes saknad i november 1972. Och ingen hittade henne. Förrän nu.”

Mitt hjärta hoppade till.

”Jag kände en familj vars dotter försvann just det året”, sade jag. ”Hon hittades vid samma strand. Tror du det finns något samband?”

”Det vet man ju inte, det är väl möjligt. Men det är så längesedan, det är knappast något man kan ta reda på nu. Det är en farlig plats. Det går ju någon sorts gång under stenblocken där och kryper man för långt kan man kanske fastna. Du bör nog inte låta dina pojkar leka där."

"Jag såg inte när han kröp in", sade jag.

"Pojkar går sina egna vägar", mumlade Jan-Erik Liljegren och såg sorgset ut genom fönstret. "När jag ringde min pojke idag hade han knappt tid att prata med mig. Han skulle ut och åka skateboard. Nej, nu tar vi en öl till."

Jag tänkte att jag borde åka hem, men egentligen kunde jag ju lika gärna sitta kvar och det gjorde jag. Vi satt på Mickey's Inn tills de stängde.

"Min buss har gått", sade Jan-Erik Liljegren. "Du har ingen ledig soffa hemma?"

"Min soffa är full med pappershögar och böcker", sade jag.

"Om bergtagningsmyten? Ja, jag tänkte väl det. Och det där med bussen kunde jag tänkt på tidigare, det är sant. Men det ordnar sig. "

"Säkert?"

"Javisst."

När jag kom hem packade jag upp min portfölj. Kassettbandet satte jag i radiobandspelaren i sovrummet. När jag tvättat mig och borstat tänderna löste jag upp hårknuten och lade mig. Jag sträckte mig mot bandspelaren, knäppte på bandet och släckte lampan.

Det där bandet är väldigt speciellt för mig. Det är en inspelning med den enda människa jag träffat som sagt sig ha varit bergtagen. En nittiotvååårig kvinna som jag träffade 1987 på ett ålderdomshem i Sollefteå. Jag hade fått tips om henne tidigare, men det tog mig över ett år att spåra henne och hela tiden var jag rädd att hon skulle dö innan jag fick tag i henne. När jag äntligen träffade henne var hon först mycket ovillig att berätta, men efter en stund gjorde hon det i alla fall. Inte så mycket. Men för mig är hennes berättelse ovärderlig, eftersom det är en förstahandshistoria. Hon dog bara några månader efter mitt besök.

Nu låg jag i mörkret, trött och ganska berusad, och lyssnade till den spruckna, gamla rösten:

”Jo, jag vart intagen som liten.” (Uttrycket intagen – eller nedtagen – används ofta istället för bergtagen.) ”Det är ingenting att prata om egentligen. Jag minns ingenting själv av det. Jag var fem år och var med mor på bärplockning. Jag var borta i tre dagar. De andra har berättat det för mig. Jag tog ingen skada av det. Har alltid varit frisk, känner mig precis som andra. Men när jag blev vuxen ville jag flytta ifrån byn. Jag tyckte inte om att andra visste det där om mig. Det är många som har varit intagna. Man pratar inte om det. Men jag ser det i ögonen på dem. Jasså, där är en till, tänker man. Men man säger inget. Vi är ju inte sämre än andra för det. Jag blev gift och fick fem barn. Mitt liv har varit bra. Jag har aldrig berättat för min make eller mina barn om det här. De skulle skrattat åt mig. Ibland när jag känt mig konstig har jag tänkt att det berott på det där. Men jag försöker att inte tänka på det. Nu för tiden tror jag aldrig de tar in någon. Inte härikring i alla fall. Nej inte någonstans tror jag.

Varför?

Det vet jag inte. Nu finns det ju TV och så.

På vad sätt har TV påverkat bergtagningarna?

Det är väl en annan tid. Det där att man togs in... det hade med den gamla tiden att göra. Sådant händer inte mera.

Du säger att du inte minns något av bergtagningen. Hur kan du då veta att den har hänt?

Minns och minns. Man vet ju vad man har varit med om.

Men det är andra som har berättat det för dig?

De berättade att jag var borta.

Men du kunde ju ha gått vilse och irrat omkring i skogen i tre dagar?

Jag var alldeles torr fastän det regnat hela tiden. Och jag ville inte ha någon mat, för jag sa att jag ätit alldeles nyss. Jag fick en portion gröt med lingon och jag åt bara en sked för jag var så mätt. Efter tre dagar!

Men det kunde ju ha varit någon snäll människa som tog hand om dig?

Inte var dom några människor inte.

Så du tvivlar inte på att du var hos trollen?

(Skratt. Ohörbart). Men jag är inte sämre människa för det."

Mer än så är det inte. Jag spolade tillbaka bandet och spelade det en gång till. Jag kan höra det hur många gånger som helst.

Det förflutna har olika skikt.

Förra året: Nästan nu, men inte riktigt. Irriterande och trist, som gårdagens tidning och torrt bröd.

Förra decenniet: Löjligt. Omodernt. Pinsamt.

Men längre ner i tidens brunn – någonstans mellan två och tre decennier – ändrar det förflutna karaktär. Slammet har sjunkit och bildar mönster.

Var såg jag Gattmans första gången? Förmodligen på stranden. Det fanns ingen lång strand i närheten, det finns det sällan i Bohuslän, men kusten är full av småstränder som sinsemellan kan vara väldigt olika. Det finns stränder med grov, brungul sand, stränder med vit, finmalen snäckskalssand som lämnar kvar ett torrt puder på huden, stränder med stinkande gyttja och stränder täckta av skalen från stora blåmusslor.

Vi badade för det mesta vid någon av de två små stränder med brungul sand som ligger nedanför Gattmans hus med en bergknalle och Gattmans brygga emellan. Vi kallade stränderna Förmiddagsstranden och Eftermiddagsstranden efter den tid de var solbelysta.

De brukade komma ner ungefär vid elvatiden. De kom ner för berget med de gjutna trappstegen och ledstången av järn, klädda i tvärrandiga tröjor och solhattar. Sedan slog de sig ner med sina filtar, solparasoller, korgar, böcker, tidningar och leksaker. De stora barnen hoppade och dök. Anne-Marie, som ännu var yngsta barnet, lekte i sanden. De vuxna läste.

De hade en kolossal dragningskraft på mig. När de åt sin matsäck satte jag mig i närheten och tittade på dem. De åt smörgåsar med honung och drack äpplemust, båda delarna var nya för mig, jag hade aldrig ätit honung eller druckit äpplemust. Jag tyckte de åt gyllene föda. Karin, Anne-Maries mamma, frågade om jag ville smaka, men jag tordes inte. Det var den första sommaren. Jag måste ha varit fem år då.

Den gyllene lunchen är ett tidigt minne, men lika tidigt och ännu starkare är minnet av sjöstjärnan. Det var Anne-Maries farfar, Tor Gattman, professorn i litteraturhistoria, som visade mig den. Han hade en näsduk knuten med fyra snibbar runt sin tunnhåriga hjässa. Vi stod i vattnet, han höll sjöstjärnan i handen, vände på den och visade alla de tusentals små benen som rörde sig. Han berättade hur den levde, visade munnen som den åt med. Han talade en mild och behaglig skånska. Egentligen var det inte mig han talade med först, utan med Anne-Marie. Men när han såg mig stå där bredvid, lyssnande, stirrande, vände han sig mot mig och helt naturligt, utan att avbryta sin berättelse, höll han fram handen med sjöstjärnan och talade nu också till mig. ”Jo, förstår du…”, sade han med sin mjuka, skorrande röst, och det var jag som var detta ”du”! Det var det absolut underbaraste jag varit med om.

Jag kunde inte svara. Detta att bli tilltalad av någon ur den här familjen var stort nog. Jag bara stod och lät detta falla på mig, som guldstoft.

Från den dagen närde jag en dröm om att Anne-Marie skulle bli min kamrat. Varför var det bara en dröm och inte en självklarhet? Vi var jämngamla, bodde inte så långt ifrån varandra, badade på samma strand. Men för mig var hon ouppnåelig. Det är verkligen svårt att förklara varför jag kände så. Jag var hel och ren och välskapt, min pappa var tandläkare, vi var ingen sämre sorts människor på något sätt.

Hela den första sommaren drömde jag om Anne-Marie. Jag såg henne här och där, på stranden, vid brevlådorna, i affären. Hon var smal, med ljusblont, kort hår och mörka ögonfransar och ögonbryn. Lite lik Tatum O’Neal i filmen Paper Moon. Hon blev alltid mycket brun på sommaren. Indianskinn, kallade hon det.

Den där vackra kombinationen av blont och mörkt hade hon ärvt av sin pappa, författaren Åke Gattman. Hennes bror Jens var av samma granna sort. De äldre flickorna var mer lika Karin, brunhåriga, med antydan till fräknar. Mellan framtänderna hade Anne-Marie ett lustigt mellanrum, som hon fick behålla även när hon fick sina nya tänder.

Det dröjde ända till nästa sommar innan jag pratade med Anne-Marie. Vi var i affären. Det var svalt och mörkt där inne och det doftade på ett alldeles speciellt sätt. Det var fortfarande en levande landsbygd, traktorer stannade utanför och bönder kom in med leriga stövlar och luktade gödsel. Vissa av sommargästerna hade seglarmössa och snusnäsduk om halsen. Bakom disken sprang biträdena fram och tillbaka och hämtade varor, ibland sprang de in på lagret eller ut ur affären och ner i källaren. Hela tiden pratade de med kunderna och kunderna som väntade pratade med varandra. För den som varit med mamma och pappa i en liten sommarstuga hela veckan var det spännande som en cirkusföreställning.

Gattmans var i affären. Jag fick en glass av mamma och blev tillsagd att vänta utanför. Jag satte mig på trappan. Där satt redan Anne-Marie med sin solhatt av kakityg djupt nerdragen i pannan och matade familjens strävhåriga tax med glass. Och då vågade jag äntligen.

”Vad heter hunden?”

”Lilla My.”

”Får jag klappa den?”

”Ja, om hon själv vill.”

Detta var våra första ord till varandra.

Jag kommer alltid ihåg de första orden från människor som betytt något för mig. Anders sade: ”Vad konstigt det luktar härinne.” Det var i väntsalen på Falköpings station där man höll på att täta dörrarna med plastmassa. Det blev början till ett mycket intressant samtal som fortsatte tre timmar på tåget och sedan i nio år till. Cissi, som numera är min bästa väninna, men som en gång var en fullkomlig främling, vände sig mot mig från ett cafébord, betraktade den nyfödde Jonatan som jag ammade och frågade: ”Det där med barn, är det något att satsa på? ”

Anne-Marie och jag pratade lite mer om hunden medan glassen smälte och droppade över den nötta stentrappan.

”Hon älskar glass och hon äter sockerkaka också”, berättade Anne-Marie.

Så mycket mer blev inte sagt den gången och vi åkte hem från affären, var och en till sitt.

Men så en dag hände något. En strävhårig tax sprang fram och tillbaka utanför vårt staket och nosade. Det var Lilla My som hade rymt. Mamma knöt ett snöre i hennes halsband och så gick vi tillsammans med henne bort till Gattmans hus.

Vi gick in på tomten och jag såg med stora ögon på trapetsen och gungan som dinglade från grenarna i de gamla ekarna. I en grenklyka fanns en koja av masonitskivor, som kunde nås via en fritt hängade repstege. Längre bort på tomten fanns ett sjörövarskepp byggt av gamla brädor, med däck och kommandobrygga, gamla segel och en dödskalleflagga i masttoppen.

På den bergiga delen av tomten låg två små hus med samma bruna väggar och gröna fönsterkarmar som det stora huset. Senare skulle jag lära mig att det ena var gäststugan och det andra Åkes skrivarstuga.

Allt detta hade jag sett från vägen när jag gått förbi här. Nu var vi inne på tomten. När vi gick förbi gungan sträckte jag försiktigt ut handen och rörde andäktigt vid det ena repet.

Lilla My började dra i kopplet. På vägen hit hade hon hela tiden stannat och nosat. Nu när hon var på hemmaplan fick hon plötsligt bråttom. På sina korta ben skuttade hon med fladdrande öron uppför stocktrapporna och mamma rusade efter.

På en berghäll alldeles utanför huset stod Anne-Marie och rörde med en käpp i en gammal rostig tvättgryta. Hon tittade allvarligt på oss under kakihattens brätten, men slutade inte röra. Jag ställde mig på andra sidan grytan och tittade ner i den. Grytan var fylld av vatten och långa band av sjögräs.

Lilla My hade slitit sig från mamma och rusade in i huset. Karin dök upp i dörren med glasögonen på nästippen. Mamma berättade att vi hittat Lilla My på vår tomt. Karin verkade inte särskilt bekymrad. Hon sade att Lilla My brukade sticka iväg så där och komma hem igen när hon var mätt på äventyr. Mamma hade kanske väntat sig lite mer tacksamhet när vi fångat in deras förrymda hund och gått hela vägen hit med den. Hon sade adjö lite kort och tog mig i handen för att gå.

Då frågade Karin om vi inte ville stanna och äta blåbär med mjölk. Hon hade plockat flera liter på förmiddagen. Mamma tackade nej och skyllde på något hon måste göra hemma.

”Men du kanske vill stanna och leka med Anne-Marie?” sade Karin till mig.

Jag såg på Anne-Marie. Hon nickade ivrigt. Jag såg på mamma. Tveksamt svarade hon ja.

Mamma gick och jag stannade kvar. Jag såg henne gå ner för stocktrappan, över tomten och försvinna längs vägen. En känsla av overklighet uppfyllde mig. Jag vände mig mot Anne-Marie.

”Vad gör du?” frågade jag.

”Jag kokar choklad”, sade Anne-Marie allvarligt. ”Om man rör tillräckligt länge blir det choklad.”

Jag stirrade ner på sjögräset som virvlade i mystiska mönster kring den roterande käppen. Jag visste att detta var sjögräs från havet, sjögräs och rostigt vatten, och att det aldrig kunde bli choklad. Samtidigt trodde jag på det Anne-Marie sade. Att ett under skulle kunna inträffa så att sjögräset förvandlades till choklad. Jag kunde precis föreställa mig hur de gröna banden upplöstes, hur färgen övergick i ljusbrunt. Jag kände redan doften. Det gällde bara att röra och röra. Jag letade upp en avbruten gren och hjälpte henne.

Anne-Marie såg på mig ur hattbrättets dunkel, stadigt och forskande. Hon bedömde mig.

”Vi måste röra länge”, sade jag.

Men innan sjögräset hann bli choklad kom Karin ut och frågade om vi ville ha blåbär med mjölk. Vi gick in.

Jag satt vid bordet i köket mitt emot Anne-Marie och tysta åt vi våra blåbär, som såg ut som små cirklar tätt under mjölkytan. Då och då såg vi på varann. Hon hade sin tyghatt på sig även inomhus.

Till och med vädret var speciellt den där dagen. Det var så mulet och milt och lugnt. Havet var grått. Rosengeranierna i fönstret spred en behaglig citrondoft.

På verandan satt Karin och skrev maskin. Genom den öppna dörren nådde ljudet in i vår tystnad. Ibland smattrade tangenterna med rasande fart. Så blev de långsammare, tvekande, som de sista regndropparna i en skur och upphörde sedan helt. Efter en halv minuts tystnad kom åter en smattrande kaskad. Jag reagerade på denna märkliga rytm, så olik det monotona skyfall som frambringades av sekreteraren på pappas praktik.

Kökets skåpdörrar var målade i en sagolik blå färg, som liksom djupnade inåt. Jag har inget namn för den nyansen. Jag har aldrig sett den igen.

Jag fångade de flytande bären på skeden, åt långsamt, lyssnade, såg mig omkring.

Jag är här nu, tänkte jag.

När den första euforin lagt sig infann sig en känsla av hemkomst och frid. Det där var en paradox i mitt förhållande till familjen Gattman. Känslan av att de var ouppnåeliga, att de var helt annorlunda än jag. Och samtidigt känslan av att det var där jag hörde hemma.

Vi gick upp till Anne-Maries rum. Först gick man upp till övervåningen, där farföräldrarna hade sina rum. Och därifrån ledde en brant trappa, nästan en stege, upp till vinden. Alla fyra barnen bodde på vinden. De stora flickorna Lis och Eva delade på ett stort rum. Anne-Marie och Jens hade varsin skrubb. Golvet knakade högljutt när man gick.

Vi hann inte leka så mycket. Det blev mest ett tittande på saker, som det brukar bli första gången man är hemma hos någon. Jag rotade runt i hennes leksakslåda och utbrast ideligen: "Å, en sån fin!" Och Anne-Marie satt på sängen med benen i kors och hatten över ögonen och fnös: "Äsch, den där gamla grejen."

När mamma hämtade mig hade vi just kommit igång med en lek och jag ville inte gå. Men vi skulle äta middag och jag måste komma. Lösningen blev att Anne-Marie följde med oss hem till vår stuga. Vi lekte till sena kvällen.

När hon gått och jag låg i min säng kunde jag inte sova. I tankarna gick jag igenom hela vårt möte, på samma sätt som jag senare i livet återkallade kärleksmöten. Ögonblick för ögonblick matade jag fram i slow motion. Ibland frös jag bilden helt och höll kvar den länge innan jag åter lät filmen rulla. Flera gånger måste jag göra om detta innan jag fick ro och kunde sova. Det finns händelser som är så viktiga att upplevelsen av dem inte ryms inom den tid de utspelar sig. De kräver helt enkelt denna extra tid av fördröjd förnimmelse.

Därefter lekte vi varenda dag hela sommaren. Anne-Marie blev min sommarbästis.

Men hon blev aldrig vardaglig, aldrig självklar. Hela tiden behöll hon sin glans, sin gyllene honungs- och äpplemustglans.

Vår sommarstuga byggdes hösten 1960 och var inflyttningsklar sommaren 1961. Tomten var flack, men under det tunna jordlagret var rena hälleberget och för att pappa skulle kunna anlägga en gräsmatta och odla växter och buskar måste han frakta dit stora mängder matjord. Jag minns lastbilen som tippade jättelika högar med doftande, brunaktig mylla, daggmaskarna som ringlade sig ur den och de mystiska centimeterstora skärvorna av krossat blåvitt porslin, lergods och glas som blänkte till här och var. När jorden låg i sin hög trodde man att den skulle dränka oss alla om den spreds ut på tomten. När den sedan blivit utspridd och tillplattad var den på något mystiskt vis uppslukad. Den måste ha glidit ner i okända sprickor och håligheter i berget. Tomten var lika karg och mager som tidigare och ett nytt lass jord måste beställas. Och också detta blev så småningom osynligt. Det var som om berget åt upp jorden.

Den där första sommaren var pappas annars så vita, kliniska tandläkarhänder alltid jordiga. Han kämpade med sin spade, sin skottkärra och sin hyrda, handdragna vält för att nära sin karga jordlott. Men vår mark tycktes vara som den sorts magra människor som kan äta hur mycket fet mat som helst utan att lägga på hullet. Inget fastnade.

Till slut började projektet bli ekonomiskt oförsvarbart. Min far ville inte framstå som någon fanatiker och jordlagret fick vara som det var. Det blev en trädgård med anspråkslösa och härdiga växter. De planerade arterna fick stanna på blyertsskissen och jag fick aldrig se hur växterna med de exotiska namnen såg ut i verkligheten: tibetansk sommarviva, Afrikas blå lilja, Cunningham White-rhododendron, koreansk plymspirea och mörkblå heliotrop.

Den första sommaren minns jag som Jordsommaren. Det doftande jordberget, som jag försökte bestiga. Mitt "arbete" där jag härmande pappa grävde med min lilla gula spade och plattade till jorden med en pinglande, roterande dragleksak, som faktiskt hade vissa likheter med en vält.

Den andra sommaren minns jag som Sommaren-då-jag-blev-vän-med-Anne-Marie.

Dittills hade jag nog varit ett ganska ensamt barn. Jag hade inga syskon. Senare har jag förstått att mamma nog velat ha fler barn, men att pappa tyckte det räckte med mig. Under sin uppväxt hade han fått nog av stora barnkullar och trångboddhet. I radhuset hemma i stan – och även senare när vi flyttade till villan – hade vi alltid ett rum som ingen använde. Länge trodde jag att detta rum var avsett för ett framtida småsyskon. Jag tror till och med att det var mamma som sade det till mig och att detta var hennes egen förhoppning. Men pappa ville helt enkelt ha ett extra rum. Det var den yttersta lyxen. Att ha ett rum som ingen behövde. Det kallades gästrummet, men där bodde aldrig några gäster.

Pappa berättade sällan om sin uppväxt och jag vet inte mycket om den. Han föddes i ett litet samhälle i Norrbotten. Hans far var alkoholist. Modern har jag en oklar bild av. Hon var sjuk, dels fysiskt, tbc tror jag, men förmodligen också psykiskt. Kanske var livsvillkoren sådana att man antingen blev alkoholist eller psykiskt sjuk. Eller järnstark som pappa. Han skickades runt mellan olika släktingar, som alla verkar ha varit lika olämpliga, och när ingen annan ville ha honom bodde han hos fadern, som söp och misshandlade honom. Modern var då helt borta ut bilden. Pappas barndom var efter vad jag kan förstå ett helvete. Det måste ha varit en nästan övermänsklig kraftansträngning att utan stöd ifrån någon lyfta sig själv ur detta, studera vid sidan om hårt kroppsarbete, ta studenten som privatist och ta sig in på tandläkarhögskolan i Lund.

Utan det socialdemokratiska samhällssystemet med aftonskola och gratis högskoleutbildning hade en sådan prestation knappast varit möjlig och man kunde tycka att pappa borde haft sympatier för detta parti. Men han avskydde socialdemokraterna som pesten. Han förknippade dem med arbetare och arbetare med fattigdom och fattigdom med sitt barndomshelvete. Han, som i vanliga fall hade ett nästan överdrivet vårdat språk, kunde undslippa sig ett föraktfullt "fy fan", när arbetarrörelsen kom på tal. Han betraktade sig som sin egen rörelse. Från mörkret hade han ensam stigit mot ljuset och han ville inte bli påmind om det han lämnat bakom sig.

Min mamma kom från en tyst familj. Morfar hade varit kypare på restaurang, mormor hade varit hembiträde och servitris. De var typiska tjänsteandar, lågmälda, tassande, osynliga. Mormors och morfars lägenhet var fylld av textilier, mjuka mattor, kuddar och tjocka gardiner som sög upp ljudet av deras steg och röster. Mamma var enda barnet. Hon sade ofta att hon som barn längtat efter syskon. Att hon som vuxen velat ha många barn sade hon inte, men jag tror det var så det var. Hon var hemmafru tills jag började skolan och återupptog sedan sitt yrke som tandsköterska på deltid.

Själv hade jag en dröm om Den stora familjen och Pip-Larssons var min favoritbok. Men småsyskonen som aldrig kom saknade jag inte så mycket, för det var egentligen inte småsyskon jag ville ha utan äldre syskon, betydligt äldre syskon. Jag var fascinerad av tonåringar, som var lika stora som de vuxna, men verkade leva ett mer spännande liv, med sena kvällar, mopeder, dans och popmusik. Jag tänkte mig en stor syskonskara, där alla var tonåringar och otroligt förtjusta i mig, deras egen lilla mascot. Det var vackra storasystrar med uppsatt hår och läppstift, systrar som bar mig och lekte med mig och skämde bort mig, och storebröder som lyfte mig högt i luften på starka armar och tog mig med ut på nattliga äventyr på sina mopeder.

En av de saker som gjorde Anne-Marie så åtråvärd var just det faktum att hon hade äldre syskon. Lis och Eva var mest spännande. Jens var för nära i ålder, bara två år äldre än Anne-Marie och mig, men å andra sidan tillhörde han ett främmande kön, vilket gjorde honom intressant.

Jag vet inte riktigt vad mina föräldrar tyckte om att jag tillbringade så mycket tid hos Gattmans. De var säkert glada åt att jag hade en kamrat, hemma i stan hade jag ju nästan inga, och Anne-Marie hade de ingenting emot. Men i deras kommentarer om Åke och Karin kunde jag ibland höra en svagt gnisslande ton av ovilja, som aldrig blev uttalad. Jag tror de tyckte att Gattmans gjorde sig märkvärdiga. Nej, inte så kanske. De förstod sig inte på dem bara. De betraktade dem som lite konstiga och de blev frustrerade av att detta konstiga i mångas ögon betraktades som något fint. De uppfattade dem som ett mattetal som man räknar om och om igen tills man suddat hål i pappret och vars resultat ändå aldrig stämmer med facit.

När jag berättade något om Gattmans sade min mamma omväxlande ”Verkligen?”, ”Jaha, där ser man”, ”Hoppsan då” eller ”Det kan jag gott tänka mig”, som om hon var förberedd på vad dessa Gattmans kunde ta sig för, men att de ändå ibland kunde överträffa den bild hon hade av dem.

Någon klart uttalad kritik hörde jag dock aldrig, utom möjligen när det gällde politik. Åke och Karin var, det var allmänt känt, vänsterorienterade och även Åkes far, Tor, hade under sin aktiva tid gjort uttalanden som kunde tolkas som vänstersympatier och orsakat mycket bråk inom universitetsvärlden. Och min far var, som jag har nämnt, socialisthatare. I första hand var det socialdemokraterna med den vedervärdige Olof Palme som var måltavlan för hans hat. Kommunisterna däremot framkallade snarare ett roat småflin hos honom, han betraktade dem som fullkomligt förryckta. Nu var det inte klart till vilket av dessa läger man kunde föra Åke och Karin och det gjorde honom en smula osäker. En sommar hade han ett urklipp från Dagens Nyheter liggande på byrån i flera veckor. Det var en debattartikel om socialdemokraternas utlandspolitik som Karin skrivit och han citerade högt stycken ur den. Han ansåg den vara ett bevis för att Karin stödde Palme, men mamma påpekade att vissa stycken ju faktiskt var mycket kritiska och detta gjorde honom fundersam.

I alla fall ansåg han inte att föräldrarnas politiska åsikter var något hinder för Anne-Maries och min vänskap och han var alltid vänlig, nästan inställsam, mot Anne-Marie när hon kom till oss. Han berättade roliga historier och gjorde korttrick, något som han annars bara gjorde när vi hade gäster och han hade druckit några drinkar. Det var som om han ville visa sig från sin bästa sida. Anne-Marie avslöjade hans genomskinliga tricks och var inte rädd för att tala om det heller. Det gjorde honom lite ställd, för det var han inte van vid, men han höll god min och skrattade bara.

Å, dessa somrar med Anne-Marie. De utspelade sig i ett jordbrukslandskap med åkrar och ängar och betande hästar och kor och i fiskelägen där sjöbodarna ännu innehöll fiskeredskap och där fiskarna satt på kajen och lagade sina nät. Sommarstugorna låg glest. Landsbygden var ännu inte det märkliga konstgjorda fritidslandskap den är idag, ett jättelikt rekreationsområde med golfbanor, strövområden och lyxinredda sjöbodar. Då var den en värld fylld av liv och död, av nattliga kalvfödslar, obarmhärtigt dränkta kattungar och farliga tjurar. Jag minns nysilad mjölk med en intim smak av ko, bondkök med en tät, flottig lukt, kväljande och spännande på samma gång, vaxdukar, svagt kokkaffe och tickande väggklockor i dunkla kammare där man aldrig vistades. Gapet mellan land och stad var stort, man såg på hundra meters håll om någon var infödd eller sommargäst. Anne-Marie och jag brukade härma dialekten med de karaktäristiska i-ljuden och jag antar att ortsbefolkningen hade lika roligt när de härmade oss. Det var en värld som snart skulle dö och som visste det, men ännu levde den och Anne-Marie och jag befann oss i dess mitt.

Om kvällarna satt vi på berget framför Gattmans hus och såg fjorden bli aprikosfärgad. Vi väntade på hägern. Varenda kväll kom den flygande vid solnedgången. På sina långa, tunga vingar kom den svävande inifrån land. Den flög över trädtopparna ut över vattnet, benen hängde rätt ner. Den gjorde en tvär gir, flög sedan lågt över vattenytan och landade på en sten strax utanför Eftermiddagsstranden. Den sträckte ut sin ormlika hals och stod sedan fullkomligt orörlig som ett grått streck. Medan skymningen föll blev den alltmer osynlig. Den kom alltid vid samma tid, ställde sig alltid på samma sten och stod alltid lika orörlig.

Vi visste var den hade varit när den kom flygande över skogen. Om dagarna hölls den ofta vid en liten göl där den fångade grodor. Även Anne-Marie och jag fångade ibland smågrodor här. De hoppade omkring i gräset på sin väg mot vattnet. På håll liknade de svarta skalbaggar, men när man fått fatt i en upptäckte man att den var glänsande brun som brons. Det kändes som att hålla en droppe iskallt vatten i handflatan. Vi satte smågrodorna på näckrosblad och lät dem åka båt i gölen.

Anne-Marie och jag lekte lekar som pågick i flera dagar. Hon hade en kraftfull fantasi, men hon behövde någon som satte igång henne. Oftast kom jag med idéerna till vad vi skulle leka, drog upp de stora linjerna, personkaraktärer, miljö och handling, och hon såg till att det hela förverkligades, skaffade rekvisita och broderade ut handlingen med detaljer. Hon lyssnade noga på mig och tog alla mina förslag på stort allvar. Man kan säga att jag var manusförfattare och hon var regissör och producent. Skådespelare var vi båda två. Jag minns en lek där vi var indianer vid Amazonfloden, en underbar lek som lektes på Eftermiddagsstranden och som pågick en hel vecka. Och jag minns en regnig period när husets hela undervåning förvandlades till restaurang med små bord och framdukat porslin överallt, en låtsasvärld där Karin och Åke fick tillbringa åtskilliga dagar. Beskedligt fann de sig i att sitta vid våra provisoriska bord och äta våra egenhändigt gjorda smörgåsar och blåbärsbakelser. Något sådant hade varit otänkbart i mitt eget hem.

Karin var alltid glad när jag kom. Hon sade att Anne-Marie bara satt och hängde när inte jag var där. Ibland kunde Anne-Marie vara sådan med mig också om jag inte kom på något bra. Hon hade en förmåga att bara ligga på en säng och göra ingenting hur länge som helst, en slöhet som var nästan imponerande. Men när man föreslog något blev det full fart på henne. Med en nutida liknelse skulle man kunna jämföra henne med en dator med stor kapacitet, som måste laddas med programvara för att fungera.

Hos Gattmans hade man stor frihet. Man fick handskas med knivar och eld och man fick ströva fritt omkring. Pappa och mamma trodde förmodligen att Karin och Åke hade någon sorts uppsikt över mig när jag var där, men där trodde de fel. De brukade båda vara upptagna av sina egna sysslor. Åke satt ofta instängd i sin skrivarstuga bland bergknallarna och skrev. Sommaren var den tid då han skrev sina romaner. Vintern ägnade han oftast åt debattartiklar, föredrag eller resor. För Karin var sommaren semestertid. Hon skrev lite om hon hade lust, men mest ägnade hon sig åt läsning, bär- och svampplockning eller hushållsarbete kombinerat med radiolyssnande.

Två klara minnen lösgör sig ur dessa första somrar. Det ena är när Eva lärde mig slå bakåtkullerbytta på hennes röda olle. Det var nog den allra första sommaren. Vi satt på en liten äng en bit ifrån deras tomt. Det var syskonen Gattman och jag och jag tror att också några av de äldre syskonens kamrater var med, i alla fall minns jag det som om det var en hel drös med ungdomar som satt där. En transistorradio spelade popmusik och man talade av någon anledning om att slå bakåtkullerbytta och jag sade att jag kunde slå framåtkullerbytta, men inte bakåtkullerbytta. Eva sade:

”Jo, visst kan du det. Kom ska jag visa dig hur man gör.”

Jag vägrade, men hon tog av sig sin röda, stickade olle och lade den i gräset.

”Här. Jag lägger min olle under. Nu sätter du dig bara så här med händerna och så kryper du ihop och rullar bakåt. Se hur jag gör.”

Hon satte sig på huk, rullade bakåt och slog en kullerbytta på sin röda olle. Sedan fick jag försöka. Jag visste att det var omöjligt, men alla uppmuntrade mig. Jag satt där på huk och höll handflatorna uppåt. Eva gav mig en liten knuff och jag föll bakåt.

"Kryp ihop!" skrek alla och jag såg himlen och den röda ollen och så hade jag slagit en bakåtkullerbytta.

Alla överöste mig med beröm. Jag minns det som ett ögonblick av jublande triumf. Jag var helt övertygad om att jag aldrig skulle klarat det om jag inte haft Evas röda olle under mig. Jag fortsatte att slå bakåtkullerbyttor hemma på vår tomt och jag lade alltid något under mig, en tröja eller en handduk eller en jacka, och helst skulle det vara någonting rött.

Ett annat sådant där magiskt ögonblick var när Jens pekade ut stjärnbilderna för mig. Jag tror att man har ett speciellt förhållande till den person som första gången visar en på denna märkliga sammanvävning av natur och myt, denna människans vilja att förklara naturens obegripligheter och se sitt eget mönster i allting. Jag har ibland pekat ut någon av de enstaka stjärnor eller stjärnbilder jag kan för olika människor, och de flesta blir barnsligt imponerade över att ens kunnande sträcker sig över så ofattbara avstånd. (Pröva själv. Säg: "Det var väldigt vad Sirius lyser starkt ikväll" och folk kommer att se på dig som om du plockat ner en bit av den där stjärnan till jorden.)

Det var i augusti som Jens visade mig stjärnbilderna och situationen förstärktes av att det var första gången jag skulle få sova över hos Anne-Marie och att det var näst sista sommarlovskvällen. Vi skulle åka till stan dagen efter. Det var dessutom mareld i vattnet, så att jag kunde sitta på bryggans badtrappa och sparka glitter ur det mörka vattnet under mig, samtidigt som jag hade stjärnornas glitter och universums svarta ocean över mig.

Jens pekade ut de stjärnbilder som kan ses vid denna tid. Jag hade tidigare hört talas om dessa bilder och deras fantasifulla namn, men i min barnslighet väntade jag mig att få se realistiska avbildningar av en svan eller en björn och Karlavagnen tänkte jag mig som den vackert utsirade guldvagn med krona på taket som fanns på Lisebergskarusellen. Jag trodde att det gällde att med blicken binda samman vissa stjärnor på rätt sätt. Ungefär som på tidningarnas pysselsidor, där man genom att förbinda punkter i nummerföljd kunde få fram ett djur ur ett kaos av prickar. Jag hade ofta försökt klura ut dessa figurer som Gud så listigt hade gömt på himlavalvet, men gått bet på uppgiften. Hur jag än stirrade hade jag inte sett varken någon stor eller liten björn.

Nu förklarade Jens hur det hängde ihop. Det fanns inga djur däruppe, hur skulle det kunna finnas det? Det var ju solar som var många ljusår ifrån varandra och som inte hade något som helst med varann att göra. Nej, det var helt enkelt bara den stjärnan och den och den som man *kallade* för Svanen.

Var det så enkelt? Jag skrattade och skvätte med fötterna i det varma mareldsvattnet. Det var befriande att inse att det inte fanns något klurigt knep där uppe, som jag inte klarade av. Samtidigt var det naturligtvis lite omtumlande att plötsligt mista illusionen av en dold naturens ordning. Allt är kaos, man får själv skapa sig ordning. Med denna existentialistiska livsåskådning som grund struntade jag i alla svanar och björnar och började rita ut mina egna figurer på himlavalvet.

Vad gjorde vi annars dessa somrar? Vi klättrade i ekarna, hängde i trapetsen, lekte i trädkojan och sjörövarskeppet. Vi lekte bollstå och dunk på ängen, vi lekte gömme i hela det stora huset, vi spelade krypcasino och trettioett.

Vi hade längdhoppning från bryggan. Man tog sats uppe från berget och sprang för fullt till bryggans slut och hoppade så långt man kunde. Jag minns svalkan när den solheta kroppen sjönk ner i det gröna mörkret och pysandet av de stigande sockerdricksbubblorna som kittlade en medan man låg och trampade vatten och väntade på att näste man skulle plumsa ner, förhoppningsvis inte lika långt från bryggan som man själv.

Ibland åkte vi med ekan till Musselstranden tillsammans med de äldre syskonen. Vi ankrade upp en bit ut och vadade iland med spann och plåtdunk. Medan någon gjorde upp eld gick vi andra omkring i vattnet och drog upp klasar av de stora, nästan svarta blåmusslor som bara fanns just här. Ibland fick man doppa huvudet under vattnet för att komma åt dem, som en pärldykare. I plåtdunken kokade vi dem sedan över elden och åt dem.

Fick vi musslor över använde vi dem som agn när vi fiskade. Jag minns hur svåra de var att öppna, hur hårt de knep igen och den sadistiska njutningen att bända isär deras skal med kniven och dra ut det orangefärgade köttet. Men ofta använde vi istället kubon, de små snigelsnäckorna, som agn. De var lätta att krossa och deras platta, fasta lock var så behändigt att sätta på kroken. Det satt kvar även när fisken nappat, så att man kunde använda samma bete till flera fiskar.

När vi fått fisk hände det att Anne-Marie och jag opererade dem. Vi lekte att vi var kirurger och att fiskarna var människor och ibland hundar. Vi skar och grävde bland olika organ medan vi talade om vilka otäcka sjukdomar de hade. Vi häpnade över hur mycket konstigt det finns i en fisk. Ibland hade de småfiskar och småkrabbor i magen. Denna anatomiska upptäcktsfärd var en spännande lek, och det var något slafsigt, köttigt och förbjudet över den.

Vi fiskade krabbor också naturligvis. En enkel, men spännande sport som kunde roa oss i timmar. Till skillnad från fiskarna kunde man ju hela tiden *se* krabborna och följa deras väg från gömslet i en tångruska fram till musslan på reven. Sedan gällde det att ha is i magen när krabban började äta och dra upp i rätt ögonblick, inte för tidigt och inte för sent. Vi samlade krabborna i en spann med vatten och tång där de kröp omkring och rasslade med sina klor. Sedan hade vi kapplöpning med dem på stranden för att se vilken som kom först till vattnet. Tillbaka i havet lät de sig snart infångas igen. Vi kände igen vissa lättlurade krabbor som halades upp gång på gång och hade namn på dem efter deras utseende, Enklo, Grönsköld och så vidare.

På detta sätt förflöt somrarna och säkert förgyller jag dem, som man gör med sin barndoms somrar. Jag minns dem som ljusa, livgivande avbrott mellan långa, trista vintrar, dessa somrar när familjen Gattman ännu strålade av honungs- och äpplemustglans.

Den sista av dessa somrar, sommaren 1968, grävde Anne-Marie och jag ner en skatt under några tallar i en bergsklyfta.

På den tiden fanns det öppna betesmarker i de områden där det nu är slyskog. Vi gick över dessa ängar, in i skogen med småekar och ut i bergen på andra sidan. Vi var på väg till Musselstranden där vi skulle ha picknick, men gick fel och kom vilse. Det bekymrade oss inte så mycket. Man hamnade ofta fel i det här området, eftersom det såg likadant ut överallt, berg och ljung åt alla håll. Ville man veta var man befann sig var det bara att gå upp på någon av de högsta knallarna och se var havet fanns. Sedan kunde man alltid följa kustlinjen och ta sig hem.

Vi hade ingen brådska. Vi strövade omkring i bergen lite på måfå och hamnade i klyftan med de höga tallarna. Marken var fuktig och sank, men det fanns ett torrt, fast område, en liten plätt med ljuvligt, smaragdgrönt gräs. Tallarnas kronor släppte bara ner sparsamt med solljus. En bit upp i berget klängde ett litet, förvildat körsbärsträd med mörkt röda bär.

Det var en plats som skilde sig så helt från det omkringliggande landskapet av berg och ljung och dungar av vindpinade småekar. Ett icke-bohuslänskt landskap, en liten bit utplockad från en annan del av världen och gömd här mellan bergen.

Vi klättrade upp till körsbärsträdet, plockade av bären och satte oss i smaragdgräset och åt dem. Vi var elva år.

”Har du varit på det här stället förut?” frågade jag.

”Nej. Jag tror inte att det här stället har funnits förut”, sade Anne-Marie. ”Jag har gått här massor av gånger och jag har aldrig sett det. Det har helt enkelt inte funnits här förrän nu.”

Jag accepterade det hon sade, liksom jag accepterade allt vad Anne-Marie sade.

Vi lade oss i gräset och såg upp i tallarnas kronor som susade magiskt och sövande.

"Jag tror vi är förtrollade", sade Anne-Marie.

Detta var samma Anne-Marie som berättat att hon dansade tryckare hos sina kompisar i Stockholm och som hade mascara, brunkräm och ögonskugga i en svartvit necessär. Hon var på gränsen mellan två världar, medan jag själv helt var kvar i min barndomsvärld och inte alls förvånade mig över hennes ord.

"Ja, det känner jag", viskade jag. "Vi är förtrollade."

Hon rörde vid min arm och medan vi fortfarande såg upp i furornas susande kronor tog vi varandras händer och kramade dem hårt.

"Det känns som man flyger", mumlade Anne-Marie. "Känner du det? "

"Ja, vi flyger", sade jag.

Hand i hand låg vi i det späda gräset och flög.

Plötsligt satte sig Anne-Marie upp.

"Vi gräver ner en skatt", sade hon.

"Vad då för skatt?"

Anne-Marie öppnade plastkassen vi haft med oss och plockade upp vår matsäck: saft, päron och en teburk med mariekex.

"Vi äter upp kexen nu. Sedan lägger vi något i burken och gräver ner den här."

Vi åt mariekexen och päronen och drack saften. Sedan skakade Anne-Marie smulorna ur burken.

"Vad ska vi lägga i den? Jag vet. Det här."

Hon tog loss sitt hårspänne ur luggen och lade i det.

Jag kom att tänka på min nyckelpiga av silver som jag bar i en kedja runt halsen. Jag hade fått smycket i dopgåva av mormor och jag hade det alltid på mig. Om mamma frågade kunde jag säga att jag tappat det.

"Hjälp mig att knäppa upp det", viskade jag.

Anne-Marie nickade. Jag vände nacken åt henne och lyfte upp håret. Jag kände hennes kittlande fingrar när hon öppnade låset.

Hon räckte mig smycket och lät mig själv lägga ner det i burken.

”Mer då?” sade hon.

Vi hade inget mer värdefullt på oss.

Anne-Marie såg sig omkring. Alldeles nära oss i gräset låg en liten samling torra harpluttar. Hon tog några i handen.

”Vad lätta de är. Man märker inte att man håller dem. Känn.”

Hon hällde över dem i min handflata. Jag såg de små kulorna ligga där, men kände dem inte.

”Det är något mystiskt med dem”, sade Anne-Marie. ”Vi lägger i dem också.”

Hon höll fram burken och jag lät harpluttarna falla ner i den. Sedan ställde hon ner burken och rusade upp i berget. Hon plockade några körsbär från trädet och återvände med munnen full. Hon satte sig på knä, tuggade och svalde med en grimas – körsbären var förskräckligt sura. Sedan böjde hon sig över teburken och spottade ut tre körsbärskärnor i den. Hon skrattade lite.

”Nu räcker det. Nu gräver vi ner den.”

Med hjälp av händerna och våra plastmuggar lyckades vi åstadkomma en grop i gräset. Vi stoppade ner burken, täckte över den och lade slutligen en sten överst.

”Vi kan gräva upp den igen när vi blir vuxna”, sade jag.

”Tror du någonsin vi kommer hit igen? Det tror inte jag”, sade Anne-Marie.

Kristina

Hon är nästan framme vid skäret nu.

Tärnorna skriker och virvlar kring henne. Blodröda näbbar i den grå gryningsluften. Smetiga klattar av fågelträck på kajakens däck.

Men trutarna är djärvast. De gör utfall, dyker mot hennes huvud och snuddar vid henne med sina kraftiga näbbar. Hon har blivit skrämd tidigare. Lyft handen i häftiga försvarsgester och lutat sig åt sidan, så att hon förlorat balansen och gått runt. Nu låter hon sig inte skrämmas, paddlar bara lugnt vidare mot sitt mål.

Hon längtar efter den dag då de inte skriker och hotar. Då de känner henne, vet att hon inte vill skada dem eller deras ungar, bara ta lite av deras dun. Hon har inte tärnans eller trutens ande, inte än. Det finns en vägg emellan dem, men för varje gång hon färdas in i deras skränande moln känner hon sig närmare dem.

Hon glider in mot skäret just där en svagt sluttande berghäll sänker sig i vattnet. Hon vänder kajaken med bredsidan emot och låter den gungas av vågorna den sista metern. När hon är nära kliver hon ur med mjuka, försiktiga rörelser. Hon är klädd i shorts och barfota, så det gör inget att vattnet räcker henne till smalbenen. Berget under henne är såphalt av roströda alger. Hon drar upp kajaken och följd av fågelmolnet ger hon sig av över de mjukt rundade klipporna.

Hon känner sig som när hon var liten. Det var så här det var då. Inget behövde sägas. Man sprang omkring, man kände dofter och hörde ljud, man hittade en fjäder, man skrattade. Och de andra skrattade också, tog emot fjädern, lyfte en upp i luften. Hennes föräldrar hade delat hennes värld, alla andra hade också funnits där.

Och sedan någon gång i hennes barndom var det som om de alla hade övergivit henne. Hennes mor och far och alla andra människor hade samtidigt och tyst tagit ett stort kliv in i en annan värld och lämnat henne kvar. Och de krävde att hon skulle komma efter. Men hon vägrade.

Alltid när hon gjorde något viktigt kom de och störde med sitt prat. "Vad tänker du på? Varför är du så tyst? Prata med oss. Men säg något då. Varför drar du dig undan? Är du ledsen för något? Du vet att du alltid kan prata med oss."

I skolan var hon blyg. Talade aldrig, räckte aldrig upp handen. "Du kan ju. Du hade ju alla rätt på skriftliga provet. Varför pratar du aldrig?" sade lärarna.

Prat, prat, prat. Hon ville bara vara ifred. Hon hade fötts i fel tid. Allt detta pladder. Hon föreställde sig äldre tider som tider med ytterst lite tal. Hon hade velat leva i ett annat sekel på landet bland hårt arbetande människor som sällan pratade. Stiga upp i gryningen, gå ut i lagården och mjölka korna som hälsade henne med sina råmanden. Fatta om deras rosa spenar, lyssna till den viskande sången av mjölkstrålen i hinken, flugornas surrande. Regnet som föll, mjukt gräs under fötterna, knastrande snö om vintern. Brunnens ekande ljud. Hon älskade brunnens ljud, var glad att hon nu hade en brunn istället för en vattenkran. Plåthinkens metalliska sång när den dansade runt där nere.

Hon tyckte inte särskilt mycket om musik heller. Den ville så gärna vara vacker, ville nå henne. Den ville verka som om den var skapad av naturen, men den var gjord av människor. Musiken ville ha en publik, den ville behaga och hon ville inte bli behagad. Bara någon enstaka gång hade hon njutit av musik.

En gång i en butik som sålde husgeråd och prydnadssaker hade hon hört ett musikstycke spelas i högtalarna. Hon hade blivit stående framför en hylla med glas och inte vågat röra sig av rädsla för att gå miste om någon ton. Det var panflöjter som spelade och musiken tycktes förena sig med glasen och ljuset. När melodin var slut började ett helt annat musikstycke och hon gick därifrån.

Hon visste inte om det var radio eller en skiva hon hört och hon ville inte fråga. De hade en skivspelare hemma, men hon trodde inte att hennes upplevelse skulle kunna upprepas. Den hade haft med situationen att göra, med glaset och ljuset och något inuti henne, det var ingenting som kunde fästas på en skiva.

Efter gymnasiet var det självklart att hon skulle fortsätta med någon utbildning. Hon var ju studiebegåvad. Hade höga betyg fastän hon aldrig pratade på lektionerna. Yrkesvägledaren talade länge med henne om olika skolor och linjer. Hon ryckte på axlarna.

Hon började läsa konsthistoria på universitetet. Hon beundrade konstnärer, människor som uttryckte sig i bilder istället för i tal. Hon hade alltid tyckt om att gå på Konstmuseet. Men undervisningen var inte som hon hade tänkt sig. Hon hade trott att hon skulle kunna hålla sig för sig själv. Sitta tyst på föreläsningarna och lyssna, plugga hemma och sedan skriva sina tentor, ungefär som hon gjort tidigare i skolan. Men här förekom det mycket övningar där studenterna var indelade i smågrupper med sju, åtta stycken i varje. Lärarna krävde att alla deltog i diskussionen. Hon ställdes mot väggen, tillfrågades om sin åsikt. Alla kring bordet stirrade på henne. Hon klarade inte av det och slutade.

Hon skaffade sig städjobb på sjukhus. Där gick det bra att tiga. Det fanns flera invandrare som inte kunde svenska och som gick tysta liksom hon.

Ljudlös, osynlig, utförde hon sitt arbete. Ingen tilltalade henne. Varje morgon hämtade hon sin vagn där nere i de underjordiska kulvertarna, tog hissen upp och började sin skugglika färd genom sjukhusets salar och korridorer. Hon gled in på avdelningarna, snirklade moppen i åttor över de bonade golven, in under sängarna med sjuka och döende människor, ut i korridorerna, in på läkarnas rum – de såg aldrig upp när hon kom, fortsatte bara att diktera i sina bandspelarmikrofoner. Hon tog sig in och ut överallt, flytande och genomskinlig som vatten.

Umgänget med andra människor inskränkte sig till det korta morgonmötet då chefen delade ut uppgifter och kafferasterna i deras underjordiska rum, där de som ville prata gjorde det, och de andra kunde sitta tysta. Kristina, en ung turkisk man och en jugoslavisk kvinna satt alltid i varsitt hörn och stirrade ner i sina kaffemuggar, och ingen av de andra gjorde några försök att tilltala dem.

Så på sätt och vis var det bra på sjukhuset. Hennes föräldrar tiggde och bad henne att återuppta studierna eller åtminstone söka sig ett annat arbete. Men hon fortsatte att stiga upp flera timmar före dem, cykla den halva milen till sjukhuset och dra omkring med sin städvagn. Hon visste hela tiden att denna tillvaro inte skulle fortsätta, att något annat skulle komma. Hon visste bara inte vad. Städningen var en väntan på detta andra, ett rum där hon vakade och lyssnade.

I nästan två år arbetade hon på sjukhuset. Sedan hände något med henne.

Hon gick inte till jobbet. Hon kunde inte se någon människa i ögonen – inte sina arbetskamrater, inte föräldrarna, ingen alls. Människors blickar hade blivit skrämmande för henne, ja, som en rent fysisk smärta. De var som vapen, knivar. Det var en olidlig tortyr att träffas av dem. Hon låste sin dörr, låg kvar i sin säng hela dagen med täcket över huvudet, åt nästan ingenting.

Efter en tid lättade känslan lite grann. Hon började gå ut. Hon väntade tills föräldrarna gått till sina arbeten. Då cyklade hon in till stan – hon tyckte inte om att sitta tätt intill människor på en spårvagn – ställde cykeln någonstans och strövade runt på ställen där det var mycket folk. Ibland cyklade hon till Centralstationen när stockholmståget kom in. Då myllrade det av folk på perrongen, resande som anlände och anhöriga som mötte, och hon brukade ställa sig mitt i och känna alla dessa människor omkring sig, känna hur de svepte tätt förbi henne på det trånga utrymmet och knuffade henne med sina väskor och ryggsäckar, höra deras rop och se deras kramar. Som ett stormöga i en orkan av möten och känslor stod hon där tills skaran tunnats ut. Ibland mötte hon tåget från Köpenhamn och lyssnade till dem som varit i andra länder, och hon tänkte att Göteborg var för litet. Hon längtade efter att slukas av Paris, London, New York och Tokyo.

En lördagsförmiddag, när hon visste att det skulle vara mycket folk i stan, hade hon cyklat dit och gick omkring i folkmängden. Hon hittade en nyöppnad affär med udda ting, importerade från exotiska länder. Det var något lockande med sakerna i skyltfönstret och hon gick in i butiken, som var så liten att de fem, sex kunder som stod där fick trängas. Där fanns stora örhängen av metall, armband av läder, afrikanska tygstycken och korgar, skjortor och klänningar med paljetter, rökelse och affischer med indiska gudar i neonfärger. På väggen satt en rad med masker. De föreställde allesammans olika djuransikten.

Hon lyfte ner en av maskerna och provade den framför en spegel. Det var ett rävansikte. När hon mötte sin egen blick i detta djurs snedställda ögonhål erfor hon en lyckokänsla så häftig att hon knappt kunde andas. Hon vände sig om och såg ut i affärslokalen, betraktade människorna därinne och den unge manlige expediten. Hon kände sig helt annorlunda. Hon upplevde ingen rädsla längre.

Utan att ta av sig masken gick hon fram till den unge mannen och bad att få köpa den. Han sträckte sig efter en påse, men hon lade bara pengarna på disken och gick. Hon strövade länge runt i stan. Sedan cyklade hon hem igen, alltjämt med masken på.

Varje gång hon skulle gå ut satte hon på sig sin rävmask. Hon lät cykeln stå och åkte spårvagn. Ingen ville sitta bredvid henne, men det gjorde henne ingenting. Hon slog sig ner på parkbänkar och caféer och ingen försökte påbörja något trevligt småprat med henne. Hon kunde gå vart hon ville, när hon ville, hon behövde inte längre söka sig till vissa folktäta platser eller passa vissa tider. Överallt fick hon vara ifred. Det var en underbar frihet.

Hon köpte sig två masker till. En örnmask och en tigermask. De var alla tre rovdjur och allesammans skrämde människor, men de var olika till sina väsen märkte hon. De viskade till henne där de hängde på väggen över hennes säng och stirrade tomt med sina blinda ögon. De lockade henne, retades med henne, förargade henne. De slutade inte förrän hon tog ner en av dem och fäste den över sitt ansikte. Då fylldes hon av rävens eller örnens eller tigerns ande.

Hennes föräldrar försökte få henne att sluta bära maskerna när hon gick ut. En dag när hon var ute klädd i sin örnmask tog hennes föräldrar ner räven och tigern från väggen och slängde dem. När hon kom hem var de borta. Då bar hon ständigt örnmasken och vägrade att ta den av sig. Bara om nätterna när hon låst sin dörr hängde hon upp den på väggen innan hon skulle sova.

Hon fick skavsår av att bära masken så ofta. Hon klädde dess kanter med skumgummiremsor som man skulle ha att täta fönster med. Det hjälpte inte. Hon fick trycksår som värkte och varade sig. Ögonen besvärades av att synfältet begränsades åt sidorna och på kvällarna hade hon ont i dem.

Hon ville inte längre äta sina måltider tillsammans med föräldrarna. Modern lät maten stå kvar på bordet åt henne. När hon diskat och lämnat köket gick Kristina dit. Hon såg efter att hon var ensam. Då hällde hon maten direkt på golvet, sköt upp örnmasken från ansiktet och lade sig på alla fyra och åt som ett djur. När modern en dag kom in och såg sin dotter krypa omkring på köksgolvet och med smetigt ansikte glufsa i sig hennes omsorgsfullt tillagade kåldolmar skrek hon.

Modern lovade Kristina att ta henne med till en hudläkare som skulle ge henne salva mot trycksåren. Läkaren bad henne ta av masken så att han fick se hennes ansikte. Men hon behöll den på, för hon hade redan förstått att mannen inte alls var hudläkare utan psykiater. Hon satt där rakryggad på stolen mittemot honom. Hennes ögon iakttog honom ur det stela örnansiktet. Hon visste att hennes ögon förändrades i masken, hon fick rovfågelsblick. Läkaren kunde inte se henne i de ögonen, han var tvungen att vika undan med blicken.

Några dagar senare blev hon hämtad. Två män och en kvinna tvingade henne att följa med. De drog i henne, försökte lyfta henne och när hon rullade ihop sig som en igelkott på hallgolvet drog de ner hennes byxor och stack ett stolpiller i stjärten på henne. Örnmasken föll av under kampen och själv trodde hon att det var förlusten av den snarare än stolpillret, som gjorde henne så svag att de kunde bära in henne i den väntande bilen.

Hon fördes till ett annat sjukhus än det där hon varit städerska. Det här låg utanför själva centrum. Det fanns äldre byggnader med avdelningar för gamla människor, både de som blivit förvirrade på äldre dar och de som varit förvirrade länge, kanske hela livet. Det fanns också ett nytt höghus med yngre människor som blivit tokiga på olika sätt, genom knark, sprit, olyckliga hemförhållanden eller av ingenting alls. Där hamnade Kristina.

Örnmasken fick hon aldrig tillbaka. Hon låg på sängen och gömde sig under den gula frottéfilten. När hon hörde skramlet av matvagnen och kände den kväljande doften av storköksmat satte hon handen över ansiktet, öppnade pekfingret och långfingret till en springa framför ögonen och gick ut i dagrummet. När hon skulle stoppa gaffeln i munnen öppnade hon en springa mellan ringfingret och lillfingret. Om hon försökte äta direkt från tallriken utan att använda kniv och gaffel tog man bort maten.

En dag träffade hon en man i patientcafeterian. Hon hade svårt att bära sin bricka till bordet med en hand. Den andra handen måste hon ju hålla framför ansiktet. Han gick bara fram till henne, tog brickan ifrån henne och satte ner den på ett bord. Sedan satte han sig själv mitt emot henne. Han var lång och bred, klädd i jeanskläder, med blont hår och blond mustasch och hade en rödaktig ansiktsfärg, som kunde bero på solen, alkohol eller någon medicin. Hans ögon var vattnigt blå. Mannen pratade hela tiden och fastän Kristina annars avskydde allt prat så störde det henne inte. Hans ord kastade sig som en fors mellan olika klippsprång, hit och dit i ämnesval och associationer. Han bröt på finska och ibland gick han över till finskan helt och hållet. Det var som ett naturljud, detta tal, inte mer störande än porlande vatten och susande vind. Inte behövde han några svar heller.

Kristina gläntade på fingrarna och såg på honom. Hon tyckte han var vacker med sin rosiga ansiktsfärg och de ljusblå ögonen. Han frågade inte varför hon höll handen för ansiktet.

De följdes åt ut i sjukhusparken. Det var en klar septemberdag och de hade parken nästan för sig själva. Trädens skuggor tecknade nätmönster över gräsmattorna.

Han ville att de skulle spela minigolf. Hon tog bort handen från ansiktet när hon skulle slå med klubban. Hon var dålig på att få i bollarna, men han var skicklig. Han skakade bekymrat på huvudet åt hennes valhänta slag.

Så ställde han sig bakom henne, höll armarna om henne och hjälpte henne att hålla i klubban. Hon kunde känna hans kropp mot sin. Det var en märklig känsla. Han lyfte och svingade hennes händer och armar i en rörelse som var hans, inte hennes. Han var mycket längre, mycket större och kraftigare än hon. Det var som att ha på sig en stor, tjock pälskappa.

Plötsligt blev han alldeles tyst. Hon kände hans stånd pressa mot korsryggen. Han gned sig mot henne, andades tungt i hennes öra och höll så hårt om hennes armar att hon tappade golfklubban. Sedan lyfte han upp henne lite så att hennes fötter inte nådde ner till marken och bar henne hastigt med sig över gräsmattan in i en dunge av cypresser. Hon hängde i hans grepp med låsta armar. Hennes tår nuddade gräset när han sprang.

Hon hade inte haft en chans även om hon kämpat emot. Hon var liten och späd och han var stor och stark. Men hon gjorde inget motstånd. En märklig förlamning hade gripit henne. Hon var blickstilla, paralyserad. Hon tänkte på djur som förlamas av ormgift och måste vara fullkomligt stilla men vid medvetande medan ormen äter upp dem levande. Hon höll sin hand över ögonen med fingrarna tätt sammanhållna utan kikspringor. Han fick göra vad han ville med henne, och hon var medveten om hans viskande tal som pumpade ut ur hans mun, den märkliga, kemiska lukten av hans andedräkt och den berusande doften från cypresserna.

När han gått låg hon länge kvar och såg upp i den blå septemberhimlen. Hon förundrade sig över att hon fortfarande levde. Känslan av att ätas upp hade varit så stark.

Efter den händelsen kände hon inte längre något medlidande med djur som fångades och åts av rovdjur. Hon tyckte sig förstå hur de kände det. En sorts klarhet mitt i skräcken. Underkastelse. Stillhet. Bytesdjurets ande.

Ulrika

Våren 1969 åkte Karin och Åke Gattman på reportageresa till Indien. Karin skrev artiklar som publicerades i Dagens Nyheter och senare omarbetades till en bok. Åke skrev dikter som publicerades på diverse kultursidor innan de redigerades till en diktsamling som fick stor uppmärksamhet. Men det viktigaste resultatet av deras resa, det som skulle få en avgörande betydelse för deras framtida liv, var Maja.

Karin har själv skrivit om deras första möte med henne i en tidningsartikel. Skildringen togs inte med när hon under hösten skrev sin bok. Jag har förgäves letat efter den i det exemplar jag hittade på antikvariat för några år sedan. Kanske föll den utanför ramen som alltför privat, kanske hade problemen med Maja redan blivit så påtagliga att skimret från det första mötet förbleknat. Men i arkivet på Göteborgs universitetsbibliotek har jag hittat den på mikrofilm. Det var lätt eftersom jag ganska väl kunde pricka in när den varit införd. Efter sommarlovets början men före midsommarafton.

Majas mörka ansikte var det första jag såg när jag drog upp tidningen ur brevlådan. En bild på förstasidan, tagen av Åke, föreställande Maja liggande i barnhemmets spjälsäng med ansiktet synligt mellan två spjälor. Hon håller i en nappflaska som är fäst vid sängen med ett långt snöre. Åkes kamera har avbrutit henne i hennes ätande och hon vänder ansiktet mot den med ett outgrundligt uttryck i sina stora ögon medan ett par flugor slickar i sig vällingdroppen på nappen. En solstrimma från en dörr på glänt faller över ansiktet, handen, nappflaskan och flugorna, resten vilar i skugga.

Det finns tjugonio barn till i den där salen, tjugonio tätt hopträngda spjälsängar med övergivna indiska småbarn med nappflaskor dinglande i snören. Där finns ett par barnsköterskor i saris som övervakar fotograferingen på några få meters avstånd. Där finns Karin i shorts och skjorta med det svettfuktiga anteckningsblocket i handen. Och givetvis Åke, fotografen. Men inga av dessa personer syns på bilden. Bara Maja. Ensam. Innesluten i ett stort mörker.

Det är en bild som har bleknat i mitt minne och skymts av alla de andra bilderna som togs av henne och som prydde väggarna i sommarhuset, bilder av den välnärda Maja på solbelysta ängar, stränder och bryggor i kretsen av sin familj. När jag långt senare i tidningsarkivet på Göteborgs universitetsbibliotek igenkände denna första bild, förmodligen den allra första som någonsin tagits av Maja, tyckte jag att den var viktigare än någon av alla de andra. Bilden av den lilla magra Maja och det stora mörker som omgav henne.

Jag satt i dikeskanten bland hundlokorna vid brevlådorna och läste. Jag var 12 år. Vi hade nyligen kommit ut till Tångevik. Det var bara mamma och jag än så länge. Pappa hade inte semester ännu och kom bara på helgerna. Gattmans hade inte kommit och det var ovanligt, eftersom de brukade vara här från sommarlovets början. I år hade det blivit senare på grund av efterarbetet med Indienresan.

Jag läste om Karins och Åkes möte med en liten flicka på ett barnhem i Bangalore. Hur det som var avsett som ett reportagebesök bland många andra blev något helt annat. Hur de blev kvar i Bangalore och hur Karin återvände till barnhemmet dag efter dag. Hur de for hem till Sverige och ordnade med myndigheternas tillstånd och återvände några veckor senare för att hämta den lilla. Hur de for från flygplatsen längs gula maskrosängar hem till de väntande syskonen. Det var i maj när göken gol och flickan fick därför heta Maja.

Jag vek ihop tidningen och satt kvar i diket och försökte förstå innebörden i det jag nyss läst. Anne-Marie hade fått en lillasyster.

Det var minst sagt oväntat. Karin var 41 år och hade redan fyra barn. Jag hade aldrig hört talas om att andra än barnlösa människor adopterade. Och adoption av utländska barn var fortfarande ganska ovanligt.

Men det som framförallt upptog mina tankar var en fråga av rent egoistiskt slag: vad skulle detta betyda för Anne-Maries och min relation? Under de somrar vi umgåtts hade Anne-Marie kommit att betyda oerhört mycket för mig. Under vintrarna när hon bodde i Stockholm och jag i Göteborg längtade jag hela tiden efter henne. Mitt liv var indelat i en vinter- och en sommardel. Vintern var en lång, mörk tid av längtan, leda och förställning. Sommaren var umgänge med Anne-Marie, samtal, lekar, äventyr och en möjlighet för mig att vara mig själv.

Jag trivdes inte särskilt bra med mina klasskamrater. Jag fann dem ytliga, tråkiga, dumma. Jag gjorde mitt bästa för att smälta in, var ganska tyst, höll med de andra, klädde mig som de och lyssnade på samma musik som de, låg lågt helt enkelt. Jag var feg, ville inte sticka ut för mycket. Jag hade sett hur det gick för dem som på något sätt avvek från normen.

Jag hade en så kallad bästis, eftersom den sociala etiketten i min klass krävde det. Det var en blyg, färglös flicka som egentligen var väldigt söt, det har jag i efterhand noterat när jag betraktat gamla klassfoton. Mörkt, långt hår, alabasterhy och perfekta drag, men på något vis lyckades hon göra sig totalt osynlig. Vi jobbade ihop på lektionerna, tillbringade rasterna tillsammans och var hemma hos varandra när vi skulle arbeta med något gemensamt grupparbete, men aldrig annars. Hon bodde ensam med sin mamma, hennes pappa var död. Hon beundrade en tysk schlagersångerska som jag aldrig hört talas om och hade alla hennes skivor. Vi gick i samma klass i nio år och jag har inte en aning om vem hon var.

Vi var varandras alibi, så som homosexuella män förr i tiden kunde hålla sig med en kvinnlig vän att visa upp i offentliga sammanhang och därmed få ha sin hemlighet ifred. Genom att vara bästisar inför de andra kunde vi gälla som normala. Jag berättade aldrig för henne om Anne-Marie eller något annat som var viktigt i mitt liv och hon var inte nyfiken. Hon hade sina egna hemligheter. Jag har inte en aning om vilka. Jag var inte heller nyfiken.

Under vintern brevväxlade Anne-Marie och jag sporadiskt. Jag hade gärna sett en tätare korrespondens, men Anne-Marie dröjde alltid länge med att svara och när det sedan var min tur ville jag därför inte verka alltför angelägen och höll därför inne med mitt svar nästan lika länge som hon. När jag slutligen satte mig att skriva var jag därför överfylld av tankar som jag ville dela med mig av, och mina brev blev långa, ofta tio, tolv sidor, och krävde pappas A4-kuvert för att få plats.

Anne-Maries brev har jag fortfarande kvar. De är kortfattade, skrivna på slarvigt utrivna kollegieblockssidor eller små telefonblockslappar: "Hej. Sitter på bussen. Nilla sitter bredvid och äter lakritsklubba och är svart om tungan. Vi ska titta på en gullig kille som ska spela fotboll någonstans jag vet inte vad det hette. Nu ska vi gå av." Mer upplysningar än så innehöll sällan hennes brev, medan mina, efter vad jag minns, behandlade komplicerade existentiella spörsmål, samt en sorts återberättande av det vi upplevt under sommaren: "Kommer du ihåg när vi....." och så en lång beskrivning av vad vi gjort och vad hon sagt och vad jag sagt. Jag vet inte om detta var särskilt roligt för henne att läsa, men jag hade stort nöje av att skriva det. Hennes brev gjorde mig alltid lycklig, hur kortfattade och slarviga de än var.

Telefonen använde vi aldrig. Det var en outtalad överenskommelse sedan den enda gång vi prövat detta medium. Anne-Marie ringde mig en kväll när jag satt och såg på TV. Jag blev helt överrumplad. Jag visste inte vad jag skulle säga. Hon hade inte heller tänkt ut något särskilt, hade väl trott att det skulle gå av sig själv. Men vi hade inget att prata om. Vi levde i olika världar om vintern, var andra människor än de vi var om sommaren och detta blev så tydligt i telefonen. Efter några minuter lade vi på, båda ganska snopna.

Mina känslor för Anne-Marie liknade på många vis en förälskelse. Men till skillnad från andra förälskelser gick den inte över. Varje vår noterade jag naturens små tecken; varje liten tussilago, varje återvändande stare var som små pilar som visade i rätt riktning, mot sommaren, mot Anne-Marie.

Och varje sommar var det lika nervöst att möta henne igen. Den där första skräckslagna timmen när jag upplevde henne som förändrad, en annan Anne-Marie. En ny frisyr, ett nytt klädesplagg, ett stockholmskt modeuttryck som jag inte tidigare hört henne använda – allt sådant var hotfullt. Och så det förlösande ögonblicket, ett skämt, ett gemensamt minne, ett exploderande fnitter, som upprättade linjen mellan oss igen.

Det finns människor som har nycklar till oss själva. Som kan låsa upp rum som vi alltid burit inom oss, men där vi inte varit tidigare. Till dessa människor står vi i ett särskilt förhållande och om de är av rätt kön och i någorlunda lämplig ålder blir vi kära. I annat fall blir vi trollbundna, beroende, vad man nu väljer att kalla det, men egentligen är det samma sak. Anne-Marie var en sådan nyckelmänniska för mig, den första jag träffat. Därför betydde hon så mycket för mig. Jag betydde inte lika mycket för henne, det anade jag, och min ständiga fruktan var att hon på något sätt skulle försvinna från mig.

Nu hade hon alltså fått en liten indisk syster på sexton månader. Åldersskillnaden var alldeles för stor för att de någonsin skulle kunna umgås på det systerliga sätt som hon och jag gjorde. Ändå var jag på ett diffust sätt oroad. Familjen Gattman hade tyckts mig så komplett. Så fulländad. Två framgångsrika, kreativa föräldrar. Kulturarvet från farföräldrarna. De vackra, begåvade, självständiga barnen. Den gyllene familjen, lysande i sin honungs- och äpplemustglans, vad mer kunde läggas till den? Ingenting. Ingenting skulle kunna göra den bättre.

Jag såg dem som ett byggnadsverk som byggts av generationer, och som nu uppnått sin högsta möjliga höjd med Anne-Marie som den lysande spiran på toppen. En byggnad där jag var välkommen på besök, men utan att kunna tillföra något. Denna familj behövde absolut ingenting mer. Varje ny sten, om än aldrig så liten, som lades till detta byggnadsverk, skulle få alltsammans att rasa.

Jag reste mig ur diket och bestämde mig för att min oro var obefogad. Hur många gånger hade jag inte varit svartsjuk på Anne-Maries stockholmskompisar? Pia och Nilla och allt vad de hette. Många gånger hade jag funnit deras vykort och brev i Gattmans brevlåda när jag hämtat posten åt dem på väg till Anne-Marie och varit svårt frestad att riva sönder dem. Jag hade föreställt mig hur Anne-Marie tagit en av dem med sig till Tångevik, hur hon visat henne våra ställen, berättat våra hemligheter. Men allt det där hade varit ogrundat. Anne-Marie var *min* sommarkompis.

En indisk liten syster hade ingen betydelse för det som var mellan oss. Hon skulle tas om hand av Karin naturligtvis. Anne-Marie och jag skulle vara tillsammans som förut. Ingenting skulle förändras.

Så sade jag till mig själv när jag gick över vår bergiga, otacksamma tomt med tidningen under armen.

Midsommar hos Gattmans brukade vara en ganska enkel tillställning. Matjessill och jordgubbar. En promenad bort till dansbanan om vädret var hyggligt. Bara den egna familjen och kanske någon av Jens kamrater från Stockholm. De äldsta flickorna hade de senaste åren firat midsommar med andra ungdomar på ön Kannholmen.

Midsommarafton 1969 var annorlunda. Åkes båda bröder, Sven och Dan, båda läkare, var där med sina familjer, liksom Karins mor, en uråldrig, magerlagd dam som jag aldrig sett tidigare och som tycktes bestå enbart av senor, solhatt och käpp.

Konstnären Per Norin var där tillsammans med sin familj. De var på något avlägset sätt släkt med Karin, men brukade annars bara dyka upp hos Gattmans på den årliga kräftskivan i augusti.

Jens kamrat Mårten var där, och Mårtens föräldrar – som annars bara brukade sakta in sin stora motorbåt vid bryggan, lägga i friläge medan sonen hoppade iland med sina grejer och sedan försvinna som ett skummande streck i fjärran – hade den här gången kastat ankar, gått iland och dröjt sig kvar några dagar.

På ängen på andra sidan vägen hade flera tält slagits upp. Där bodde ungdomarna medan de vuxna trängde ihop sig i huset och båtarna.

I köket var stor sillbuffé uppdukad. Man satt och åt på verandan eller på filtar på marken. Per Norin vandrade fram och tillbaka över tomten och spelade blockflöjt. Sven Gattmans dotter sjöng amerikanska protestsånger och ackompanjerade sig själv på gitarr. Alltsammans liknade någon sorts märklig marknadsplats med tält, båtar, bilar, hundar, barn och vuxna och så den stora midsommarstången som rests borta på ängen.

Vi var alla där av samma skäl. Vi ville se Maja.

Utländska adoptivbarn var ännu något nytt och spännande 1969. Utlänningar över huvud taget faktiskt. Om man idag står i en vägkorsning i centrala Göteborg kommer man på en liten stund att passeras av somalier, iranier, gambianer, turkar, filippinare och så vidare, och ingen av dem skulle få en att vända på huvudet. Så var det inte vid den här tiden och det måste man tänka på för att förstå vilken uppståndelse Maja väckte.

Vi hade sett den andra världen på TV. Asien. Afrika. Fattiga, hungriga, lidande människor. Kontrasten mot vårt eget liv. Den fruktansvärda orättvisan. Och nu fanns en liten bit av den där världen här. Just en sådan människa som vi sett på TV-skärmen. För drygt en månad sedan hade hon befunnit sig bland smuts och flugor i ett överbefolkat Indien. Och nu: Här! I Tångevik. På en bohuslänsk sommaräng vid en midsommarstång.

Här satt hon på en filt med en krans av prästkragar, smörblommor och rödklöver i sitt svarta hår. Klädd i en intensivt gul förklädesklänning. Mörk, mycket mörkare än någon av oss kunnat tro. Inte ens ögonvitorna var helt vita utan lätt brunaktiga.

Karin satt strax intill, beredd att ta emot Maja om hon skulle tippa omkull. Hon hade nyss lärt sig sitta. När hon kom till Sverige låg hon bara, alldeles apatisk. Men sedan hon ätit upp sig och fått krafter hade hon på mycket kort tid lärt sig sitta. Gå kunde hon ännu inte, men det skulle säkert inte dröja länge förrän hon pinnade omkring på sina små mörka ben.

Hos sin nya familj skulle hon få mat, kramar och uppmuntran. Hon skulle få salta bad och frisk natur, vitaminer och proteiner, bilderböcker och teaterbesök, pussel och kritor, syskon och kamrater. Hur kunde det gå annat än bra med sådana uppväxtvillkor?

Den gamla mormodern pekade på den lilla med sin käpp och sade med sin kraxiga röst vad vi alla tänkte:

"En sådan tur hon har haft! Ni kunde ju lika gärna tagit den i sängen bredvid."

”Det är *vi* som haft tur”, sade Karin leende.

”Hon lärde sig sitta på en vecka. Då lär hon väl sig gå på två veckor”, tippade Jens optimistiskt.

Men det gjorde hon inte. Hon gick inte på hela sommaren. Hon gick inte förrän hon var två år. Och tala lärde hon sig aldrig.

Sommaren när hon var två och ett halvt var det ingen som bekymrade sig om talet. Maja var sen och hon skulle få utvecklas i sin egen takt utan stress. Men när hon var tre och fortfarande aldrig sagt ett enda ord – inte mamma, inte pappa, inte lampa, ingenting – förstod man att något var fel. En grundlig hörselutredning gjordes. Den visade vad familjen i och för sig vetat hela tiden: att Maja hörde perfekt. Några synliga fel på stämband, gom eller tunga fanns inte. Åkes svägerska barnpsykologen gjorde täta besök i familjen men kunde inte ge bättre svar än någon annan.

”Ta det lugnt. Vänta och se”, sade hon.

Hjärnskador till följd av tidig undernäring hade det talats om. Men efterbliven var hon inte. Hon förstod – ibland kusligt väl – vad som sades. Om Åke och Karin talade om att göra en badutflykt dagen därpå så satt Maja på verandatrappan nästa morgon, klädd i sin flytväst och med spann och spade i handen.

Hon hade också en imponerande talang för att leta rätt på saker. Jag minns när Lis tappat bort sitt plektrum och anklagade Eva för att ha tagit det. Flickorna grälade uppe i sitt vindsrum och Anne-Marie och jag satt nere vid matsalsbordet och spelade Svälta räv med Maja som åskådare. När vi dagen därpå gjorde oss klara för att ro ut med ekan och fiska, Anne-Marie, Eva, Lis och jag, stod Maja där plötsligt på bryggan med Lis plektrum i sin utsträckta handflata. Det visade att hon dels hört flickornas samtal från vindsvåningen till nedervåningen, att hon förstod ett ord som plektrum och att hon lyckats leta reda på denna lilla tingest.

I början var alla förtjusta över Majas nästan magiska förmåga att hitta borttappade föremål. De överöste henne med beröm och sade att hon var en ”sakletare” precis som Pippi Långstrump. Så småningom uppstod misstanken att Maja själv gömde sakerna för att plocka fram dem vid lämpligt tillfälle. Men ingen kunde bevisa något och det var bara Jens som sade det rent ut.

”Hon vill bara ha beröm”, sade han.

Det är mycket naturligt för ett barn att vilja ha beröm, men om det var Majas önskan så dolde hon den väl. Hon verkade inte det minsta berörd av alla lovord. Inte generad heller. Hennes ansiktsuttryck var lika outgrundligt och tomt som vanligt, utan ett leende, utan en blinkning, just det uttryck som fått läkarna att tro att hon var hörselskadad. När man talade till henne hade man en känsla av att allt man sade var förgäves, att det rann av henne som vatten. Det var först senare man insåg att hon tagit alltihop till sig, varenda liten detalj.

En annan märklig sak med Maja var att hon var så avvisande mot Karin och Åke. Hon lät dem hålla henne och krama henne, men hon besvarade aldrig deras ömhetsbetygelser. Hon satt slapp som en trasdocka med blicken tomt i fjärran och väntade tills det var över.

För Karin och Åke var det här något som var så smärtsamt att de inte kunde tala om det. De var annars öppna på ett sätt som ofta förvånade mig när det gällde sina egna och barnens problem, men när Maja vilade passiv i Karins famn log hon krampaktigt, lade flickans armar runt sin hals och sade:

”Å, så gott det är att kramas!”

Det var hemskt att se och det hemskaste var slutet av en sådan där ensidig kram, för det fanns liksom inget naturligt slut som det finns i en riktig kram. Karin kramade och kramade och väntade i det längsta på att få gensvar från Majas slappa armar. Karin började långsamt släppa taget, men tvekade och började hoppfullt att krama igen. Och till slut tycktes hon fatta någon sorts beslut att hon måste ge upp och släppte Maja, som nästan föll ur hennes famn, för att strax därpå bli väldigt snabb och förvinna därifrån.

Den enda Maja var riktigt fäst vid var Anne-Marie. En förklaring kan vara att Anne-Marie var yngst i familjen och alltså närmast henne själv i ålder, även om glappet var stort. En annan förklaring kan vara att Anne-Marie var en ganska sval person. Hon var inte lika kramig som resten av familjen och hon blev sällan riktigt arg. Istället kunde hon vara tjurig och långsint. Hennes känslor hade en sorts fördröjd utlösning. Hennes tjurighet verkade ibland helt oförklarlig och jag blev alltid förvånad när jag förstod vad som var orsak till den. Det kunde vara något jag gjort eller sagt för länge sedan och som hon den gången bemött med ett skratt. Möjligen kunde denna oförmåga att visa sina känslor i rätt ögonblick ha varit något som Maja känt igen hos sig själv.

Det viktigaste tror jag dock var att Anne-Marie lät henne vara ifred. Hon gjorde aldrig något försök att krama Maja. Hon berömde henne inte som Karin, irriterade sig inte på henne som Eva, retade henne inte som Jens. Hon behandlade henne kort sagt som luft. Och jag tror det var så Maja ville bli behandlad.

Själv kunde jag ibland bli lite trött på henne. Hon hängde alltid efter oss. Hon deltog inte i något vi gjorde, men hon fanns där hela tiden. En tyst, registrerande åskådare.

När vi åkte ut med snipan och fiskade ville hon sitta i fören. Hon ville inte själv ha någon rev, hon nöjde sig med att se på vårt fiskande.

Ibland ville Anne-Marie och jag vara ensamma. Då stängde Anne-Marie dörren till sitt rum. Maja protesterade inte, men när vi flera timmar senare kom ut stod hon därutanför i dunklet under takbjälkarna och väntade.

Det var likadant när vi skulle gå någonstans och inte ville ha henne med. "Du får inte följa med", sade Anne-Marie enkelt. Och Maja slog sig lydigt ner vid vägkanten och när vi långt senare återvände satt hon där som en trogen hund. Det gav mig dåligt samvete, men Anne-Marie ryckte bara på axlarna.

Det var sommaren när hon var två och ett halvt som Maja gjorde succé som sakletare.

Sommaren därpå hade en ny talang uppenbarats.

Från sin första dag i familjen hade Maja fått tillgång till vaxkritor, pastellkritor, vattenfärg, plakatfärg och fingerfärg. (Dock inte tuschpennor som Karin ansåg okreativa och hämmande på något sätt. Om jag inte minns fel var det för att de inte gick att blanda till nya nyanser.) Maja visade inget intresse för dessa färger. Däremot tog hon gärna en bläckpenna från någons skrivbord och klottrade nonfigurativt kludd. Hon kunde ägna lång tid åt denna sysselsättning vilket bekymrade Karin, som ansåg att stora kritor och klara färger var mer lämpade för ett barn i Majas ålder.

Men så en dag råkade Åke kasta en blick på ett av dessa kluddpapper och såg till sin stora häpnad att kluddet faktiskt föreställde något. Små djur, ungefär två centimeter långa, med fyra ben och svans och lång, smal nos, vandrade i långa rader längs pappret. Hundar. Eller *en* hund i rörelse, som på en filmremsa.

Han uppmanade Maja att rita mer, men Maja verkade som vanligt inte höra. Hon ritade bara när hon själv ville. Spänt inväntade familjen nästa tillfälle.

Och även denna gång blev det hundar. Några träd. Ett hus. Karin satte figurerna i förbindelse med den promenad Maja och hon nyligen tagit med Lilla My. Hon frågade Maja men inget i flickans ansikte bekräftade att hennes förslag var riktigt.

Det blev fler teckningar, ett tiotal per dag, och familjen kunde i de små figurerna känna igen både sig själva och sådant som de upplevt. Det lilla huset var kiosken dit man brukade gå och köpa kvällstidningar och godis. Maja ritade alltid på samma sätt, smått, i en lång rad. Ofta upprepade hon samma motiv om och om igen. Ingen förstod någonsin varför. Hunden kunde vara i rörelse, men kiosken? Kanske ville hon förbättra sin teckning, kanske ville hon hålla kvar den i minnet.

Detta sätt att rita – smått, detaljerat – stämde inte alls med Majas ålder. Och detta var de första föreställande teckningar man sett henne göra. Vad hade hänt med huvudfotingarna? Den första ansiktsteckningen med fyra ringar, två för ögon, en för näsa, en för mun? Hade hon hoppat över de normala stadierna? Eller hade hon passerat dem raskt och i hemlighet? Under sin kluddperiod hade hon ofta själv slängt sina teckningar sedan de var färdiga. Karin brukade ibland fiska upp dem ur papperskorgen och sophinken för att se om något hänt i Majas utveckling, men dem som Maja rev i småbitar och spolade ner på toaletten kom hon förstås aldrig åt.

Majas teckningstalang utvecklades snabbt. Jag som inte sett henne sedan sommaren innan häpnade, trots att Anne-Marie berättat om hennes framsteg i ett brev.

Maja tecknade snabbt och koncentrerat. När hon var färdig tittade hon igenom raderna med figurer. Sedan tycktes hon tappa allt intresse för teckningen och fanns ingen där för att hindra henne gick hon till sophinkem och slängde den eller gömde den.

Precis som när det gällde sakletningen verkade hon helt ointresserad av beröm. Hon gillade att rita, men inte att visa det hon gjort eller lyssna till några lovtal.

Det allra märkligaste med Majas teckningar var dock inte hennes brådmogna teknik. Det var kompositionen av bilden: små figurer i rader. Och innehållet: en återgivning av sådant hon nyligen upplevt. Det var inte en bild i vanlig mening. Det var ett system av bilder. Ett bildspråk.

Sommaren 1972 var redan från början en annorlunda sommar. Pappa skulle skriva på sin avhandling om paradontit och mamma hade fullt upp med att göra vår nya villa beboelig, så den sommaren hyrde de ut sommarstugan till en småbarnsfamilj från Borås.

Vi hade gjort upp med Gattmans att jag skulle få bo hos dem under sommarlovet. Det passade dem bra, eftersom Eva skulle vara volontär på en kibbutz i Israel och de därför hade ett barn mindre än vanligt.

Jag såg fram emot att få bo i Gattmans hus som den familjemedlem jag alltid önskat att jag varit. Under våren intensifierades Anne-Maries och min korrespondens och breven ändrade karaktär. Vi diskuterade ingående våra planer för den kommande sommaren, hur vi skulle sova (Lis skulle flytta in i Anne-Maries lilla skrubb och Anne-Marie och jag skulle bo tillsammans i de äldre flickornas rum), vilka kläder vi skulle ha med oss, vad vi skulle göra om dagarna. Mest kretsade våra resonemang kring den föräldrafria tältningen på Kannholmen på midsommarafton. Eva och Lis hade tidigare fått följa med sina kamrater dit, Jens hade varit med förra året, och nu tyckte våra föräldrar att även Anne-Marie och jag kunde få följa med. Mina föräldar hade först varit tveksamma – jag var femton år då – men eftersom den tjugoettåriga Lis, som de betraktade som en mogen och pålitlig storasyster, skulle följa med gav de sin tillåtelse.

Första dagen på sommarlovet körde pappa mig ut till Tångevik. Jag minns fortfarande färden dit. Trädens skira grönska, ängarna som skummade av hundlokor, den spännande lukten i pappas nya bil, Gilbert O'Sullivan på bilradion. Dagen innan hade jag sagt adjö till mina gamla klasskamrater. Grundskolan var slut. Jag lutade mig tillbaka i det mjukt fjädrande sätet och kände vinden blåsa i mitt hår genom det nedvevade fönstret. Jag kände att jag reste från något gammalt till något nytt.

Redan när vi lastade ur mina väskor ur bilens bagagelucka märkte jag en förändring. Lilla My gick inte och vaggade och nosade på tomten som hon brukade. Hon hade dött under vintern, sjutton år gammal.

Karin kom ut klädd i shorts, bomullskjorta och träskor. Hon slog armarna om mig i en stor kram.

”Ulrika! Vad roligt att få ha dig hos oss hela sommaren. Anne-Marie och de andra är ute med snipan och badar någonstans. Det är bara jag hemma. Kom in och drick kaffe. Jag har bakat rabarberpaj.”

När pappa efter en hastig kopp kaffe med paj och lite pliktskyldigt småprat givit sig av mot stan igen följde Karin mig upp till vindsvåningen för att visa mig rummet där Anne-Marie och jag skulle bo.

I jämförelse med Anne-Maries lilla skrubb föreföll det här rummet riktigt stort. Två sängar med blåvita, porslinsmönstrade överkast stod på behagligt pratavstånd från varandra med två små nattygsbord och ett fönster emellan. I fönstret hängde en mobil med skal av blåmusslor. Vid snedtaksväggen fanns två vitmålade stoppade stolar med tyg i samma blåvita mönster som överkasten och en sekretär i björk med uppfälld klaff. Ovanpå sekretären stod ett krus med prästkragar. Den gulnade tapeten visade tydliga spår efter affischer som de äldre systrarna haft där tidigare.

Det var en het dag, solen hade legat på hela förmiddagen och rummet var kvavt och varmt som en bastu. Karin öppnade fönstret och lämnade mig.

Jag lade mig på en av sängarna och tittade på den tomma sängen medan jag försökte föreställa mig Anne-Marie i den. Visst hade jag sovit över hos henne förut. Men inte så här, natt efter natt, i en säng som skulle kallas min hela sommaren. Som en syster.

Jag hade just rest mig, öppnat min resväska och börjat hänga in mina kläder i garderoben när jag hörde snipans motor dunka i viken. Med en klänning i famnen rusade jag ut till det lilla fönstret vid trappan, men de hade hunnit för långt in och doldes av berget. Jag hörde deras ropande röster när de lade till vid bryggan. Plötsligt fick jag för mig att jag skulle motstå min impuls att rusa ner för trapporna och ut på berget för att möta dem. Det var första gången jag tänkte så och tanken förvånade mig själv.

Jag tvingade mig att gå tillbaka till rummet – *vårt* rum – och hängde in min klänning i garderoben. Den var av indisk bomull. Jag hade hittat den i en liten orientalisk affär en grå dag i vintras när jag ensam strövade omkring i stan. Jag hade provat den och den var så vacker på, hög midja, djup urringning och många små knappar, och nästa dag hade jag tagit pengar med mig och köpt den för att ha på sommaren. Långsamt och metodiskt, men vaksam på varje ljud fortsatte jag att hänga in kläder.

Min gamla oro för att Anne-Marie skulle vara förändrad infann sig så fort jag hörde hennes steg i vindstrappan. Hon gick så långsamt, hon verkade inte göra sig någon brådska att träffa mig. Men det var varmt och hon var säkert trött efter en dag på sjön, tröstade jag mig.

Jag tvingade mig att stå kvar, frusen i min rörelse med handen sträckt in i garderoben och ryggen mot dörren, och först när jag hörde henne komma in i rummet vände jag mig om.

Jag var nära att tappa galgen i golvet. Den här gången var hon verkligen förändrad. Det truliga, rundade i hennes ansikte var borta. Kind- och käkben trädde fram på ett sätt som jag inte sett tidigare. Mellanrummet mellan framtänderna fanns där, men det var inte längre lustigt och barnsligt, utan sensuellt lockande där det skymtade fram då och då mellan hennes läppar. Några bröst hade hon inte och skulle förmodligen aldrig få, hennes kropp var av den pojkaktiga sorten, men det var något nytt med hennes rörelser. Säkrare, mer rytmiska. Hon var solbränd och klädd i bikini. Håret var ännu vått efter badet och ett badlakan hängde över hennes axlar.

En bedövande känsla av otillräcklighet vällde upp inom mig. Jag kände mig barnslig, misslyckad, klumpig. Plötsligt ville jag bara bort ur rummet, bort från sängarna med de porslinsmönstrade överkasten, bort från den vackra, smidiga kvinnan vars syster jag aldrig skulle kunna bli.

Jag måste ha sett chockad ut och Anne-Maries blick på mig var road. Så började hon skratta, ett vackert, mjukt skratt, men inte alldeles snällt, och slog armarna om mig. Hon luktade salt och hennes våta hår var kyligt mot min kind.

"Ulrika", sade hon bara och fortsatte att skratta.

Hon skrattade för länge och hon skrattade fel. Hon skrattade *åt* mig, inte *med* mig. Det var inget skratt att kliva in i, att dela med henne. Det gjorde ont, men det var ändå oemotståndligt och jag kände en dov smärta i hjärtat medan jag besvarade hennes omfamning.

"Här ska vi bo. Fint va?" sade hon och kastade sig raklång på den ena sängen, just den som jag föreställt mig att hon skulle ligga i.

Jag lade mig på den andra sängen, på sidan, vänd mot Anne-Marie. Kudden under henne hade en våt fläck efter håret. Hon vände ansiktet mot mig och vi såg på varandra. Musselskalen i mobilen gungade lätt i draget från det öppna fönstret och deras insidor skimrade i solljuset. Långsamt fann vi vår gemensamma våglängd. Men det var bara en del av henne jag nådde. Resten var en avlägsen trakt, oåtkomlig för mig.

Jag vet inte om det var morgonen därpå eller om det var någon av de följande, men det var i alla fall före midsommar. Jag stod framför spegeln i tvättrummet och målade mig, klädd i trosor och bh. Anne-Marie kom in och ställde sig bredvid mig. Jag sneglade på hennes spegelbild medan jag fortsatte mitt pillande med mascaraborsten. Anne-Marie började också måla sina ögonfransar. Fast egentligen behövde hon det inte. Hon hade långa, svarta fransar och mörka ögonbryn. Och naturligt ljusblont hår. En sådan underbar och ovanlig kombination. Själv hade jag ljusa ögonfransar som en gris och den hårfärg som kallas cendré om man är snäll och råttfärgat om man är elak. Ögonfransarna målade jag dagligen, men det var inte modernt att färga eller bleka håret på den tiden. Det gjorde bara medelålders servitriser.

Jag tryckte försiktigt ut en klick blå glitterögonskugga från en liten tub och smetade ut den över ögonlocket. Anne-Marie målade sina läppar med läppglans. Hon hade en vacker mun. Läpparna följde en lustig, neråtkrökt linje, som om hon alltid var en liten smula missnöjd.

Det var knäckande att ha henne så nära intill mig och jag drog lite i ena bh-bandet för att påminna oss båda om det enda fysiska område där jag var henne överlägsen. Men egentligen var jag inte speciellt glad åt min stora byst. Jag tyckte inte den passade på min kropp. Jag visste att män betraktade stora bröst som något önskvärt, men på de utvikningsbilder jag sett hade de stora brösten suttit på långa, slanka kvinnor, inte på små rultor som jag. De såg helt malplacerade ut. Det senaste året hade jag fått kommentarer om dem av främmande killar och gubbar, vilket gjorde mig förvirrad och fick mig att betrakta mina bröst som ett par främmande föremål som hängts på mig av misstag. Det verkade som om de där flinande männen kände dem bättre än jag själv.

Anne-Marie fyllde inte ut sina kupor, fastän hon hade minsta storleken. Det verkade inte bekymra hennes särskilt mycket.

Hon borstade håret. Hon hade inte klippt det på hela vintern och nu nådde det nedanför midjan. Fastän det var så långt var det ändå tjockt och reste sig spänstigt i två vågor från pannans mitt.

”Jag önskar jag vore blond”, sade jag.

”Hur skulle du passa i det? Kom, får vi se.”

Och så lyfte hon håret på sin vänstra sida över mitt huvud och lade sin kind intill min så att hennes långa hår räckte åt oss båda. Där stod vi med ansiktena tätt tryckta mot varandra, inramade av samma blonda hårsvall. Jag kände hennes kindben, hennes hud, hennes andedräkt. Doften av hennes hår som föll som en gardin över mitt vänstra öga. Jag greps av svindel. Mitt eget ansikte utplånades i spegeln, smälte ihop med Anne-Maries. Jag blev en del av henne.

Så började Anne-Marie gapskratta och jag blev åter mig själv. Men upplevelsen stannade kvar i mitt minne. Den hade varit både lustfylld och skrämmande.

Kristina

När hon skrevs ut från avdelningen var det vinter. Hon vägrade att bo med sina föräldrar och den läkare hon fick träffa några minuter då och då tyckte också att hon skulle prova på att bo själv. Hon var tjugoett år och hade en god prognos. Hon hade slutat hålla händerna över ansiktet, åt ordentligt med kniv och gaffel och uppförde sig som folk. Hon var tyst och inbunden, men det hade hon ju alltid varit.

Hon fick en liten lägenhet inte så långt från sjukhuset. Varje dag skulle hon ta bussen till sjukhuset och delta i deras arbetsterapi. Där fick hon måla, baka och spela bordtennis. Hon fick också läsa tidningar tillsammans med andra dagpatienter och diskutera vad som stod i dem. Hon sade nästan ingenting, men det krävdes inte heller av henne. Det räckte att hon kom på morgonen som hon skulle och deltog i aktiviteterna.

Eftersom hon klarade allt detta galant blev hon snart utskriven helt och hållet. Då ville hon flytta så långt bort från sjukhuset som möjligt. Kuratorn hade ett samtal med henne om hennes framtid. "Hur vill du ha det?" frågade hon. Kristina sade att hon ville bo på landet. Kuratorn ringde och ordnade så att hon kunde få hyra en stuga.

En sommardag åkte de dit, Kristina, kuratorn och en kvinna från kommunen. Stugan låg långt ute på en halvö. En ö var det nog egentligen, men man hade byggt en smal vägförbindelse på en vall av sten. Vägen var för smal att köra bil på, så den sista kilometern fick de gå. De följde en stig genom hagar där kor betade, genom lövskogsdungar och slånbärssnår.

Stugan låg i en sänka mellan bergknallarna. Utanför fanns en oklippt gräsplätt och en massa brädlappar, skrot och lump. Huset såg märkligt ut. Kvinnan från kommunen berättade att det byggts av en varvsarbetare i början av femtiotalet. Han hade varit här på sin fritid och spikat dit en bräda lite då och då. Dessförinnan hade det legat ett torp på tomten. Brunnen med sin blankslitna stenhäll och en gammal jordkällare invid berget var ett minne från den tiden.

Inuti bestod stugan av ett enda rum. Där fanns en elektrisk spis med två rostiga plattor och en liten ugn, en diskbänk med avlopp och ett uråldrigt kylskåp. Golvet var ett lappverk av olika sorters linoleummattor. Den lilla järnkaminen kompletterades av ett väggfast elektriskt element med synliga glödtrådar. I ett hörn stod några uttjänta möbler och på väggarna hängde tavlor med havsmotiv i grälla, okänsliga färger.

Varvsarbetaren hade isolerat väggarna. Han slutade nämligen sitt arbete på varvet för att bo i stugan året runt och måla tavlor. Hans nya konstnärsliv hade dock inte fungerat så bra. Hans benägenhet för dryckenskap hade tagit överhanden och det var på så sätt kommunen kommit i kontakt med honom. Han hade helt enkelt legat i den här stugan och sakta men säkert supit ihjäl sig. Sedan dess hade den stått tom och inga arvingar hade gjort anspråk på den.

Kuratorn var skeptisk. Hon skakade på huvudet när kvinnan från kommunen öppnade dörren till det lilla toalettutrymmet på husets baksida. Under toalettsistsen fanns en spann vars innehåll skulle grävas ner i marken.

Kuratorn tyckte det var för primitivt och isolerat. Det var långt till affär, post och busshållplats, och det fanns ingen telefon. Nej, hit ville hon inte skicka en före detta patient.

För Kristina kändes allting rätt med en gång. Husets märkliga asymmetriska exteriör, de trasiga möblerna, de fula tavlorna, den otäcka lukten, allt det märkte hon knappt. Hon såg gräset, bergen, träden. Hon lyssnade till fågelsången, skriet av måsar och vindens sus. Här ville hon bo.

”Men Kristina. Det är hemskt jobbigt att bo så här. Det finns till exempel ingen tvättmaskin. Du får tvätta lakan och allting för hand.”

Kristina såg ner på de båda kvinnorna från en bergknalle. Hon hade just upptäckt havet nedanför.

”Här är vackert”, sade hon.

”Det är vackert nu. Men tänk på vintern”, sade kuratorn. ”Vet du hur mörkt det blir utan gatubelysning?”

”Ja, det är inget för mörkrädda”, sade kvinnan från kommunen.

Kristina smålog.

”Jag tycker om mörker”, sade hon. ”Det har jag alltid gjort.”

”Du har ingen bil, inget körkort. Om det händer dig något, vem ska hjälpa dig? Det är två kilometer till nästa hus.”

Men Kristina stod på sig med en envishet som kuratorn aldrig tidigare sett hos henne. Och hon mindes hur duktig Kristina varit på hushållssysslor och praktiskt arbete när hon gick som dagpatient. Hon var händig, ordentlig och tålmodig. Det var bara det här med sociala kontakter hon inte klarade av. Kanske skulle hon kunna bo här ute om hon fick tillsyn då och då.

Och så flyttade hon dit. Det enda hon ville ha med sig var sin cykel. Hennes far körde dit den på biltaket. Han tog också dit hennes säng och sängkläder, husgeråd och några andra saker som föräldrarna tyckte att hon måste ha.

Inte sedan sin tidigaste barndom hade Kristina varit så lycklig som nu. En stor del av hennes dag gick åt till praktiska bestyr. Hon cyklade den långa vägen till affären och handlade. Hon eldade i kaminen. I en skottkärra körde hon grova trästycken från en hage där en bonde fällt och sågat upp några björkar. Sedan klöv hon de stora styckena till mindre med en yxa. Också sin säng hade hon huggit till ved och eldat upp. Hon ville hellre ha madrassen på golvet med täcken och kuddar omkring sig som ett bo. Varvsarbetarens kväljande målningar hade hon gjort en brasa på redan första dagen.

Hon strövade omkring på stränderna, i bergen och på ängarna. Ofta hittade hon något vackert som hon tog med sig hem: snäckskal, fjädrar, vrakgods. Hon samlade sina skatter först i fönstren och sedan, när där var fullt, på stugans enda bord, så att hon sedan fick sitta vid diskbänken och äta.

Hon lagade mat, diskade och skurade det lappade linoleumgolvet med en rotborste. Tvättade gjorde hon utomhus i en stor plastbalja som hon köpt i affären. Hon hade fraktat hem den genom att stjälpa den över sadeln och pakethållaren och leda cykeln.

Nilsson, bonden i närmsta gården brukade lägga nät. När han hade gott om fisk ropade han till Kristina när hon cyklade förbi och så kunde hon ta vad hon ville ha. Hon brukade betala igen genom att lägga en limpa nybakt bröd i en påse på deras förstutrapp. Kristina använde sig av Nilssons brevlåda som care ofadress. Eftersom hon nästan aldrig fick någon post tyckte hon inte det var mödan värt att sätta upp någon egen.

Mer komplicerat än så var inte umgänget med grannarna. Folk här var inte särskilt pratsamma. Det var nöjda med en nick till hälsning och några korta meningar om det som måste sägas.

Hon gjorde av med ytterst lite pengar. Det hon fick över av sjukbidraget lade hon i en burk i skåpet.

När hon tänkte tillbaka på tiden när hon gick omkring med djurmasker och skrämde folk på stan skämdes hon. I sin plånbok hade hon kvar en karta med foton som hon tagit på Centralstationen. På fotona hade hon rävmasken på sig. Hon kunde skymta sina egna ögon – ledsna, rädda – i det hotfulla ansiktet. Det där med maskerna hade bara varit ett sorgligt substitut. Men maskerna hade varit nödvändiga för henne då. De hade kommit till henne – räven, örnen och tigern – och gett henne sin ande. Maskerna hade förstörts, men djurens ande hade hon behållit. Hon hade djuren inom sig och när hon ville – i stugan, i affären eller ute på ängarna – kunde hon bli någon av dem och se med det djurets ögon. Hon log när hon tänkte på detta, för denna förmåga var hennes egen hemlighet.

Under vissa perioder vände hon på dygnet. Hon sov till klockan ett på dagen och om nätterna strövade hon omkring. Hon följde rådjurens stråk över ängarna och bergen. Hon kunde höra dem gå strax framför henne i mörkret. De visade vägen. Ibland blev det tyst och då hade hon gått fel. Då var det bara att stå alldeles stilla och vänta i den svarta natten och så hörde hon dem igen. De kom tillbaka och hämtade henne.

Rådjurens vägar skar rätt över ängar, åkrar, berg och skogar. Hela området var ett nät av rådjursvägar. Hon bodde mitt i rådjurens rike. Och efter en tid fann hon till sin stora häpnad och glädje att hon också hade rådjurets ande i sig, lätt och skälvande.

Ibland omringades hon av skuggor. Hon kunde vakna en morgon och känna att de fanns där, i stugan, i bergen, överallt. Först tunna, som grå rök. Sedan blev de tjockare, mörkare. De kom närmare henne, kröp in på huden, lindade sig kring hennes hals och armar. Men hon visste hur hon skulle bekämpa dem. Hon hade tabletter som hon åt och när skuggorna närmade sig skulle hon öka dosen och ta tre om dagen istället för en. Det var nästan löjligt effektivt. Hon fick en sorts pansar, en lukt som skuggorna skydde. Hon tyckte inte om den där höga dosen, hon blev slö och hennes rörelser ville inte riktigt följa hennes tankar. Men skuggorna försvann och snart kunde hon gå ner på den låga dosen igen.

Föräldrarna kom och hälsade på. Hon svarade enstavigt på deras trevande frågor. De satt ytterst på stolskanten, balanserade kaffekopparna i knät och läppjade försiktig på drycken, som om hon försökt förgifta dem. Deras blickar vandrade ängsligt runt i stugan, över boet med täcken på golvet och de upphittade skatterna i fönstren och på bordet. När de frågade vart sängen tagit vägen skakade hon bara på huvudet och de sade inget mer. De var inte längre påstridiga, kom inte med några råd om vad hon borde göra och inte göra. Detta var hennes värld.

Kristina tyckte plötsligt mer om dem än någonsin tidigare. Hon förde dem till bordet med skatterna. Hon visade dem skallen från en död råbock, ett fågelbo och det spröda skelettet av en näbbmus och lät dem hålla i dem. Hennes mor tog emot dyrbarheterna med darrande händer.

”Så fina”, viskade hon andäktigt. ”Var har du hittat allt det här?”

”Här utanför. Här finns så mycket.”

”Märkligt”, mumlade fadern och lutade sig över ett måsäggskal med ett förtorkat foster i.

Kristina berättade om alla djur hon brukade se på sina vandringar, om rådjuren, hararna, strandskatorna och maneterna. Hennes föräldrar lyssnade häpna. De hade aldrig hört sin dotter tala så länge förut.

Hon lade märke till deras hänförda ansikten. Ett kort ögonblick tänkte hon berätta att hon nu fått rådjurets ande, men så insåg hon att deras blickar uttryckte glädje, inte förståelse. De var glada över att hon funnit sig tillrätta och trivdes här, men hennes värld var dem främmande och allt hon sagt var obegripligt för dem. Kristina tystnade och diskade deras kaffekoppar. Sedan följde hon dem genom hagarna till bilen.

Med öppna sinnen upplevde hon sin första vinter i stugan. Åkrarna som sov i dimman och mistlurarnas ödsliga ylande. Naturens olika nyanser av gult och brunt. Snön som föll men aldrig riktigt lade sig. Den luddiga frosten som klädde klipporna till väldiga, bepälsade djur. Isen som frös i vikarna om natten och sedan bröts sönder av vågorna och fick börja om på nytt nästa natt. Doften av björkvedsrök i kall luft.

När kuratorn kom på besök för att se hur hon hade det i kylan mötte Kristina henne i den frostöverdragna kohagen, rosenkindad och klädd i fotsid kjol, dubbla ylletröjor och en halsduk knuten kring huvudet. I stugan bjöd hon på te och nybakt bröd med honung från Nilssons bikupa framför brasan. Hon berättade att hon mådde bra och helt hade slutat med tabletterna.

Sedan visade hon sina skatter som förändrats sedan kuratorn

sist var här. Hon hade börjat göra saker med dem. Råbocksskallen hade fått ejderdun kring hornens fästen och ett stort svart öga målat i pannan. En benknota hade prytts med fastlimmade små snigelsnäckor och bemålats med ett komplicerat, slingrande mönster.

”Du är ju en riktig konstnär, Kristina”, utbrast kuratorn och Kristina log.

Våren därpå köpte hon kajaken.

Ulrika

När Anne-Marie och jag kom ner till båten på midsommaraftons morgon var klockan ungefär åtta och Gattmans brygga vilade ännu i bergens långsträckta skuggor, men ute på vattnet var solljuset bländande starkt. Tärnorna kretsade tjirrande över viken. Havet låg så stilla att bergen speglade sig.

Lis och hennes fästman stod på bryggan och langade packningen till Jens som tog emot den i snipan. Jens kamrat Mårten strövade omkring i strandkanten, klädd i shorts och brottarlinne, och kastade små stenar i vattnet. Anne-Marie och jag slängde ner våra grejer till Jens som stuvade in dem bland sovsäckar, tält och spritkök.

”Hinner man med ett dopp innan vi sticker?” ropade Mårten.

”Nej”, svarade Jens, men Mårten hade redan rusat ut i vattnet och fortfarande klädd i shorts och linne kastade han sig framåt i en dykning.

Ett ögonblick senare dök han upp intill båten, och försökte få tag om relingen genom att dra sig upp i en av fendrarna. Den stånkande motorn var redan igång, Jens höll på att göra loss baktampen och Lis satt beredd att lossa i fören.

”Lägg av”, sade Jens. ”Gå upp på bryggan och hoppa i om du vill åka med.”

Men Mårten gav sig inte. Han hängde en lång stund vid båtens sida och försökte komma ombord den vägen, innan han utmattad gav upp, simmade in till stranden och drypande våt hoppade ombord från bryggan. Han skrattade, antagligen såg han sitt påhitt som en försmak av kvällens upptåg. Han sinkade oss med tio minuter, vilket kan tyckas oväsentligt – dagen var ung, affären i Hallvikshamn öppnade inte förrän nio – men i efterhand har det slagit mig att allt kanske skulle blivit annorlunda om vi kommit iväg tio minuter tidigare.

Just när Mårten slagit sig ner på en av bänkarna, där vattnet från hans shorts bildade en stor pöl, och Jens gett tecken till Lis att kasta loss, just då flög en liten orange figur ner för trappan längs berget, fortsatte ut på bryggan och stannade först vid bryggans yttersta kant.

”Titta, hon tror hon ska med”, flinade Mårten.

”Gå hem, Maja!” skrek Anne-Marie.

Men hon stod kvar. Med flytvästen över den bruna velourdräkten och alla remmarna prydligt åtdragna och knäppta. De svarta hårtofsarna var rufsiga, hon hade förmodligen rusat direkt från sängen, utan att Karin hunnit kamma henne. Hon riktade sina mörka ögon mot Anne-Marie.

”Gå hem!”

Vi skrek alla för att överrösta båtmotorn och viftade avvärjande med händerna som för att mota bort en envis geting. Men Maja stod kvar.

”Jag tar med henne upp. Vänta här”, sade Anne-Marie.

Jens stängde av motorn och Anne-Marie drog in båten och hoppade iland. Hon tog Maja i handen och började dra henne med sig över bryggan bort mot trappan i berget. Men Maja var motspänstig. Hon satt på huk för att göra sig så tung som möjligt och tog inte ett steg i Anne-Maries riktning. Anne-Marie släpade henne centimeter för centimeter över bryggplankorna. Det var en ordlös kamp, det enda som hördes var Anne-Maries pustanden.

Mårten hade fått upp ett par torra jeans. Han hittade en påse chips också, som han öppnade och skickade runt i båten.

”Du gör henne illa”, skrek Lis till Anne-Marie. ”Hon får flisor av bryggan. Bär henne!”

Anne-Marie försökte lyfta upp Maja i famnen och fick omedelbart ett slag i ansiktet och ett häftigt ryck i håret. Ilsket släppte hon taget om Maja så att hon föll i bryggan med en duns.

”Men herregud, Anne-Marie!” utbrast Lis. ”Hämta mamma!”

”Mamma kan aldrig få upp henne”, sade Jens. ”Kan inte Anne-Marie, så kan ingen. Det är dig hon vill vara med, Anne-Marie.”

Maja hade kravlat sig upp och stod åter längst ut på bryggan. Hon hade slagit sig när Anne-Marie tappade henne. Munnen var hårt hopknipen och hon gned sig på benet, men hon gav inte ett ljud ifrån sig.

Mårten hade börjat kasta chips till måsarna.

”Strong tjej, det där”, skrattade han.

”Vi tar med henne, annars kommer vi aldrig i väg”, suckade Jens. ”Gå upp och säg till mamma.”

Anne-Marie himlade med ögonen och stapplade omkring på bryggan som om hon var alldeles knäckt och höll på att segna ihop.

”Kom igen nu”, skrek Jens.

Anne-Marie ryckte resignerat på axlarna och rusade uppför trappan i några jätteklev. En liten stund senare var hon tillbaka.

”Okey?” frågade Jens.

”Okey.” Anne-Marie lyfte ombord Maja och hoppade själv efter med tampen.

Efteråt sade Karin att hon aldrig gett sin tillåtelse. Hon hade legat och sovit och inte varit klar i huvudet när Anne-Marie väckt henne. Hon hade aldrig uppfattat vad Anne-Marie sade.

Enligt Anne-Marie hade Karin visserligen legat i sin säng, men hon hade varit vaken. Hon sov aldrig djupt och hade säkert väckts av båtmotorn och ungdomarnas högljudda röster. Åke hade sovit tungt i sängen bredvid, men Karin hade varit fullt vaken och svarat motvilligt, men mycket tydligt: ”Ja, ja, hon får väl det, då.”

Anne-Marie satte sig på durken med Maja i knät. Jens startade på nytt, lade in backen och styrde med en vid sväng ut ur viken.

Vi stannade till i Hallvikshamn för att proviantera. Trots att klockan bara var halv tio på förmiddagen var hamnen full. De flesta hade anlänt dagen innan. Båtarna låg förtöjda i varandra, sida vid sida, och uppfyllde nästan hela hamnbassängen. Folk satt i sittbrunnarna och åt frukost eller låg på däck och solade medan grannarna från båten bredvid klev över deras kroppar på sin väg mot kajen. En massa öronmaneter hade drivit in och låg instängda i det oljeskimrande vattnet mellan båtarna. De blandade sig med nedkastat skräp till en tjock soppa.

”Fy fan för att ligga här”, sade Stefan föraktfullt.

”Dom gillar det ser du väl. Folk gillar att trängas som sillar”, sade Mårten.

”Folk är idioter.”

De räknade inte sig själva till ”folk”. Det gjorde ingen av oss på den tiden.

Eftersom det var omöjligt att lägga till släppte Jens av oss vid trappan nedanför bensinpumpen och körde sedan iväg för att hämta oss en halvtimma senare. Vi handlade mat och mellanöl i affären, fyllde dunken med diesel vid pumpen, köpte glass i kiosken. Anne-Marie tänkte köpa en isglass till Maja, men Mårten köpte en Storstrut till henne istället.

”Den smälter innan hon fått i sig hälften”, protesterade Anne-Marie.

”Spelar ingen roll. Små barn ska ha stora glassar”, sade Mårten.

Sedan tog han själv över struten när Maja inte orkade mer.

Det var sådana köer i affären att det hela tog betydligt mer än en halvtimme och Jens fick kretsa runt med snipan ett bra tag innan vi var redo för avfärd.

Några ungdomar vi kände hade vi inte sett till i affären, men ute på Kannholmen låg redan två båtar uppdragna på stranden.

Kannholmen är den yttersta i en liten grupp av öar och skär, belägen tre kvarts lugn båtfärd från Hallvikshamn. Det är den enda ö i området där det är möjligt att slå upp ett tält. Resten är bara kala klippor. Men Kannholmen har en alldeles plan gräsyta, där jorden är tillräckligt djup för att tältpinnarna ska få fäste. Runt omkring den där gräsplätten reser sig bergen som murar kring en borggård. Det är en väldigt skyddad och bra plats. Man måste känna till den, för man ser den inte från havet.

På öns insida finns en liten strand och på utsidan finns underbara, mjukt rundade hällar där man kan sitta och se solen gå ner i havet. Resten av ön är berg, skrevor, små gölar, sanka strandängar. Det är ingen stor ö, det tar knappt en timma att gå runt den.

Två tält var redan resta och deras invånare satt i gräset utanför och drack öl. Vi satte upp våra tält. Lis och Stefan hade ett, Mårten och Jens ett och Anne-Marie och jag ett.

Ytterligare några båtar anlände och fler tält restes så att ett helt litet läger med färggranna små tvåmanstält fyllde gräsplanen.

Vi åt en enkel lunch bestående av bröd, grovt uppskuret med morakniv, persikor och mellanöl. Sedan gick Anne-Marie, Maja och jag och badade. Lis och Stefan försvann in i tältet. Mårten och Jens lade ölen på kylning i vattenbrynet och försvann därefter över bergen till öns utsida.

Själv kände jag ingen av de andra. Anne-Marie kände dem till namn och utseende genom sina syskon. Hon växlade ett par ord med några av dem. Många av pojkarna ville prata med henne. Jag förstod dem. Anne-Marie var verkligen vacker när hon gick mellan tälten, klädd i bikini med Maja vid handen. Långa, slanka ben. Blont, långt hår som vinden blåste i. Brun, blank hud.

Jag hade min chockrosa bikini. Jag hade solat hetsigt de senaste dagarna för att bli brun till midsommar, vilket gett till resultat att min hud fått samma ilsket rosa färg som bikinin. Nu blev jag plötsligt medveten om att allt detta rosa smälte ihop och att jag med mina extrakilon kring midja och lår såg ut som en skållad spädgris. Mina tunga bröst hoppade och skumpade som om de hade eget liv, två ostyriga smågrisar som gungades i bikiniöverdelens vaggor.

Jag strök handen genom håret för att det inte skulle ligga så platt och kände att det redan började bli lite fett, fast jag tvättat det sent kvällen innan. Och nu skulle jag få salt i det när jag badade. Ikväll skulle det ligga i klibbiga testar, tänkte jag sorgset. Jag försökte hålla huvudet över vattenytan, men det var omöjligt för Anne-Marie simmade hela tiden under vattnet och ryckte i mina ben för att jag skulle ramla.

Efter badet ville Anne-Marie att vi skulle ta siesta. Jag kände också ett starkt behov av att vila. Vi hade gått upp tidigt, solen var het och vi hade druckit öl. Vi hängde badkläderna till tork på tältlinorna, kröp in i vårt röda tält och bredde ut badlakanen över sovsäckarna. Sedan lade vi oss iklädda trosor och linnen med den lilla nakna Maja emellan oss.

Jag var oerhört trött och somnade omedelbart. Jag vaknade någon timme senare. Min sömn hade varit djup och drömlös. Jag var fortfarande trött och orkade inte vakna upp ordentligt. Jag låg kvar i en sorts halvdvala och såg på de andra två, som fortfarande sov intill mig. Det var hett och instängt, men jag hade vant mig vid luften och kände inget obehag.

Jag minns såväl den där stunden i tältet. Det varma halvdunklet som rådde därinne, den röda tältduken som gav de sovande kropparna ett magiskt skimmer, doften av gräs och svett. Anne-Marie på sidan, vänd mot mig, med munnen en aning öppen, den böjda armen och handen på badlakanet. De långa, lätt böjda fingrarna, så avslappnade, en hand att teckna av. Läpparna, rosenröda i det märkliga ljuset, amorbågens mjuka kurvor. Det våta håret bortstruket från pannan. Hennes ansikte som en mjuk och mogen frukt. Maja låg bredvid henne, lite längre ner med huvudet i höjd med hennes navel. Hon låg på rygg, med armarna utefter sidorna, som småbarn ofta gör. Helt naken, med mörkbrun, sidenskimrande hud. Utanför hörde jag ungdomarnas röster, Jens munspel någonstans långt borta och måsarnas skrik. Tältduken fladdrade lätt. De sovande andades fridfullt intill mig, två foster i en livmoders röda, trygga rum.

Så vaknade Maja med ett ryck, kravlade hastigt mot tältöppningen och försvann som ett skott.

”Hon är kissnödig”, mumlade Anne-Marie. ”Det är jag med. Hur länge har vi sovit egentligen? Vad är klockan?”

Hon var tjugo över fyra. Vi steg upp för att fira midsommar.

Jag vet inte vad jag hade för förväntningar på midsommarfirandet på Kannholmen. Allt jag minns är att jag var förväntansfull. Att jag noga tänkt över vilka kläder jag skulle ha på mig. (Det vill säga vilka slitna jeans, vilket urtvättat linne, vilken säckig tröja.) Jag hade inga klara önskningar, om någon speciell kille som jag var kär i eller så. Jag tror bara jag hade en diffus, pirrande föreställning om att något skulle hända, att jag skulle vara en annan Ulrika när jag åkte hem igen.

I min föreställning ingick dock, det är jag säker på, att jag skulle vara tillsammans med Anne-Marie hela kvällen. Att hon och jag skulle komma varandra nära, dela hemligheter och äventyr, som sedan skulle binda oss samman. Så blev det inte.

Anne-Marie rörde sig som fisken i vattnet mellan alla de nya människorna. Hon vänslades med än den ena, än den andra. Hon var flyktig och svårfångad, munhöggs och skämtade.

Själv kom jag in i ett samtal med två äldre killar. De frågade mig om en massa djupsinniga saker och jag pratade på så intelligent jag kunde och njöt av deras uppmärksamhet, tills jag plötsligt fick en känsla av starkt obehag och när jag granskade deras ansikten närmare insåg jag att de drivit med mig hela tiden. Jag avbröt mig mitt i en mening och gick därifrån.

”Nej, nej, vänta. Får vi höra nu då”, ropade de bakom mig. ”Hur var det nu? Du glömde ölen, hör du!”

Jag satte mig intill Lis och Stefan, men de hade bara ögon för varandra, så jag flyttade till ett litet gäng med tjejer som grillade korv på stranden. De pratade och skrattade, men när jag satte mig hos dem blev stämningen mer dämpad.

”Är det du som är syster till Lis och Eva?” frågade en av dem.

”Nej. Det är Anne-Marie. Jag är Anne-Maries kompis. Jag bor hos dem.”

”Jaha”, sade tjejen och tyckte att hon pratat tillräckligt med mig. De återupptog sitt glada samtal och tycktes inte längre märka mig.

Plötsligt rusade de upp och skulle bada på utsidan och ingen frågade om jag skulle följa med. Det kändes fel att hänga efter dem. Kanske var det just för att slippa mig, som de rusade iväg så snabbt.

Jag satt kvar en stund vid den nedbrunna elden och såg glöden blinka inne i askan. En stupfull kille lullade förbi och lutade sig över mig med simmig blick.

”Herregud, vad du ser ledsen ut”, sade han, skakade på huvudet och gick.

Jag gjorde ett nytt försök till kontakt med Anne-Marie. Hon flamsade omkring bland tälten, berusad, men bedövande vacker i avklippta jeans och vitt linne, surfande på de andras beundran och åtrå. Rikedom var ett ord som dök upp i min hjärna, när jag sjönk ner i gräset vid bergväggen och betraktade henne. Hon var rik, överfull av skönhet och självförtroende. Hon var sig själv nog. Hon behövde ingen annan, allra minst mig. Själv kände jag mig som ett tunt skal kring ett tomt, svart hål, en mörk grotta av ensamhet och fulhet. Intill mig satt ett par och kysstes.

Maja sprang omkring, alltjämt naken fastän det nu var kväll. Någon hade kammat hennes rufsiga hår, dragit en rak bena och gjort ett par prydliga tofsar ovanför öronen.

Bergväggen bakom mig hade samlat sol hela dagen och utsände värme som ett stort djur. Jag lutade mig mot den och slöt ögonen.

Å, Anne-Marie. Min gyllene Anne-Marie, min Honungs-Anne-Marie. Var är du? Detta är inte min Anne-Marie, det är en främling. Kom tillbaka till mig, Anne-Marie, Honungs-Anne-Marie!

"Fy fan, vad du ser ledsen ut."

Det var den där killen igen, och jag vände bort ansiktet från honom. Men han hängde kring mig och tjatade.

"Tänker du lipa eller? Har killen gjort slut? Nej men fy fan, så *djävla* ledsen alltså, jag har aldrig *sett* nån så djävla ledsen."

Återigen reste jag mig och gick. Jag strövade över bergen, hit och dit på ön. Om jag tidigare sökt mig till olika grupper av människor, så sökte jag mig nu bort från dem, till ensamheten. När jag såg någon eller hörde röster valde jag hastigt en annan väg.

Vid öns utsida stannade jag ett ögonblick och betraktade det öppna havet och de små skären som avtecknade sig mot den röda kvällshimlen. Fåglar skrek någonstans ute över vattnet. Mellan deras skrin hörde jag de utdragna, vibrerande tonerna i en munspelsblues.

I en vrå i berget, med mjukt välvda klippor som ryggstöd, dolda för omvärlden och med utsikt över solnedgångshavet satt Jens, Mårten och en kille som jag inte tidigare sett. Bredvid dem stod en back öl. När Jens fick se mig gjorde han en paus, vinkade mig till sig och fortsatte spela.

Jag gick dit och satte mig utan ett ord på berget. För första gången den här midsommarkvällen kände jag mig varken bortmotad, utfryst eller hånad. Jag satt där, såg på det röda havet, som blev allt blekare och gråare allteftersom skymningen föll, och lyssnade till de skälvande munspelstonerna. Med ens blev mitt vemod nästan njutbart.

Fåglar kretsade hela tiden över oss, först avlägset, men så småningom allt närmare.

"Brukar fåglarna vara vakna så här dags?" frågade jag.

Jens såg upp och avbröt sitt spelande.

"Jag tror inte det."

"Nej, det känns lite konstigt", medgav Mårten. "Det brukar

vara alldeles tyst på nätterna, brukar det inte det? Fåglarna skriker inte så där då, va?"

"Fåglarna tystnar när solen går ner", sade den tredje killen lugnt och filosofiskt.

"Varför håller de här på och skriker och flyger då?" frågade Mårten.

"Vad är det för sort? "

"Gråtrutar. Tärnor. Något annat också kanske."

"Det är intressant att olika arter samarbetar så där", sade den tredje killen.

Plötsligt gjorde en av tärnorna en störtdykning. Den svepte förbi så nära våra huvuden att vi kunde känna draget från dess vingar, samtidigt som den skrek ett öronbedövande "iiii".

"Jisses", mumlade Mårten.

"Det är något konstigt med fåglarna ikväll", sade jag.

"Nej, det konstiga är att vi är här", sade Jens. "Det är fåglarnas ö. De har säkert bon och ungar här i skrevorna. De vill mota bort oss. Men de får stå ut med oss till i morgon."

Vi satt kvar och snart var vi omvärvda av ett helt moln av skrikande tärnor. De gjorde oss inget illa, bara flög runt våra huvuden, cirklade om varandra, var och en i sin bana, som planeter i ett komplicerat solsystem. En av dem släppte en vit klick på Mårtens axel. Jens började skratta och vi andra skrattade också. Vi satt där mitt bland alla flaxande vingar, hopkrupna med händerna över huvudena och skrattade.

Den tredje killen skrek till. En fågel flög upp från honom. Det var en vanlig tärna, men så här på nära håll såg den ut som en mycket större fågel. Dess vingar sopade nattluften mot oss i hårda vågor och för ett kort ögonblick kände vi dess lukt, en rå doft av fisk, träck och fjädrar.

"Den hackade mig i skallen", skrek killen.

Vi flydde över bergen till en annan klippskreva. Fåglarna följde efter oss och fortsatte att kretsa över oss, men de höll sig på avstånd.

”Vi satt nog nära något bo”, sade Jens. ”Hur gick det med skallen?”

Vi undersökte killens huvud men hittade inget sår.

”Jag blev nog mest rädd”, mumlade han.

Gråtrutarna satt på klipphällarna intill oss. De iakttog oss, men närmade sig inte.

”Ser ni vilka äckliga ögon de har?” sade Mårten. ”Rovgiriga liksom. Fy fan. De är läskiga”, tycker jag.

”De kanske tycker detsamma om dig”, sade Jens.

”Jag går i alla fall och lägger mig nu”, sade Mårten. ”Det här börjar likna Hitchcock.”

Han och killen som blivit hackad i huvudet reste sig och gick. Jens och jag satt kvar.

Misommarnatten var ljus och märkligt stilla. Över havet var det egentligen inte mörkt alls, mer som en gråmulen dag, och vattenytan var metalliskt matt.

Mårten hade tidigare suttit emellan Jens och mig och på hans plats var nu ett tomrum. Vi utplånade det lite i taget genom att flytta oss närmare varandra medan vi pratade. Jens satt med handen vilande på sina uppdragna knän och när jag såg på den där handen, som avtecknade sig mot havet, mindes jag Anne-Maries hand i tältet under middagsvilan. De långa fingrarna, den smala handleden. De hade precis likadana händer.

Jag såg i smyg på hans ansikte. Han tittade ut över havet och var så inne i sitt eget prat att han inte märkte att jag iakttog honom. Det var först nu, när den grå skymningen suddade ut alla förvillande detaljer, som jag såg hur lika Anne-Marie och han var. Hans hår var någon nyans mörkare, men annars fanns det där alltihop: de mörka ögonbrynen, kindbenen, den välformade munnen.

Han vände sig mot mig och våra ögon möttes. Han lade armen runt mig och drog mig intill sig, medan han strök min överarm upp och ner.

”Fryser du?” frågade han.

”Nej”, ljög jag.

”Du har gåshud. Håren står rätt upp på dina armar, känner jag.”

”Det känner jag inte själv.”

”Jag hämtar min sovsäck, så kryper vi ner i den. Vi kan sova här i natt. Det är mycket skönare än att ligga i tältet.”

Han försvann över klipporna och återvände med en av familjen Gattmans tunga, militärgröna sovsäckar. Han drog upp den ur sitt fodral, vecklade ut den över berget och funderade lite över placeringen. Han drog den än hit, än dit, för att finna en plats där bergets form var lämplig.

”Jag tror det blir bra här, va? Tror du inte?”

Den där högtidligheten skrämde mig lite. Han drog ner dragkedjan och lade sig och gjorde sedan tecken åt mig att komma efter.

”Jag får inte plats”, sade jag.

”Pröva, får vi se.”

Jag var tvungen att krypa tätt, tätt intill honom. Han hjälpte till genom att trycka mig mot sig med ena handen och dra upp dragkedjan bakom min rygg med den andra.

”Ser du. Det gick”, sade han triumferande.

Sovsäcken var varm och full av dofter. Den luktade salt, jord, gräs, doftrester av olika äventyr. Hans ansikte var så nära mitt att det kändes alldeles naturligt när han kysste mig.

Sovsäcken var som en yttre kraft, som milt men bestämt pressade våra kroppar mot varandra. Det var omöjligt att dra sig undan. Mun mot mun, bröst mot bröst, kön mot kön. Mitt hjärta slog så hårt att jag upplevde det som en främmande varelse, ett djur som blivit instängt i min kropp. Jens tunga uppfyllde min mun, som om den alltid funnits där. Hans ben som glidit in mellan mina ben tycktes höra hemma där. Våra kroppsliga gränser var upplösta. Vi bestod båda av en trögflytande, varm massa som uppfyllde sovsäcken.

Så hörde jag plötsligt ett kort skri. Jag öppnade ögonen och såg en stor gråtrut som slagit sig ner på en klipphäll snett ovanför oss. Jens hade knäppt upp mina jeans och höll på att dra dem av mig. Truten var bara ett par meter ifrån oss och sedd så nära verkade den jättelik. Den såg på oss och i dunklet kunde jag klart urskilja dess blick, som föreföll mig helt främmande. Där fanns ingenting av det trygga, bruna mörkret som finns i hundars och hästars ögon, inget som liknade kattens gulgröna gåtfullhet eller det pigga glittret i möss och hamstrars svarta pärlögon. Blicken i det vattniga ögat var iskall, en blick som kunde förefalla ond, men som var något bortom ondska, bortom allt mänskligt och begripligt. Ett fönster mot tomma, ödsliga rymder.

Truten öppnade näbben, vände huvudet uppåt och skrek igen. Och skriket fick mig att lyfta, att liksom stiga ut ur den där gemensamma sirapskroppen, och det var som om jag stod bredvid och tittade ner på paret i sovsäcken. De föreföll mig löjliga, jag ville inte ha något med dem att göra.

”Vad är det?” frågade Jens inne vid min hals. ”Är det fåglarna igen?”

Med ens kändes det obehagligt varmt och trångt i sovsäcken. Min kropp var min egen igen. Jag drog ner dragkedjan så att jag kom ut. Nattluften svalkade min nakna underkropp och jag drog hastigt upp trosor och jeans.

Truten flaxade upp och slog sig ner några meter längre bort.

Jag satt där på klippan och såg ut över havet.

”Det håller på att bli ljust igen”, sade jag.

Nu var det helt tyst bortifrån tälten på andra sidan ön. Inte förrän nu insåg jag att vi hela tiden hört ljud därifrån, skratt, rop, transistormusik. Också fåglarna var tysta.

Dagen grydde och jag satt där och såg hur världen långsamt övergick, inte från mörkt till ljust, men från svartvitt till färg, från matt till blankt. Havet återfick sitt skimmer, klipporna blev på nytt rosa och aprikosfärgade. Tärnorna som låg i en liten, uppburrad flock på vattenytan hade blodröda näbbar, näbbar som äntligen var stängda, tysta.

Jens hade somnat. Jag kröp ner intill honom i sovsäcken och där, tätt bakom hans rygg med armen om hans midja, i en värld som sög åt sig färg ur luften, somnade jag.

Jag vaknade av skratt och skrik. Några tjejer badade nakna nedanför oss. Vattenringar slog ut från deras kroppar, inringade dem som måltavlor på den stilla vattenytan. Jag betraktade dem sömnigt och sedan måste jag ha somnat om, för tjejerna var borta och det var mycket varmare. Platsen där vi låg badade i sol och våra kroppar klibbade ihop av svett.

I tältlägret strosade folk omkring, bakfulla och sömniga. Mårten och killen som blivit anfallen av en fågel satt utanför Jens tält och drack avslagen coca cola och åt vaniljwafers. Jens slog sig ner hos dem och delade deras äckliga frukost.

Jag letade efter Anne-Marie. Jag hittade henne i vårt tält, sovande i det röda ljuset. Hon låg hopkrupen på sidan, endast iklädd trosor. Bröstvårtorna på hennes pyttesmå bröst liknade rosenknoppar av marsipan. Håret var trassligt. Hela tältet stank av öl och svett och dålig andedräkt.

Jag kröp baklänges ut, men fastnade i öppningen så att det ryckte i tältduken och då vaknade hon.

”Vart tog du vägen?” frågade hon med kisande ögon.

”Jag har sovit ute i natt. På utsidan, alldeles vid havet. Är Maja vaken?”

”Jag vet inte. Det är hon väl.” Anne-Marie drog på sig ett linne och kravlade ut.

Stefan stod på knä utanför sitt tält och höll på att koka tevatten på ett trangiakök. När Lis såg oss gjorde hon i ordning två plastmuggar med tepåsar och räckte dem åt oss. Hon såg pigg och utvilad ut, med det bruna, tjocka håret kammat till en svans i nacken. Stefan såg också fräsch ut. De drack inte längre okontrollerat som tonåringar. Sedan de träffat varandra drack de som vuxna människor, ett par, tre mellanöl på en kväll, inte mer.

”Vattnet är strax klart”, sade hon. ”Ni kan väl väcka Maja. Jag har en apelsin-Mer till henne på kylning nere vid stranden."

"Sover hon än?"

Anne-Marie gläntade på duken till Lis och Stefans tält och kikade in.

"Hon är inte här", konstaterade hon. "Hon har redan stuckit ut."

Lis vände sig om, hållande det vattenfyllda aluminiumkärlet med griphandtaget. Hon betrakade Anne-Marie med smalnande, fundersamma ögon. Hon hade en märklig ögonfärg, grönbrun, som alger. Efter en paus sade hon:

"Varför skulle hon vara i vårt tält? Hon har ju sovit i ert tält, eller hur?"

Det blev åter en paus. Det ångade ur kokkärlet. Lis upptäckte plötsligt att griphandtaget blivit hett och satte hastigt ner det på marken. Anne-Marie såg från den ene till den andre, som om hon sökte hjälp.

"Nej", sade hon slutligen. "Nej, hon har inte sovit i vårt tält."

"Jens", ropade Lis. "Har Maja sovit i ert tält?"

Jens ryckte på axlarna med munnen full av kex.

"Har hon det?" frågade han vänd till Mårten.

"Nej, inte vad vad jag märkte", sade Mårten. "Björn, såg du den där lilla mörka tjejen?"

Björn var killen som blivit hackad i huvudet. Han ryckte på axlarna. Han såg inte riktigt vaken ut och verkade inte fatta vad vi talade om.

"Men var sov hon då? Var är hon?" frågade Lis och gav sig av på en hastig tur runt tälten och upp på de närmaste bergknallarna.

"Anne-Marie", sade Stefan lugnt. "Tänk efter nu. Visst sov Maja hos dig?"

"Jag tror inte det." Anne-Maries röst var svag och ansträngd, som om hon var ovan att tala.

"Ulrika. Visst sov hon i ert tält? Eller hur?"

"Jag vet inte", svarade jag. "Jag sov inte där själv. Jag sov ute."

Lis återvände andfådd och utan Maja.

”Okey”, sade hon samlat. ”Vi får leta ordentligt. Var såg vi henne senast?”

”Hon sprang omkring här bland tälten”, sade Stefan.

”Har någon sett henne någon annanstans?” frågade Lis.

Det hade ingen.

”Jag satte på henne velouroverallen. Det var någon gång ganska sent” sade Anne-Marie. ”Vi kröp in i tältet och jag klädde på henne overallen och så sprang hon ut igen.”

”Vi kollar i alla tälten. Kom igen. Fråga alla var de sett henne senast”, sade Lis.

På några minuter förvandlades stämningen i tältlägret från bakfull dåsighet till full aktivitet.

Att Maja inte fanns i något av tälten kunde snabbt konstateras. Alla kunde erinra sig den lilla flickan springande bland tälten. Ingen kunde minnas när hon försvunnit, hon tycktes ha funnits där hela natten, så länge de andra var vakna. Men ingen kunde säga i vilket tält hon lagt sig att sova.

Lis samlade alla på stranden och gav instruktioner.

”Vi sprider oss över ön och letar. Titta i alla skrevor. Bry er inte om att hon inte svarar när ni ropar. Maja svarar aldrig när man ropar.”

Vi gick fram och tillbaka över ön, ett trettiotal ungdomar. Förmiddagen var het och vindstilla. Vi letade i varje klippskreva, under varje buske, bakom varje sten.

Så småningom uppstod en sorts brådska. Ovissheten hade blivit outhärdlig och vi skyndade på vårt letande för att förkorta den. Vi började springa. Vi rusade omkring i ett landskap med en obarmhärtigt uppskruvad färgskala, skapad av hettan och paniken. Solen skälvde i sin vitglödgade hetta, himlen brann blå som en gaslåga, kråkriset lyste giftgrönt, triften skriklila, som på en målning av Inge Schiöler. Svetten dröp om oss. Vi drack hastigt ur ljumma läskedrycksflaskor, sprang ut i vattnet och sköljde ansiktet för att svalka oss och letade vidare.

Vi letade timme efter timme tills vi måste inse sanningen. Den lilla ön var genomsökt, inte en gång utan tio, tjugo gånger. Det fanns inga gömställen kvar. Maja fanns inte på ön.

En efter en sjönk vi ner på stranden invid de uppdragna båtarna. Vi såg ut över havet. Utan att vi nämnde ett ord om det insåg vi att det var där hon måste finnas.

Någon gång under natten hade hon sprungit iväg från tälten. Kanske hade hon halkat på en klipphäll och fallit i vattnet. Kanske hade hon gått till stranden för att bada och gått för långt ut. Hade hon skrikit? Maja ropade aldrig på hjälp. Hon skrek av ilska, någon enstaka gång av smärta. Ingen hade någonsin hört henne skrika av rädsla. Hon brukade bita ihop, kämpa ljudlöst. Hade hon gjort det nu också? Och om hon skrikit – hade någon då kunnat höra det? Alla dessa fulla, gapiga ungdomar, transistorn som spelade, fåglarna som skrek. Nej, vi skulle inte ha hört henne.

Och ingen av oss var hennes mamma. För om någon av oss varit hennes mamma, så hade denna mamma mitt i sin berusning, sin kättja, sin glädje, sorg eller ilska, hela tiden tänkt på henne och undrat var hon var. Modersinstinkten hade oavbrutet roterat som en sökande radarantenn, registrerande minsta rörelse från den lilla. Det är så det fungerar, det vet jag nu när jag själv har barn. Barnet finns där alltid, i ögonvrån, i tankarna, i sömnen. När man ska koppla av och vet att barnet är i trygghet hos någon annan roterar radarn lika fullt. Den går inte att stänga av. Det är det som är den förbannade ofriheten.

Men vi var ännu fria, barnlösa. Vi var som de flesta ungdomar helt upptagna av oss själva. Våra förälskelser och besvikelser, våra nyvunna erfarenheter, vår musik, våra feta lår, små eller stora bröst, finnar, bilringar, allt detta uppfyllde världen.

Det var alldeles vindstilla. Ute på havet låg segelbåtarna med slokande segel, orörliga som om de vore infrusna i is. Havet var blankt och hemlighetsfullt och avslöjade inte vad det gömde under sin glittrande yta.

Vid femtiden började vi under tystnad ta ner tälten. En efter en styrde båtarna ut från stranden. Gattmans snipa var den sista som lämnade Kannholmen. Vi for hem för att larma sjöräddningen. Men vilken räddning kunde man egentligen hoppas på?

Jag minns att Anne-Marie och jag satt mittemot varandra under hemfärden. Hon tittade över min axel, ut i fjärran. Jag såg ner i durken, på plankorna där fernissan flagnade och bubblade sig. Min blick vandrade över röran av fötter, plastkassar, tält och sovsäckar. Alldeles vid Anne-Maries fötter, halvt instoppad under bänken, låg Majas orangefärgade flytväst. Anne-Marie måste ha märkt någon reaktion i mitt ansikte, för hon följde min blick och tittade ner. Hastigt och intuitivt sparkade hon till flytvästen så att den helt försvann under bänken.

Jag borde naturligtvis åkt hem. Men de första dagarna var det ingen som ens tänkte på att jag fanns där. Allt var kaos. Helikoptern som smattrade fram över den koboltblå himlen. Telefonen som ringde. Männen från räddningstjänsten som skakade på sina huvuden. Grannarna som gav sig ut i sina småbåtar och återvände med beklagande ansikten. Anne-Marie som låg på sängen i vårt gemensamma rum, med ryggen mot min säng och ansiktet i kudden, paralyserad av skuldkänslor och förtvivlan. Jag försökte hålla mig undan och märkas så lite som möjligt.

Karin och Åke Gattman var båda offentliga personer. Även Maja var något av en offentlig person. Genom Karins artiklar i Dagens Nyheter och ett dokumentärprogram på TV hade flickan blivit någon sorts riksadoptivbarn, en roll som dock tonats ner det senaste året.

Första dygnet förhöll sig journalisterna avvaktande. Nyheten att en fyraårig flicka försvunnit från en ö utanför Hallvikshamn fick måttliga rubriker och nämndes inte alls i radions eller TV:s nyhetssändningar.

Andra dagen bestämde sig lokaltidningen för att publicera flickans och föräldrarnas namn och några timmar senare var kvällspressen i gång. Karin fotograferades stående på bryggan med handen skuggande mot solen, blickande ut över vattnet, som statyn av den väntande sjömanshustrun. Bilden var på löpsedeln nästa dag. Konkurrentens löp föreställde Lis och Jens som gråtande omfamnade varandra. På mittuppslaget fanns en stor bild av en sliten nalle som låg på marken framför Gattmans hus, stirrande med runda glasknappsögon och med armarna patetiskt uppsträckta mot skyn. Jag kände genast igen Anne-Maries gamle

Brumle och fick därigenom förklaringen till ett mystiskt besök av en man med stor axelremsväska, som dagen innan uppenbarat sig i köket och bett att få se på Majas leksaker. Eftersom Maja aldrig lekte med leksaker hade jag inte kunnat hjälpa honom med det, men han hade på egen hand letat fram kistan där de äldre barnens leksaker fanns samlade och mycket artigt bett att få låna några grejer en stund, vilket jag antog gick bra. Brumle hade tydligen varit precis vad fotografen behövde. Nu låg han där på mittuppslaget, uppväckt efter många års sömn i kistan, och sträckte sina slitna armar efter en liten flicka som aldrig ägnat honom så mycket som en blick.

På tredje dygnet förändrades sökandet. Ingen sade det, men alla visste: Man letade inte längre efter ett levande barn. Man letade efter en död kropp.

Och sedan avbröts även det sökandet. Kannholmen ligger i skärgårdens utkant mot öppna havet där strömmarna är starka. Man tvingades konstatera att den lilla flickan trots ihärdigt sökande inte kunnat hittas, varken död eller levande. Hon var helt enkelt borta.

Familjemedlemmarna drog sig undan var och en för sig. Åke stängde in sig i sin skrivarstuga. Något skrivmaskinsknatter hördes inte därifrån. Då och då kom han ut i köket och hämtade en ny flaska vin. Hans föräldrar Tor och Sigrid höll sig uppe i sina rum på andra våningen. Karin satt i en solstol nere på bryggan och tittade ut över havet, timma efter timma. Lis var för det mesta hos Stefan. Jens försvann iväg på sin moped och var hos någon kompis någonstans. Anne-Marie låg på sin säng.

En gång, en enda, for Karin ut i anklagelser mot oss. Hon hade blivit illa berörd av en okänslig tidningsartikel och hade inte hunnit hejda sig innan orden flugit över hennes läppar:

”Hur kunde ni? Hur kunde ni glömma henne?” snyftade hon.

Det var tidig morgon efter en utvakad natt, vi satt på trappan med våra temuggar, Anne-Marie, Jens och jag. Det var dagg överallt. Hon stod på översta trappsteget och vi såg upp i hennes ansikte, som blivit nästan oigenkännligt av flera dygns ständig gråt, svullet, rött, rynkigt. Det var en fruktansvärd känsla att höra hennes anklagelse uttalas, just för att hon tigit om den så länge. Vi kröp ihop, sökte oss till varandra som skamsna hundvalpar. Jens, som satt bredvid mig, lade sin arm om mina axlar och Anne-Marie, som satt på trappsteget nedanför, lutade sitt ansikte mot mina knän.

Min pappa kom ut. Han parkerade sin bil under eken, gick uppför stocktrapporna och knackade på dörren. Hans knackning var så försynt och diskret, att ingen hörde honom. Jag knuffade nästan till honom när jag av en händelse öppnade dörren för att gå ut.

Jag kände inte igen honom. Det var tre veckor sedan jag sist såg honom och det hade hänt så mycket sedan dess. Dessutom var jag ju så oförberedd på att han skulle stå där på trappan. Han hade inte kunnat meddela sin ankomst eftersom familjen Gattman hade telefonjacket urdraget och bara kopplade i det den stund då Karin ringde sitt dagliga samtal till sjöräddningen. Först tog jag honom för ytterligare en journalist eller frivillig sökande. Jag tänkte just avvisa honom med någon av de artiga, kyliga fraser jag lärt mig den senaste veckan, men så såg jag vem han var. Jag drabbades av ett ögonblicks yrsel. Så förenad hade jag blivit med familjen Gattman att jag vid anblicken av min far inte riktigt visste vart jag hörde. Min egen familj, min far, min mor, den lilla sommarstugan, villan därhemma, allt hade på några veckor bleknat bort för mig.

”Jag kom inte fram på telefonen. Jag förstår om de inte vill svara. Du vill väl komma hem. Det är ju inte riktigt att du ska vara här, nu när allt detta hänt.”

Hans kortärmade skjorta hade stora svettfläckar under ärmarna. Jag märkte hur bleka hans armar var mot mina bruna. Jag släppte in honom och ledde honom rakt genom huset till verandan på andra sidan. Jag bad honom sätta sig där medan jag hämtade kall saft ur kylskåpet. Vi satt bredvid varandra under det gula parasollet och drack slånbärssaft, gjord på bär från förra årets skörd.

”Det måste var förfärligt för dem. För dig också”, sade pappa och rörde om med den långskaftade skeden så att isbitarna klirrade. ”Jag läste något du sagt i någon tidning.”

”Jag?” sade jag förvånat.

Jag visste inte att jag hade sagt något i någon tidning. Men jag hade talat med så många journalister, det var klart att någon hade citerat mig.

”Ja, du sade att det var den värsta dagen i ditt liv, den där dagen när ni letade ute på ön.”

”Ja”, sade jag, ”det var det nog. Det var det.”

”Jag förstår dig”, sade pappa. ”Var är de andra, förresten? Är de inte hemma?”

Jag tänkte efter. De senaste dagarna hade jag vant mig vid att jag oftast var ensam medan de andra stängde in sig eller försvann ut. Vi hade inga gemensamma måltider längre. Var och en tog sig lite ätbart i köket när man behövde.

”De vill nog vara ifred”, sade jag.

Pappa nickade och drack djupt ur saftglaset.

”Den här familjen har sorg”, sade han. ”Du bör inte vara här. Vi packar dina saker och så säger du adjö till dem. Sedan åker vi.”

”Jag vet inte”, mumlade jag medan jag såg upp i det gula parasollet och försökte tänka. ”Det känns fel. Det känns som om jag smiter.”

”Smiter?” upprepade pappa förvånat. ”Från vad?”

Från skulden, tänkte jag. Först hade jag smitit från ansvaret.Vi hade allesammans smitit från ansvaret. Och det som sedan hade hänt hade bundit mig till den här familjen. Jag var en av dem nu. Ja, för första gången var jag verkligen en medlem av familjen, så som jag så länge önskat.

Jag svarade inte. Tysta satt vi bredvid varandra i den lilla plätten av skugga under parasollet och såg ut över fjorden där segelbåtar av olika storlekar passerade. En lätt bris lekte med parasollets frans och genom den öppna dörren kunde vi känna citrusdoften från rosengeranierna på köksbänken.

”Tja. Det är väl lika så gott att du packar då, Ulrika. Jag skulle vilja säga några ord till Åke och Karin, men om du inte tror att det passar… Jag ringer dem vid ett annat tillfälle. Du kan ju säga adjö själv. Jag väntar i bilen”, sade pappa, reste sig och gick in.

Huset föreföll alldeles mörkt efter den soliga verandan. Jag var så förblindad att jag först inte såg att det stod någon i gången mellan köket och hallen. Jag flämtade till av förskräckelse när jag kände det hårda greppet om min överarm. Så såg jag att det var Anne-Marie.

”Åk inte. Snälla du, åk inte. Jag vet inte vad jag gör om du åker”, viskade hon.

Nu kunde jag se henne tydligare. Hon var osminkad, rufsig i håret och hade bara trosor och ett fläckigt linne på sig. Hon såg ut som en mycket yngre flicka. Hon hade tydligen stått där i dunklet och lyssnat på mig och pappa genom den öppna verandadörren. Jag slog armarna om henne och strök henne över det långa, trassliga håret.

”Jag stannar om du vill det”, sade jag.

Pappa drog sig försiktigt ut i hallen. Över Anne-Maries axel kunde jag se honom i det matta ljuset som silades in genom rullgardinen. Han tänjde på halsmusklerna och granskade sin tumnagel. Jag gick bort till honom.

”Jag kan inte åka nu”, sade jag.

Han nickade hastigt.

”Nej, nej. Säger du det så. Du får väl ringa om du ändrar dig.”

Han vände sig till Anne-Marie och sökte efter något att säga. ”Beklagar sorgen” var inte det rätta och allt som hade med hopp att göra var också fel.

”Om Ulrika är till besvär så får ni skicka hem henne. Hälsa dina föräldrar från mig. Jag förstår hur ni har det”, tillade han, vilket han naturligtvis inte kunde göra.

Anne-Marie och jag stod intill varandra i den dunkla hallen och hörde bilen starta och köra bort. Sedan gick vi tillsammans upp till vindsvåningen och lade oss på Anne-Maries obäddade säng med armarna om varandra. I det kvava, heta rummet somnade vi och alldeles i insomningsögonblicket kände jag hur Anne-Maries kind vilade mot min och hur hennes blonda hår hängde över min panna och föll ner över mitt ansikte.

Juli månad var het det året. De gulnade rullgardinerna var nerdragna i alla fönster. Husets invånare rörde sig genom rummen i en sirapsgul skymning, gled förbi varandra utan att tala, som fiskar i ett grumligt akvarium. Från havet hördes fritidsbåtarnas motorer.

Ingenting hände. Räddningstjänsten hade slutat höra av sig. Tidningarna hade tappat intresset. Maja var borta. Inte död. Inte levande. Bara borta. Vi befann oss i ett vakuum. Vi kunde inte sörja, inte glädjas. Vi stängde av oss, gick på sparlåga, sköt upp våra känslor. Den syrliga doften av rosengeranium uppfyllde nervåningen och blandade sig med stanken av ruttnande matrester. Överallt stod odiskade glas och tallrikar, tomma ölburkar och läskedrycksflaskor.

Karin satt i gungstolen med armarna om sig själv. På väggen ovanför henne hängde den svartvita förstoringen av Maja med midsommarkrans på huvudet. Åke stängde in sig i skrivarstugan och drack. Lis tillbringade mesta tiden hos Stefan. Ibland dök de upp i Stefans pappas bil med matvaror från ICA-butiken i Hallvikshamn, färdiggrillade revben och kycklingar, jordgubbar, skinka, grönsaker till sallad, mat som inte krävde någon ansträngning. Jens försvann ut på sin moped och kom tillbaka på natten eller nästa dag.

Tor och Sigrid, Åkes föräldrar, höll sig mest på andra våningen. När de kom ner för den knarrande trappan för att på regelbundna tider göra i ordning sina måltider var det alltid tillsammans. Om jag kom in i köket medan de var där erbjöd de mig att äta med dem, vilket jag alltid avböjde. Det gamla paret var de enda som åt som vanligt. De skalade potatis, rörde i kastruller, åt, diskade och sopade, utförde sina sysslor sida vid sida med lågmälda röster. Sedan gick de tillsammans upp för trappan igen och stängde försiktigt dörren till sitt sovrum. Jag hade en känsla av att det var dessa två som gav huset dess tyngd och stadga. Utan deras stillsamma närvaro skulle alltsammans upplösas och rinna ut i overklighet.

I utrymmet under vindstrappan hade Anne-Marie hittat högar med gamla årgångar av Fantomen och Seriemagasinet som hon burit upp till vårt rum. Nu tillbringade hon dagarna liggande på sängen i trosor och sitt fläckiga linne, ständigt läsande och med serietidningarna utspridda runt omkring sig på madrassen. Hon kröp in i seriernas berättelser som i skyddande gryt, och när en tidning var slut och hon tvingades tillbaka till sin egen värld, grep hon utan att titta en ny med ena handen samtidigt som hon lade den gamla ifrån sig med den andra. Jag hade en känsla av att hon läst alla tidningarna många gånger om.

Vi hade skjutit ihop sängarna till en dubbelsäng. Om nätterna kunde jag känna hur serietidningarnas sidor klibbade fast vid min svettvåta kropp. Ibland kröp Anne-Marie nära mig och klamrade sig fast, hårt och ångestfullt.

En kväll låg vi på våra sängar utan att tala med varandra. Det hade börjat mörkna, men ingen tände några lampor längre. Vi stängde solen ute om dagarna och när mörkret kom om kvällen var det välkommet och efterlängtat. När bokstäverna i pratbubblorna inte längre gick att urskilja lade Anne-Marie ner sin tidning, slöt ögonen och lät sina konturer upplösas av skymningen.

Vindstrappan knarrade och en lätt knackning nuddade dörren, som strax därpå gled upp. Jens stod där, men klev inte in omedelbart, utan dröjde ett ögonblick i mörkret ute på vinden.

”Stör jag?” frågade han lågt.

”Nej, kom in”, sade Anne-Marie.

Han stängde dörren försiktigt, nästan ljudlöst, bakom sig och satte sig på den ena av de två stolarna vid väggen. Han plockade fram sitt munspel och spelade en blues. Munspelet klagade och gnällde, ett njutningsfyllt ältande av smärta, medan hans fot stampade takten i golvplankorna. Anne-Marie halvlåg mot sin kudde, blundande och stilla, med armar och ben rakt utsträckta, som om hon vore död. Bara hennes högra handflata var vid liv och slog nästan omärkligt mot hennes lår i samma rytm som den stampande foten.

Efter en sista utdragen, vibrerande ton lade Jens munspelet ifrån sig på sekretären. Han rullade en cigarrett och tände den. Han satte sig på sängkanten, drog ett bloss och räckte cigarretten till Anne-Marie. Hon reste upp huvudet från kudden och drog ett bloss hon också innan hon räckte cigarretten vidare till mig medan hon blinkade mot den kryddoftande röken.

”Du kommer inte att känna något första gången”, sade Jens när jag tvekade. ”Det tar tid innan man hittar de där känslorna i sig.”

Jag förde cigarretten till munnen och så vandrade den runt. Varje gång någon drog ett bloss glimtade cigarretten till i mörkret som ett rött, blinkande öga. När den kom till Anne-Marie och hon skakade på huvudet tyckte jag också det var bäst att skaka på huvudet, fastän jag inget kände.

”Är det inte konstigt att vi är samma familj som innan Maja kom?” sade Anne-Marie plötsligt. ”Jag tycker att vi är några helt andra, en helt annan familj. Sådana man läser om eller ser på film.”

”Jag tycker alltid ni har varit sådana man läser om eller ser på film”, sade jag. ”Fast det är en annan film nu.”

En film som jag är med i, tänkte jag.

Fönstret stod öppet och nattfjärilar dunsade mot rullgardinens utsida, mjukt och frasande. Cigarretten i Jens hand var nu så liten att han inte kunde hålla den längre. Han drog ett sista bloss och släckte den mot sin skosula. Sedan drog han av sig skorna och tröjan, rullade ihop tröjan till en kudde och lade sig bredvid oss i sängen. Vi låg tysta. Då och då hörde vi en motorbåt brumma ute på havet, dovt och entonigt som en humla.

”Jag har tänkt på den där natten, på midsommarafton menar jag”, sade Jens efter en stund. ”Det var något konstigt med fåglarna, var det inte det?”

”Det är ju en fågelö, sade jag. Fåglarna är väl inte vana vid människor. Får man verkligen tälta där?”

”Antagligen inte. Men det är ju bara en gång om året. Vi rör ju inga bon eller så. Och jag har varit där tidigare och då verkade de inte ta illa upp på något sätt. De har flugit därifrån bara. Men den här gången var det något konstigt med dem. De höll sig kvar och kollade oss. Anföll oss till och med. ”

”Det var ju för att vi var på utsidan. De har sina bon där, det sade du själv”, påpekade jag.

”Det var likadant vid tälten”, sade Anne-Marie. ”Fast man inte tänkte på det då. Det satt fåglar överallt på bergen ovanför. Jag kommer ihåg det nu.”

”Men gör det inte alltid det?” frågade jag. ”Finns det inte alltid fåglar i närheten? Tärnor som kretsar i luften, måsar som sitter på klippor, ejdrar som simmar bredvid båtar och bryggor? Vi har dem ju alltid omkring oss, har vi inte det?”

”Jo, det är sant”, sade Jens. ”Fåglarna är de perfekta spionerna. Man har dem alltid omkring sig, men man tänker aldrig på att de finns där. Det var därför Oden hade två korpar som spejare.”

Jag mindes gråtruten som suttit på klippan när jag och Jens låg i sovsäcken. Jag såg den helt tydligt framför mig, och jag var inte säker på om det verkligen var ett minne eller något annat. Det ljusa, iskalla ögat som fixerade mig. Skriket som gav mig en känsla av att stiga. Med ens insåg jag att samma sak skett nu medan jag tänkt på det. Jag var en liten aning högre upp på något märkligt sätt.

”Man kommer upp liksom”, sade jag förvånat.

”Det kan man nog säga, ja”, skrattade Jens.

”Det är därför de säger att man är hög”, sade Anne-Marie.

Jens satte sig upp och spelade åter på sitt munspel och vi låg i mörkret och lyssnade. Jag kände hur tonerna tog sig in och ut ur mina tankar som ett redskap i ett material och gjorde någonting av dem, något påtagligt som man nästan kunde röra vid. Ett tag tyckte jag att vi alla tre talade med varandra, att vi hade ett mycket fint samtal och jag ville säga något viktigt, men medan jag sökte orden upptäckte jag att vi inte alls talade med varandra. Det var bara musiken som vandrade in och ut i mig. Anne-Marie sov intill mig och Jens hade gått, men musiken levde kvar i mitt huvud.

Jag somnade själv och drömde en underbar dröm i gult och rosa där Anne-Marie och jag satt tätt ihop i fören på en båt med fötterna utanför relingen. Vi rusade fram över ett solnedgångshav, snabbt men utan ett ljud, med fötterna i en kaskad av rosenrött vatten.

På natten vaknade jag och såg Anne-Marie sova med handen under kinden. Drömmens stämning fanns kvar. En känsla av rörelse, som om vi färdades framåt, drivna av en ljudlös kraft.

Nästa gång jag vaknade var det gråljust i rummet. Allt var sorgligt och fullkomligt stillastående.

Dagen därpå återvände Eva från Israel. Hon kom utifrån, in i detta hus med sina nerdragna gardiner. Där stod hon med sin avkrängda ryggsäck vid fötterna, solbränd, fräknig och med en snusnäsduk om det bruna håret. Hon hade lämnat ett hus där fönster och dörrar oftast stod öppna, där trappan ständigt knarrade av småspringande steg och där gäster kom och gick. Hon återkom till ett hus där allt stod stilla, där människorna satt orörliga i gulaktig halvdager, likt förhistoriska insekter fångade i bärnsten. Hon hade lämnat sitt och Lis rum välstädat och fräscht med friska blommor och de blåvita, porslinsmönstrade överkasten sträckta över sängarna och hon återsåg ett inferno av hopsnodda, smutsiga lakan, serietidningar, cocacolaburkar och folieklädda påsar med halvätna, möglande revben. Det var vad jag först kom att tänka på när hon stod där nedanför trappan och ropade på oss. Jag satte mig upp i sängen, såg på allt skräp och tänkte: ”Herregud, vi har förstört hennes flickrum.”

Men Eva gick inte ens in i det rum som en gång varit hennes och Lis och som nu beboddes av Anne-Marie och mig. Hon installerade sig i gäststugan. Bar in sin ryggsäck där och rullade ut sin sovsäck på sängen som om hon fortfarande var kibbutzvolontär.

Sedan försökte hon tala med Åke. Jag hörde henne banka på dörren till hans skrivarstuga en god stund. Om det nu berodde på att han var för full för att vilja visa sig för sin dotter eller om han helt enkelt sov vet jag inte, men Åke öppnade inte för henne. Jag stod i fönstret i vindsrummet och såg henne stå där utanför och sedan ge upp, sjunka ihop på en berghäll och förtvivlat rycka gräs från marken, en främling i sin egen familj. Så underligt det måste vara att resa bort några veckor och när man återvänder är allt förändrat. En syster är borta, en annan finns där istället.

Men hon förde någon sorts kraft med sig. Det var Eva som lagade middag och samlade oss alla till en gemensam måltid på verandan. Hon berättade om sitt arbete på kibbutzen, om de jättelika ogräsen på bomullsfälten och om hur hon och en engelsk kamrat liftat till Eilat, och hon lyckades faktiskt få igång någon sorts samtal kring bordet. Men samma kväll raserade hon alltihop genom att föreslå att vi skulle åka ut till Kannholmen och hålla en minnesstund för Maja. Ingen ville vara med om något sådant. Åke lämnade rummet och Karin låtsades som om hon inte hört.

Vi fortsatte att röka marijuanacigarretter hela sommaren, Jens, Anne-Marie och jag. Jag vet inte var Jens fick tag i det. Det var alltid vi tre och vi tog inte in någon annan i det.

Det var fredagen den fjärde augusti som Maja hittades.

Rolf och Ulla Magnusson hade tillsammans med sin äldste son Reine gått ut med sin eka för att lägga nät. Det hade varit en stilla och vacker kväll. Klockan var strax före åtta när de gav sig av hemifrån och kanske kvart över åtta när de passerade Musselstranden första gången. De hade inte lagt märke till någonting när de for förbi då, men de hade mest haft blickarna framåt mot nästa vik där de tänkte lägga nätet och de hade pratat ganska livligt med varandra. Kanske föll solljuset också på ett annat sätt, det ändrar sig ganska snabbt strax före solnedgången. De lade ut sitt nät på den plats där de alltid brukade lägga det och det var först på hemvägen, när de åter passerade Musselstranden, som de såg henne.

Strax efter strandens slut, där berget störtar nästan lodrätt ner i vattnet, stod ett barn på en klipphylla. Om inte solens sista strålar råkat falla just här, hade de kanske inte alls lagt märke henne. Med sin mörka hud, sitt svarta hår och den bruna overallen smälte hon nästan ihop med berget.

Det var Ulla Magnusson som upptäckte henne. Omedelbart tänkte hon att hon såg fel.

"Inte kunde någon stå där, varken barn eller vuxen", sade hon när hon senare återgav sin reaktion.

Från hennes utsiktspunkt i ekan verkade platsen helt omöjlig för en människa att vistas på. Berget föreföll slätt som en vägg och det syntes henne som om flickans fötter inte hade något fäste, utan svävade strax framför berget. Men när hon uppmärksammat sin man på vad hon sett och de styrde närmare upptäckte de att flickan stod på en smal klipphylla, precis tillräckligt bred för att rymma hennes små fötter. Ingen annan människa syntes till i närheten, varken på stranden, på bergets krön eller i någon båt.

"Det var förfärligt att se ett så litet barn i en så farlig situation. Ett enda steg åt fel håll, en enda oförsiktig rörelse, och hon skulle störta rakt ner i havet. Ja, det var det vi var beredda på. Att hoppa i vattnet och rädda henne från att drunkna, det var det vi talade om när vi satt där i båten, för vi trodde att hon skulle falla när som helst", sade Ulla.

Men flickan föll inte. Hon stod stilla, absolut stilla, på ett sätt som små barn mycket sällan gör. Hon lutade sig bakåt mot bergväggen och blickade ner på familjen i båten.

Rolf slog av motorn till den lilla aktersnurran och båten låg där och guppade invid bergväggen. De tre i båten ropade för att göra flickans föräldrar uppmärksamma på faran, ifall dessa befann sig inom hörhåll. Ingen människa visade sig dock och de förstod att de själva måste rädda flickan därifrån.

Det var då de insåg det verkligt omöjliga i situationen. Det fanns ingen väg till den hylla där flickan stod. Berget stupade lika brant både nedanför och ovanför henne. Hur hade hon kommit dit? Hade hon fallit över kanten däruppe och genom en sagolik tur hamnat på klipphyllan? Det föreföll otroligt, hyllan var alldeles för smal för det.

Sonen Reine tog sig iland. Han hoppade från fören, ner i det grunda vattnet vid musselbankarna och rusade sedan över stranden, upp genom enbusksnåren och vidare upp för berget. Försiktigt närmade han sig kanten, granskade den branta väggen som skilde honom från flickan nedanför och måste konstatera att klipphyllan var precis så otillgänglig som den sett ut nerifrån vattnet.

Under tiden hade Rolf och Ulla kallat till sig en förbipasserande större motorbåt med kommunikationsradio ombord. Räddningsmanskapet anlände snabbt, men också för dem var det svårt att nå flickan och när mörkret föll stod hon fortfarande kvar på klipphyllan.

En hel armada med större och mindre fritidsbåtar hade samlats utanför Musselstranden, där de låg för ankar eller kretsade runt i små cirklar medan de följde dramat på berget. Lanternorna speglade sig i det svarta vattnet. Motorerna brummade och rörde upp virvlar och vågor i den stilla ytan. Människorna ropade till varandra och till den lilla flickan, som stod som paralyserad, liksom pressad mot bergväggen av strålkastarnas starka ljus.

Uppe på berget fanns en stor skara människor. Ryktet att ett barn hittats vid Musselstranden hade spritt sig snabbt. Jag stod däruppe tillsammans med familjen Gattman och trängdes med de andra bland ljungtuvorna. I ficklampsskenet kunde jag urskilja många kända ansikten. Det var samma människor som man brukade se kring midsommarstången på dansbanan och på högsommarfesten i skolan i slutet av juli. Samma löjligt heterogena grupp av sommargäster och bofasta, förenade för en enda kväll, samma känsla av gemenskap och förväntan och högtid. Det var absurt.

Alla höll andan när man äntligen lyckades fira ner en brandman till klipphyllan. Med flickan i famnen drogs han upp till bergets krön. När de båda hjälptes över kanten bröt jublet lös bland folket på berget, på stranden och i båtarna nedanför.

Karin omfamnade Maja, gråtande och skälvande, och höll henne sedan ifrån sig på armslängds avstånd för att betrakta henne. Hon såg och såg på detta barn, som om hon inte kunde tro sina ögon. Det under hon bett om hade inträffat. Hon hade återfått sin dotter från de döda, oskadd och frisk. Hon strök över den lilla kroppen, över det mörka ansiktet, över händerna, över håret, som om hennes ögons vittnesbörd inte var tillräcklig och hon måste förvissa sig också med sina fingrar.

”Är det du, Maja?” frågade hon gång på gång.

Och visst var det Maja. Det fanns inget tvivel om den saken. Hon var sig precis lik. Kanske var det just därför Karin tvivlade. Om ett barn försvinner på en holme långt ute i havsbandet och återfinns på en otillgänglig klipphylla på fastlandet sex veckor senare, så förväntar man sig någon form av förändring hos detta barn. Att det ska vara smutsigt, hungrigt, skadat, chockat, vad som helst är tänkbart – utom just detta: att barnet är helt oförändrat.

Mitt i detta kaos av brandmän och poliser, sommargäster och bofasta, bullrande båtmotorer, skrikande röster och svepande ficklampor stod Maja, lugn och tyst. Hon var klädd i samma bruna velouroverall hon haft när hon försvann. Den var helt ren, utan en fläck. Precis som på midsommarafton var hon barfota. Hennes hår var uppsatt i två höga tofsar ovanför hennes öron. Håret på bakhuvudet var en smula rufsigt där hon lutat sig mot bergväggen, men benan var rak. Hon hade inte magrat och uppvisade inga sår eller skador någonstans. Hon såg ut exakt som när vi sist såg henne.

Och fastän Karin bett om just detta – ”Gud, ge mig tillbaka mitt barn, orört och oförstört” – så tycktes hennes hjärna inte acceptera att hon blivit bönhörd. Hela tiden for hennes händer upp och ner för Majas kropp. Hon öppnade dragkedjan och drog ner overallen för att finna eventuella skador. Hon gned hennes händer och såg djupt in i hennes svarta ögon. Hon sökte och sökte efter något som inte var som det skulle, ett märke som inte funnits där förut.

Och äntligen fann hon något. Strax ovanför vänstra hårtofsens körbärsröda kulor, satt ett litet, snövitt dun. Det var allt.

Vi samlades i köket för att hastigt leta fram något ätbart åt Maja. Ostbågar, chokladkex, yoghurt och ett halvt paket glass var vad som hittades. Karin dukade upp åt henne och vi satte oss alla omkring bordet för att se på när hon åt. Maja smakade pliktskyldigt på alltihop, men verkade inte hungrig. Åke lyfte in henne i sovrummet och lade henne i hans och Karins säng.

Syskonen Gattman och jag satt uppe ännu någon timme och pratade vid köksbordet. Alltsammans var så överväldigande. Vi kunde bara inte tro det. Att hon kommit tillbaka. Anne-Marie bekände att hon bett till Gud varenda kväll och det här, ansåg hon, var beviset för att Gud verkligen fanns och att han hörde ens böner.

Det hade börjat bli ljust när vi äntligen gick och lade oss. Jag skulle just gå in i vindsrummet och krypa ner intill Anne-Marie när jag hörde den öppna verandadörren slå i vinddraget från morgonbrisen där nere. Jag gick ner för att stänga den.

Fåglarna hade börjat sin soluppgångskonsert och bergen på andra sidan fjorden var rosafärgade. När jag gick tillbaka tog jag vägen genom vardagsrummet. Dörren till Åkes och Karins sovrum stod öppen. De låg tätt ihopkrupna i dubbelsängen med Maja emellan sig. Täckena med de stormönstrade marimekkopåslakanen hade de dragit högt upp och virat beskyddande kring sig. De båda vuxnas kroppar hävde sig svagt i lugn sömnrytm. Men i gryningsljuset kunde jag se Majas ögonvitor lysa ur det mörka ansiktet på kudden. Hon låg vaken, orörlig och tyst och tittade rakt ut i rummet.

När jag kom upp i vindsrummet hade Anne-Marie dragit isär våra sängar så att de åter stod vid varsin vägg.

Några timmar senare steg Tor och Sigrid upp. De brukade vakna först i huset och göra sin egen frukost som de åt på verandan. Under nattens tumult hade de sovit och ingen hade brytt sig om att väcka dem, så de hade inte en aning om att Maja var tillbaka.

Jag föreställer mig hur de satt där i morgonsolen under det gula parasollet, Tor i sin halmhatt, Sigrid i någon av sina rymliga batikklänningar. Medan vi andra fortfarande sov djupt rörde de i sina tekoppar, knackade toppen av sina löskokta ägg och benade ur de hela ansjovisarna på ett fat. Tor nöp bitar av sin smörgås och kastade dem över verandaräcket ner på berghällen där de fångades upp av måsarna. Sigrid tyckte inte om att han gjorde så och han försökte låta bli, men när han var lite tankspridd gjorde han det i alla fall.

”Har du hämtat tidningen?” frågade Sigrid.

Tor brukade gå till brevlådorna och hämta tidningen medan Sigrid gjorde i ordning frukosten. Det var en vana de fogat till sina övriga efter Majas försvinnande. Innan dess var det oftast Maja som kilade iväg efter tidningen.

”Nej, vill du ha den?”

Han reste sig, men Sigrid lade handen på hans arm.

”Sätt dig. Du kan ta den senare.”

I samma ögonblick kom Maja ut på verandan med tidningen i handen. Hon lade den på bordet bredvid Tors tekopp och såg upp på honom med sin uttryckslösa, märkliga blick.

Tor tittade tillbaka på henne, gjorde ett skälvande försök att resa sig, men benen bar honom inte och han sjönk åter ner på stolen, tungt och klumpigt. I förbifarten grep han om bordskanten så häftigt att tekoppen välte och rann ut över tidningen och vidare ner på hans bermudasshorts och blåådrade ben. Maja blev rädd och rusade in i huset igen och upp för trapporna till vinden.

När jag vaknade satt hon ihopkrupen vid fotändan på Anne-Maries säng. Hon studsade lite upp och ner för att resårernas gungande skulle väcka Anne-Marie och när hon lyckats hoppade hon kvickt ner på golvet och ställde sig och väntade.

Sigrid och Karin talade lågt och intensivt nere i hallen. Tor satt kvar i sin stol på verandan och när vi kom ut till honom hade han sjunkit ihop över bordet. Halmhatten hade fallit av honom och ansiktet vilade mot den uppblötta tidningen. Hans ögon var öppna, men blicken var besynnerlig och han svarade inte när vi talade till honom.

Karin ringde efter ambulans. Åke och Sigrid följde med till lasarettet i Uddevalla. Vid middagstid ringde Åke och berättade att Tor skulle stanna kvar. Han hade fått en hjärnblödning.

Karin anklagade sig själv för att hon inte förberett Tor och Sigrid bättre. Men när vi sent på kvällen fått meddelandet om flickan på klipphyllan hade ingen på allvar trott att det verkligen var Maja det handlade om. Karin och Åke ville inte väcka falska förhoppningar hos de gamla. Och när Maja sedan återvände hade det varit mitt i natten och alla hade varit så omtumlade och trötta. Vi hade trott att Maja skulle vara lika trött, att hon skulle sova lika länge som vi. Vi hade glömt att hennes sömnbehov var minimalt, att hon alltid, hur sent hon än varit uppe kvällen innan, vaknade i soluppgången och kilade iväg ut. Jag mindes hennes lysande ögonvitor i gryningsdunklet och tänkte att hon förmodligen aldrig sovit under natten. Bara legat där mellan Karins och Åkes kroppar, orörlig och väntande, tills hon hörde trappan knarra under farföräldrarnas steg.

Några dagar senare flyttades Tor till Karolinska sjukhuset och Sigrid reste hem till deras lägenhet på Valhallavägen för att kunna besöka honom dagligen. Han var förlamad i höger sida och hade mist talförmågan. Läkaren som vårdade honom var son till en av Tors och Sigrids vänner. I ett långt samtal med Åke förklarade han att Tor eventuellt kunde bli återställd, men med tanke på att han faktiskt var åttiotvå år skulle man inte ha för stort hopp.

Majas återkomst blev inte den godbit för tidningarna som man kunnat tro. Karin och Åke hade tagit lärdom av invasionen vid hennes försvinnande. Karin, som hela sitt yrkesliv arbetat inom dagspress, hade för första gången fått uppleva hur annorlunda kvällspressen arbetar och tagits på sängen av deras metoder. Den här gången var hon på sin vakt. Dörrarna hölls låsta, telefonjacket drogs ur och alla i familjen fick avge ett löfte att inte tala med journalister.

Polisen var mycket knapp i sina kommentarer. Deras information var alltför kortfattad och odramatisk för att hålla för förstasidor och mittuppslag. Det blev bara små insidesartiklar där det helt enkelt meddelades att Maja återfunnits välbehållen och att sökandet avblåsts. Ingenting om var eller hur hon hittats.

På något vis förtog denna nyhet lite av dramatiken i det tidigare försvinnandet. Jag tror allmänheten upplevde det som om tidningarna överdrivit, att det aldrig varit fråga om något verkligt försvinnande utan bara om någon sorts vårdnadstvist, något släkt- eller äktenskapsgräl där ett barn blivit inblandat.

Och sommaren flöt vidare. En läkarundersökning visade att Maja inte utsatts för några skador eller sexuella övergrepp. Hon var stum, otillgänglig, undanglidande och efterhängsen i en underlig blandning, det vill säga precis som hon alltid varit. Kanske var hon en smula sorgsnare, tankfullare.

Till en början ägnade sig Karin mycket åt henne. Hon satt i den blåvita soffan i vardagsrummet med Maja stående framför sig. Karin frågade, tröstade, strök Maja över kinden, omfamnade henne. Och Maja stod stilla och lät sig omfamnas, väntade ut Karin med tom, uttråkad blick. Och när Karin inte orkade längre, när hon lutade sig tillbaka med ett uppgivet leende och en suck rusade Maja därifrån, ut på tomten eller upp på vinden till Anne-Marie.

”Hur ska jag kunna trösta henne när jag inte vet vad som hänt henne?” sade Karin.

Vi satt i köket och drack te. Karin hade lagt Maja i hennes säng i hennes och Åkes rum.

”Hon behöver inte tröstas. Maja har aldrig velat ha tröst”, sade Jens.

”Hon har varit hos någon, det är ju klart”, fortsatte Karin. ”Någon som har gett henne mat, som har kammat henne och tvättat hennes kläder.”

”Någon som har ställt henne på en klipphylla femton meter över vattnet och stuckit ifrån henne”, sade Åke. ”En knäppskalle. Alla tidningar har haft hennes bild på förstasidan. Den där människan måste begripit att vi letade efter henne.”

”Vem det än var har han eller hon i alla fall tagit väl hand om henne”, mumlade Karin.

Hon lyfte av den stora vadderade huvan från tekannan och fyllde på åt dem som ville ha mer. Medan hon hällde fick Lis syn på ett hopvikt papper som låg på bordet. Ingen hade lagt märke till det tidigare eftersom tekannan stått på det.

”Jag hittade inte korkunderlägget”, sade Eva ursäktande.

Lis vecklade ut det tefläckade pappret och granskade det med rynkad panna. Karin lutade sig fram mot henne och makade glasögonen tillrätta på näsan.

”Det är något som Maja har ritat”, sade Karin. ”Hon ritar fortfarande, det tycker jag är ett sundhetstecken. Hon satt där ute i trappan idag och ritade länge. Hm. Det är pyttesmått som vanligt.”

Vi lutade oss alla över bordet mot pappret som Lis höll fram i lampskenet.

”Vad är det för något?” undrade jag.

”Det är fåglar”, sade Jens och pekade. ”Ser ni inte det? Näbb. Vingar. Fåglar som flyger.”

”Så märkligt. Vänta, jag ska se om de andra papprena ligger kvar i trappan.”

Karin gick ut i hallen och återvände med famnen full av hopknycklade pappersbollar.

”Jag hittade dem. Hon hade knycklat ihop dem och satt fast dem mellan trappräcket och väggen.”

Karin sköt undan tekopparna, lade pappersbollarna på bordet och slätade ut dem. De visade alla samma sak. Små fågelfigurer, en eller två centimeter höga, i rader som vandrade snett upp från vänster till höger på pappret. Ibland lämnade de sina rader, förtätades, samlades till ett virrvarr av utspärrade vingar och näbbar.

”Vänta”, sade Karin. ”Hon har mer papper under sin säng.”

Hon smög sig tyst in i sovrummet och återvände med buntar av dammiga pappersark.

”Mina skrivmaskinspapper. Hur har hon kommit åt dem?” frågade Åke.

Karin bredde ut dem på bordet under lampan. Vartenda papper var fyllt av samma små bläckfigurer. Stående fåglar, ruvande fåglar, flygande fåglar. Fåglar i virvlande flockar. Fåglar i tusental.

Kristina

Det var en dag i slutet av april, havet låg tyst och blankt. Hon var ute på skattsamlarfärd. Hon gick långsamt längs stranden med sin korg över armen. Det var ingenting i den.

När hon började sina samlarfärder för ett år sedan hade korgen fyllts snabbt. Hon såg så mycket vackert och märkvärdigt och allt plockade hon med sig. Nu hade hon blivit kräsnare. Hon vände på ett musselskal och lät det ligga. En stor krabbklo petade hon till med spetsen på sin gymnastiksko. Nej, allt som såg märkligt ut var inte märkligt. Och många saker var vackra just där på stranden, men blev helt ointressanta när de kom in i hennes stuga.

Hon letade efter ting där djurets eller växtens ande dröjt sig kvar. Dessa ting hade en röst. När hon höll dem i handen och vände på dem kunde de i vissa ögonblick tala till henne. Även stenar kunde ha en ande, även de kunde tala, och det var något hon upptäckt först nyligen. Deras röster var svaga och mumlande och lade sig så djupt ner i hennes själ, att hon måste vara alldeles ren från tankar och känslor för att förnimma dem.

Föremålen hon samlat hade inte längre något eget liv. De var rester, minnen. De hade bara sina röster. Och rösterna ville att hon skulle göra något med dem. Ville att hon skulle foga ihop dem, bemåla dem, så att nya sammanhang uppstod. Hon skapade dem till varelser och deras nya liv var stilla, hemlighetsfullt och koncentrerat. Varelserna älskade henne för att hon var deras skapare och hon älskade dem för att de var hennes skapelser.

Men idag var allting tyst och hennes korg tom. Hon hade kommit till berget vid strandens slut. Hon satte sig på en sten omgiven av strandråg och såg mot öarna utanför. Hon tyckte det var synd att hon inte kunde komma dit. Där fanns stränder och klippor som hon aldrig besökt, föremål som talade utan att hon kunde höra dem. Och utanför öarna låg, antog hon, öppna havet.

Just då kom en pojke paddlande i en kajak. Han dök upp så plötsligt bakom klippudden, helt ljudlöst, som om han inte varit mänsklig. Människor kan man alltid höra när de närmar sig. Man hör deras steg, deras röster, deras andetag, frasandet av deras kläder. Det hjälper inte om de försöker smyga, för omgivningen förråder dem. Man hör det på fåglarna, på träden, på gräset. Allt i naturen ändrar sig när en människa kommer. Men den här pojken uppenbarade sig bara, som en ny figur som plötsligt framträder på en tavla, och det var något nästan overkligt över honom.

Han höll kurs mot stranden. Han gled på ett kraftigt paddeltag, skar vattenytan i en linje mot henne och vattnet fördubblade hans bild. Kajaken stötte i botten. Han hoppade ur och drog upp den på stranden. Hon satt så stilla bland strandrågen att han inte såg henne. Hänförd betraktade hon den smala, vita farkosten. Ett tunt skal bara, en tom fröskida. Att man kunde färdas över vattnet i något så enkelt.

Så fort han klev ur kajaken blev han människa igen. Hans steg knastrade i sanden, han strök svetten ur pannan och fnös lite. Men hans ljudlösa uppdykande gjorde honom speciell. Hon kände varken rädsla eller motvilja för honom.

Hon talade till honom och han upptäckte henne och ryckte till. Han var kanske sjutton eller arton år. Han hade en röd flytväst på sig.

Hon frågade om kajaken. Om det var svårt att paddla, om kajaker var dyra och var man kunde köpa dem.

Han svarade att det inte var så svårt när man väl lärt sig och om hon var intresserad kunde hon få köpa den här. Han skulle ut och resa och behövde pengar.

”Hur mycket kostar den?” frågade hon.

Han gjorde en grimas som om han koncentrerade sig på en svår räkneoperation. Sedan slog han ut med händerna i en öppen gest och föreslog en summa.

Som en blixt flög Kristina upp från sin sten och rusade iväg längs stranden. Korgen lät hon ligga kvar.

"Vänta här", ropade hon över axeln.

Fem minuter senare var hon tillbaka med den begärda summan. Han talade om hur hon skulle bära sig åt när hon paddlade och hon förklarade för honom hur han skulle gå för att komma till busshållplatsen. Han tog pengarna och gick iväg över klipporna. När han gått en bit vände han, tog av sig flytvästen och lät den ingå i köpet. Båda skrattade, häpna över hur lätt affären avgjorts.

Att paddla var svårare än hon trott. Bara att ta sig ner i sittbrunnen var till en början nästan omöjligt. Hon hamnade i det iskalla vattnet gång på gång och bestämde sig för att vänta med träningen till juni. Men så kom plötsligt en värmebölja och vattnet började långsamt värmas upp. Hon tränade i viken.

När sommaren kom började hon ge sig ut på längre turer. Hon ändrade sin dygnsrytm och steg upp i gryningen. Hon höll sig nära kusten, strök tätt intill klipporna.

Hon överraskade naturen på ett sätt hon aldrig tidigare gjort. Hon dök upp alldeles intill hägern som satt på samma klipphylla varje morgon. Den sträckte ut sin ormlika hals och såg häpet på henne och innan den hann bli rädd och ta till flykten var hon förbi. För hägern var hon lika overklig som pojken varit för henne den där gången. Också människor överraskade hon, människor som lagt sin båt i små otillgängliga vikar och tyckte sig vara helt ensamma i världen. De solade nakna, kissade och älskade.

En dag såg hon en mink som simmade bara någon meter ifrån kajaken. Den såg snett upp på henne med sina svarta, blanka ögon. Hon vilade på paddeln och en liten stund färdades de så, sida vid sida, och minken höll hela tiden blicken fäst på henne, medan den simmade rakt fram med virvlande tassar. Plötsligt var den bara borta, liksom utsuddad.

Hon tog kajaken till affären istället för cykeln. Varorna packade hon under fördäck bredvid sina ben, för det fanns inget egentligt lastutrymme.

Upp och ner längs kusten for hon och hittade nya stränder, nya ängar, nya berg, och när hon for hem hade hon ofta flera fynd med sig. Flytvästen lämnade hon hemma. Hon hade använt den de första gångerna, därför att pojken haft den på sig när han paddlade, men nu kände hon att hon ville göra det här på sitt eget sätt. Hon hade flera gånger tänkt sig in i situationen att hon gick runt, föll i vattnet och förlorade kajaken. Hon fann inget skrämmande i tanken. Att kämpa mot vågorna och kylan, mattas ut och slutligen drunkna, nej, det var inget hon var rädd för. Det skulle vara ett bra ett sätt att dö på, kanske det allra bästa.

Hon lämnade kustlinjen och korsade vattnet till de närmaste öarna. Hon rundade dem och från deras utsida såg hon havet öppna sig och möta himlen. Långt ute kunde hon se några små holmar och skär.

En riktigt stilla högsommardag, när hettan dallrade över havet och inte ens den svagaste vindil krusade dess yta, tog hon på sig sin bikini och gav sig av. Hon paddlade över till öarna, passerade dem och fortsatte sedan rakt ut mot de små skären. Redan på långt avstånd kunde hon höra skriken från fåglar därutifrån. När hon kom fram upptäckte hon att det var lätt att gå i land på de sluttande berghällarna.

Skären blev hennes favoritställe, även om det inte var många dagar som var så vindstilla att hon kunde ta sig dit ut. Där fanns aldrig några människor, bara fåglar. Därute hade de sina bon och där kunde hon hitta ejderdun som hon samlade i påsar. När hon kom hem efter en sådan färd fick hon alltid tvätta kajaken ren från fåglarnas träck.

Sommaren tog slut och september var blåsig, men i början av oktober kom några klara dagar då havet låg som mörkt glas och solen spred ett gyllene sken utan värme. Hon tog vara på dessa dagar så väl hon kunde. Steg upp i gryningen, tog med sig smörgåsar och te och paddlade ut.

Hon upplevde en nästan överjordisk lycka. Hon njöt av sin smala, spjutlika underkropp, av havets närhet och paddelns rytm. Hon kunde inte föreställa sig att det funnits en tid när hon inte hade kajaken. En tid när hon alltid gick till fots, lunkande fram på tunga fötter över hård mark. Hon sörjde redan över vintern som skulle beröva henne detta nya sätt att färdas. Eller kunde hon kanske fortsätta att paddla? Eskimåerna använde ju detta färdmedel i arktiskt klimat. Förra vintern hade varit isfri och kanske skulle denna också bli det.

Men efter de klara dagarna kom höststormarna. Och när de bedarrat var det så kallt och regnigt och ogästvänligt, att det bara blev en enstaka liten tur längs de närmaste stränderna innan hon bar upp sin farkost till tomten, placerade den på ett par vedträn vid husväggen och täckte över den med en presenning.

Vinterdagarna gav henne istället gott om tid att ordna upp sina samlingar. Hennes stuga började alltmer likna en verkstad med ett lager för tillverkningsmaterial.

All väggyta upptogs av egenhändigt snickrade hyllor. På en del av dessa förvarade hon sina fynd. Sorterade i lådor låg skelettdelar, tänder och horn från olika djur. Pälsbitar från hare, ull från får och tagel från häst. Där fanns skal av snäckor och musslor. Torkade sjöstjärnor och sjöborrar. Klor och sköldar av skaldjur. Fjädrar och dun. Äggskal. Där fanns också vrakved, grenar, rötter, ekollon, stenar. Torkade växter och svampar. Döda skalbaggar och fjärilar. Fågelreden och getingbon.

Allt låg på sin plats och hon höll noga reda på varje föremål.

Hon hade också börjat resa till stan och köpa material i butikerna. Små burkar med målarfärg i svart, rött, silver och guld från hobbyaffären. Passpoaler och fransar från sybehehörsaffären. Koppartråd från järnhandeln. Lädersnoddar från skoaffären. Aluminiumfolie från matbutiken. Även detta material förvarades i olika lådor och kartonger.

På andra hyllor stod hennes färdiga skapelser. Märkliga ting med en makaber utstrålning av död och förgängelse, samtidigt som de tycktes vibrera av mystiskt, oåtkomligt liv.

Vid fönstret stod de enda möbler hon inte bränt upp: bordet och en stol. Här satt hon under de mörka kvällarna och arbetade. Sedan kröp hon ner i sitt bo av täcken och kuddar på golvet. Innan hon somnade tänkte hon på kajaken som hade sin bädd så nära hennes. Insvept i sin presenning slumrade den på andra sidan stugväggen och delade hennes drömmar om sommaren, havet och fåglarna.

Ulrika

[illegible]

[illegible]

[illegible] d [illegible]
[illegible]
[illegible] som en [illegible] och [illegible]
[illegible]

[illegible]

[illegible]

När Maja återvände var det två veckor kvar av sommarlovet, två veckor tills pappa skulle hämta hem mig till vår villa i Göteborg, två veckor tills jag skulle börja på gymnasiet i en helt ny skola med nya kamrater. Familjen Gattman skulle återvända till Stockholm. Maja var tillbaka och allt borde vara som förut.

Men det var det inte. Något var annorlunda. Familjemedlemmarna, som tidigare behandlat Maja som familjens centrum, tycktes nästan ta omvägar om henne. De såg på henne med tveksamma ögon och rörde vid henne på ett nytt och försiktigare sätt. Och ändå var hon ju sig så lik. Ibland hade jag en känsla av att just denna hennes oföränderlighet, denna nästan kusliga oförstörbarhet, vilade som en glaskupa kring henne och osynligt men obevekligt avskiljde henne från den övriga familjen.

Hon hängde fortfarande efter Anne-Marie och mig var vi gick och jag fick uppfattningen att Anne-Marie var på en gång mer besvärad och mer vänlig mot henne än tidigare. Hon lät henne oftast följa med och när hon någon gång bad henne att lämna oss i fred gjorde hon det inte längre i form av korta kommandon, utan omständligt och bevekande.

En kväll blev jag vittne till hur Maja följde efter Åke över tomten när han var på väg från bilen till sin skrivarstuga med en låda Vino Tinto som han köpt i stan. Hon gick tätt bakom honom. När han stannade stannade också hon. De såg på varandra utan ett ord. Han började gå igen, hastigare nu och hon följde honom i hasorna. Sista biten till stugan sprang han med den tunga lådan i famnen. Han lyckades få upp dörren med armbågen. Innan han slank in och slog igen dörren efter sig kastade han en blick över axeln. Jag fick bara en sekundsnabb glimt av hans ansikte, men jag minns fortfarande uttrycket i det. Han var rädd för Maja.

Karin försåg henne med mat och omvårdnad, men de fruktlösa ömhetsbetygelserna hade hon slutat med. En hastig strykning över det svarta, blanka håret var det närmaste hon kom en smekning.

Vi andra hade ofta haft Maja i knät när vi satt i vardagsrummet och pratade om kvällarna. Hon hade suttit där utan protester, lutat sig mot ens bröst som mot ryggstödet i en bekväm fåtölj och villigt låtit sig glida över till en annan famn när man behövde resa sig. Nu satt hon för sig själv i den blåvita soffan med en liten cirkel av tomhet kring sig.

Hon var som en djurunge som återlämnats till sin mor efter att ha rörts av människohänder. Vi skyggade för henne som om hon utsänt doften av en främmande art.

Hon hade fått ett par solglasögon med bågar av rosa plast. Jens hade köpt dem till henne på en bensinmack. De var av skräpkvalitet naturligtvis och det ena av de mörkfärgade plastglasen hade fallit ur bågen nästan genast och inte gått att få fast igen. Men Maja var mycket förtjust i dem och hon bar dem dagligen i alla väder, såväl inom- som utomhus. Hon såg märklig ut i dessa glasögon med höger öga täckt av mörkt glas och vänster öga lysande med sin kontrasterande ögonvita innanför den knallrosa ramen.

Om Maja tog illa vid sig av familjens avståndstagande så visade hon det lika lite som hon visade någon annan känsla. Hon satt där i soffhörnet med sina enögda solglasögon och ritade sina bevingade små figurer.

När jag säger att Maja var oförändrad är det inte riktigt sant. Det fanns faktiskt en förändring, det hade jag så när glömt. Kanske var det inget nytt, kanske var det bara något vi råkade upptäcka just då, men vi såg det första gången några dagar efter hennes återkomst.

Vi var nere på stranden och badade, Anne-Marie, Maja, Jens och jag. Maja satt naken i sanden med sin hink och spade och vi andra dök en efter en från bryggan och låg sedan och trampade vatten och pratade. Då och då kastade vi en snabb blick mot stranden för att hålla uppsikt över Maja. Plötsligt släppte hon spaden, rusade över stranden, ut på bryggan och hoppade. Hon plumsade ner i det djupa vattnet några meter ifrån oss, försvann ett ögonblick och strax därpå dök henne svarta huvud upp över ytan. Med sprattlande, ryckiga rörelser simmade hon genom det djupa vattnet, förbi oss och in mot land. Hon gick upp på stranden, satte sig på huk och fortsatte sitt grävande med vattnet droppande från tofsarna. Det hela hade gått så fort att vi knappt hunnit reagera.

”Hon hoppade från bryggan. Hon simmade”, sade jag förvånat.

Ingen hade sett Maja simma tidigare.

”Simmade och simmade. Sprattlade snarare”, sade Jens.

Medan vi stod i strandkanten och diskuterade saken reste sig Maja, sprang ut på bryggan och innan någon hindrat henne hade hon gjort om det. Hoppat i från bryggan och simmat på sitt märkliga vis till stranden. Därefter gjorde hon detta varje gång vi var och badade och vi vande oss vid det.

Det var eftermiddag och varmt. Anne-Marie och jag låg på våra sängar och pratade. Vindsrummet var åter städat och rent och kruset på sekretären innehöll friska blommor. Sängarna stod på sina ursprungliga platser.

Ann-Maries långa hår var nytvättat och kammat så det föll som en ridå av silke över hennes bara axlar. Hon hade fått tillbaka sin solbränna, läpparna blänkte av läppglans och hon doftade svalt och fräscht av deodorant. Det gick knappt att föreställa sig att hon för ett par veckor sedan legat fastklamrad intill mig, svettig, med otvättat, tovigt hår och gråtit mot min hals nätterna igenom.

Serietidningarna var borta. Jag förmodade att Karin kastat dem, de var alltför kladdiga och trasiga för att kunna glädja någon och de tillhörde egentligen inte den sorts litteratur som familjen Gattman vanligen ägnade sig åt. De hade legat begravda i sitt mörka skrymsle under trappan och bara plockats fram när man inte orkade med något tyngre, som när något av barnen legat sjukt eller under långvariga regnväder. Jag kommer fortfarande ihåg äventyren i dem. De svartvita bildrutorna med hårt skuggade ytor och överraskande perspektiv. Männen med sina kantiga käklinjer och de storbystade kvinnorna. Skyskrapornas skugga över trånga bakgator och djunglernas dunkel. En värld i mörker. Jag har aldrig läst den sortens tidningar varken förr eller senare, och när jag någon gång får en glimt av dem förknippar jag dem alltid med tiden då Maja var försvunnen.

Det var min sista vecka hos Gattmans. Mamma hade nyligen ringt och berättat att jag kommit in på det gymnasium jag hoppats på, en skola mitt i stan där man kunde tillbringa lunchrasterna på något av Avenyns caféer. Jag berättade för Anne-Marie om min glädje över att jag kommit in på just denna skola.

”Kom du också in på den där skolan du sökte?” frågade jag.

”Ja”, sade hon. ”Men jag ska inte börja.”

”Var ska du gå då?”

”Ingenstans. Jag tar ett sabbatsår.”

”Hur då? Ska du bara vara hemma, menar du?”

”Nej, jag kanske tar ett jobb.”

Detta var på den tiden man ”tog” ett jobb.

”Eller också sticker jag utomlands.”

”Vart?” undrade jag häpet.

”Vet inte. Israel kanske. Jobbar på kibbutz som Eva.”

”Men hon var ju bara där på sommarlovet.”

”Man kan jobba där ett helt år om man vill. Vi kanske sticker tillsammans. Eller också åker jag till England eller Frankrike och jobbar som au pair. Jag har inte bestämt mig än.”

”Får du det för Karin och Åke då?”

Hon skrattade.

”De kommer inte att hindra mig. Usch, jag har ingen lust att gå i skolan. I alla fall inte naturvetenskaplig linje som Jens, det verkar hemskt. Bara plugga, plugga. Men han har ju bara ett år kvar nu så han fortsätter väl.”

”Det kanske är bra med ett sabbatsår”, sade jag fundersamt.

Själv skulle jag inte kunnat tänka mig det. Att börja på gymnasiet ett år senare, vara ett år äldre än alla andra. Det skulle kännas som att komma efter på något sätt. Jag hade så bråttom. Jag ville snabbt ha en utbildning. Gymnasiet och sedan universitetet. Jag längtade till universitetet. Jag kunde inte tänka mig att bli sinkad av något sabbatsår. Jag ville ut i världen, men det fick bli på loven.

”Men vi ses nästa sommar. Eller hur?” sade jag.

”Om jag är här.”

”Ska du inte vara här nästa sommar?”

”Hur ska jag kunna veta det? Jag kanske är på andra sidan jorden. I Australien eller nåt.”

”Pratade du inte om England eller Frankrike nyss? Och Israel?” sade jag förvirrat.

”Jag vet inte, Ulrika. Jag vet inte alls. Det spelar egentligen ingen roll. Jag vill bort härifrån helt enkelt. Jag är så trött på alltihop.”

”Men Tångevik är ju det härligaste stället på jorden. Och ingen har ett så fint hus som ni.”

”Äh.”

Jag blev sårad över hennes fnysning. Jag hade kommit att älska det här huset.

En dag under den tid Maja varit försvunnen hade jag under en ensam promenad sökt mig till vår egen sommarstuga. Jag hade inte varit där på hela sommaren.

Boråsfamiljen hade redan satt sin prägel på stället. De hade satt upp en stor vattenfylld pool av plast på gräsmattan, köpt helt nya trädgårdsmöbler och faktiskt anlagt ett litet trädgårdsland med grönsaker. På trädgårdsbordet igenkände jag den stora spanska glasdamejeannen som brukat stå i ett hörn i storstugan med några torkade björnlokor i. Nu var den förvandlad till akvarium, fylld med grönaktigt vatten, tång och förmodligen någon sorts djur i.

Boråsfrun, som uppenbarligen var gravid, låg på alla fyra i landet och doppade sin stora mage i morotsblasten. Hon var alltför upptagen för att lägga märke till mig där jag stod vid staketet.

Det hördes barnröster och runt husknuten dök två pojkar upp. Den ene körde den andre i pappas gamla skottkärra och tippade skrattande av honom vid poolen.

Jag mindes hur svårt mina föräldrar haft att få något att växa på den här tomten. Jag mindes de osynliga tomrummen under marken som slukat jordlass efter jordlass. Och så kommer den här familjen och odlar grönsaker och använder skottkärran till leksak. Kanske var de av en annan och mer fruktbar ras. Kanske var det helt enkelt så att de tomma sprickorna äntligen var fyllda nu och att de kommit precis rätt sommar. På mindre än två månader hade denna familj gjort sig mer hemmastadd här än vi någonsin varit.

Jag kunde inte föreställa mig att vi någonsin skulle komma tillbaka.

Min föraning visade sig riktig. Arbetet tog mer och mer av pappas tid, och sedan de köpt villa med trädgård tyckte inte mina föräldrar att vi hade så stort behov av sommarställe längre. Påföljande vinter sålde de stugan till boråsfamiljen.

Men detta visste jag naturligtvis ingenting om när jag stod där utanför staketet. Jag upplevde bara en märklig blandning av känslor. Vemod över något förlorat, som jag ändå aldrig riktigt ägt. Och en sorts torr bekräftelse på något jag alltid vetat: Jag hörde inte hit, detta var inte min plats.

Jag vände tillbaka till Gattmans och när jag såg det bruna huset mellan ekarna på berget fylldes mitt bröst av hemkomstens värme.

"Vi kan väl skriva till varann i alla fall", sade jag till Anne-Marie.

"Ja. Fast du vet hur jag är med brevskrivning. Men vi håller kontakten, det är klart."

Vilket vidrigt uttryck, "hålla kontakten". Jag såg på Anne-Marie där hon låg på sin säng. Hon låg på mage med händerna under hakan och tittade leende rakt in i sänggaveln. Men hon såg något annat, något som inte jag kunde se. Hon var redan på väg ifrån mig.

En bil bromsade in utanför. Det var Lis och Stefan som kom ut från stan i Stefans pappas bil. De hade varit inne och letat lägenhet och fått tag i en etta i ett rivningshus i Gårda i Göteborg. Så gjorde man på den tiden. Man stack ut på stan och fixade sig en lägenhet eller ett jobb. Eländiga lägenheter, trista och smutsiga jobb, men de var lätta att få tag i. Nu var de på jakt efter möbler och husgeråd och hade fått löfte av Sigrid att hämta hennes och Tors sovrumsbyrå.

Lis kikade in till oss som hastigast och hejade. De hade bråttom tillbaka till stan igen, det var någon nyckel som skulle lämnas eller hämtas nånstans. Hon var rosig om kinderna med glittrande ögon. När jag tänker tillbaka inser jag att hon faktiskt redan då måste ha varit med barn, fastän hon kanske knappt visste om det själv ännu.

Anne-Marie och jag låg där på våra sängar och hörde dem kämpa med byrån i våningen under oss. När de äntligen fått den ner för trapporna och ut på tomten kom Åke ut från sin skrivarstuga och ville ge dem ett handtag. Han hade bar överkropp och hans kakishorts var äckligt smutsiga. Vi iakttog dem från det öppna fönstret och Anne-Marie skrattade. Åke var alldeles för full för att kunna var till någon hjälp. Han gick ivägen för dem och hängde sig på den redan tunga möbeln, och Lis och Stefan hade all möda att ta sig fram till bilen med den. Med förenade krafter lyckades de få upp byrån på takräcket och surra fast den, och hela tiden hängde Åke kring dem och sluddrade. Så fort de var klara hoppade de in, slog igen dörrarna, vinkade frenetiskt och rivstartade.

I samma ögonblick som bilen for iväg lutade sig Åke mot bildörren för att säga något genom den nedvevade rutan och han kastades åt sidan och rullade runt på marken.

Lis och Stefan stannade inte. Kanske hann de inte se vad som hände, kanske struntade de i det.

Långsamt kom Åke på fötter, smutsig och med ett blödande skrubbsår på armen. Han stod stilla en stund och höll sig i en ekstam. Sedan såg han sig om, tog sikte på skrivarstugan och styrde sina stapplande steg mot den.

Anne-Marie skrattade högt. Åke hörde henne och stannade på stigen mellan bergknallarna. Han vände sig om åt alla håll, men tycktes inte upptäcka vem det var som skrattat. Så fortsatte han sin vingliga färd och förskansade sig i sin lilla stuga.

Några dagar senare hämtades jag av pappa. Det var en kraftigt decimerad familj som tog farväl av mig. Åke hade fått besök av en god vän. De hade tillsammans åkt ner till Göteborg för att gå på krogen och sedan dess hade han inte återvänt. Sigrid vakade vid Tors sjukbädd. Eva letade lägenhet i Stockholm och Lis hade redan flyttat. Det var Karin, Jens och Anne-Marie som gav mig avskedskramar utanför huset.

Maja satt på trappan. Hon såg upp på mig med det högra, obetäckta ögat och jag böjde mig över henne.

”Hej då, Maja. Jag hoppas vi ses snart igen”, sade jag och gav henne en kyss på kinden.

Hon ryckte till som om jag bitit henne och rusade in i huset.

Jag reste hem till Göteborg och började på gymnasiet. Jag trivdes i skolan. Äntligen fick man lära sig något riktigt. Dumhuvudena och bråkstakarna var borta, lärarna kunde ägna lektionerna åt undervisning istället för att upprätthålla ordning. Jag fick fler kamrater än jag någonsin haft.

I november kom ett vykort från Anne-Marie. Hon var i Kalifornien och jobbade som au pair i en svensk familj. Någon adress hade hon inte lämnat så jag kunde inte skriva något svar. En månad därefter fick jag ett julkort. Då hade hon redan lämnat den svenska familjen och jobbade på en kemtvätt i Texas. Därefter hörde jag ingenting.

I flera år efteråt använde jag det mascaramärke som Anne-Marie använt. Inte för att jag trodde att jag skulle få hennes naturligt mörka, långa ögonfransar, men som en sorts bekräftelse på vår samhörighet. Jag bar också en blus som jag ärvt av henne, en tunn, liten sak i crepad bomull. Den var snyggast när den var nytvättad eftersom den drog ihop sig och blev tight då. Den var vinröd, en färg som aldrig tidigare förekommit i min garderob, men som Anne-Marie ofta bar. Den där blusen hade jag så ofta jag kunde. På vintern, när det var kyligt i vår gamla skola, bar jag den närmast kroppen under mina stickade tröjor och tjocka flanellskjortor.

Jag trivdes som sagt mycket bra sedan jag börjat gymnasiet och tänkte därför inte lika ofta på Anne-Marie som tidigare vintrar. Min längtan hade dragit sig undan, blivit osynligare. Jag bar den som jag bar den vinröda blusen, närmast huden, under allt det andra.

När sommaren närmade sig föreslog pappa att vi skulle resa till Mallorca. Det var första gången han ansåg sig ha tid och råd med en utlandssemester. Han hade arbetat intensivt i två års tid, vardag som helg, utan en enda dags riktig vila. Nu var han färdig med paradontitavhandlingen, han hade fått en tjänst han länge velat ha och bestämde sig för att under några semesterveckor vila på sina lagrar.

Mina känslor inför Mallorcaresan var blandade. Jag var överlycklig över att få resa utomlands och i verkligheten få uppleva en av dessa exotiska platser jag sett på resekatologernas bilder. Men jag ville inte vara borta ifall Anne-Marie skulle höra av sig och be mig komma ut till Tångevik. Förutom de två vykorten hade jag ingenting hört ifrån henne. Jag visste inte om hon var tillbaka i Sverige eller om hon var kvar i Amerika. Naturligtvis hade jag kunnat lyfta luren och ringa till Stockholm och fråga. Men det var en oskriven regel att vi aldrig ringde varann. Och om hon var tillbaka och ville träffa mig, så borde ju *hon* kontakta *mig*. Det var detta eventuella samtal eller brev jag väntade på och jag visade därför inte den entusiasm man kunde vänta sig när pappa presenterade sitt förslag om Mallorcaresan. Han läste mina tankar.

”Om det är Gattmans du tänker på ska du nog inte vänta dig för mycket. Åke och Karin ligger i skilsmässa. Han bor visst här i Göteborg nu, hos något fruntimmer. Det är inte troligt att de åker ut till Tångevik i sommar. Jag tror varken Karin eller Åke vill dit som det är nu, och Sigrid vill väl inte vara där ensam nu när Tor är borta.”

Tor hade dött under vintern, det hade vi sett i tidningen. Vi hade också sett att Lis och Stefan fått barn. Tillsammans med de två vykorten från Anne-Marie var dessa de enda upplysningar jag hittills fått om familjen Gattman. Skilsmässan var en nyhet som pappa hållit inne med. (Hur visste han förresten om det? Och var hade han hört det där om Åkes fruntimmer? Det var inte likt honom att känna till den sortens skvaller.)

”Jag skulle väl tro att de säljer det där stora huset. De kan få hur mycket som helst för det. Strandtomt och brygga och alltihop. Eller de kan förstås hyra ut det.”

Så jag reste till Mallorca, åkte på guidade utflykter med mamma och pappa, gick på diskotek med två feta systrar från Falun och hade en svans av spanska, vackra gossar efter mig när jag gick över stranden. Det där sista stärkte mitt självförtroende enormt, tills jag upptäckte att också de feta dalkullorna var föremål för intensiv uppvaktning. Ja, till och med mamma i sin fjolliga solhatt och storblommiga frottéklänning hade en beundrare, som var hälften så gammal som hon själv, och som ropade uppmuntrande saker på spanska varje gång hon gick förbi uteserveringen där han brukade sitta.

En kväll när mina föräldrar och jag satt på en liten restaurang med flamencodans hörde jag dem diskutera Majas försvinnande. Jag hade vridit min stol mot det uppträdande paret och satt därför bortvänd från mamma och pappa. Orkestern spelade och en av gitarristerna sjöng så taket höll på att lyfta sig, så mamma och pappa trodde väl inte att jag hörde vad de talade om. Men för att höra varandra måste de ändå prata rätt högt och de hade druckit en del vin så jag tror de hade svårt att bedöma sin egen röststyrka. I alla fall hörde jag mamma säga att Majas försvinnande var märkligt och det var konstigt att det stått så lite i tidningen om hur hon hittades. Pappa mumlade något och i ögonvrån såg jag hur han kastade en blick på mig. Jag glodde storögt på flamencoparet, som om jag var helt absorberad av deras larviga dans, medan jag lyssnade på vad pappa skulle svara. Han lade fram en häpnadsväckande teori om att Åke och Karin varit på väg ifrån varandra redan förra sommaren och att Majas försvinnande var resultatet av någon sorts vårdnadstvist. Åke kunde ha hållit henne gömd hos sin älskarinna i Göteborg eller så hade Karin smusslat undan henne hos någon väninna.

Det var så vansinnigt att jag fick behärska mig till det yttersta för att inte vända mig om och storskratta. Karin och Åke hade fram till Majas försvinnande haft ett harmoniskt, jämlikt, helt perfekt äktenskap, i alla fall så långt jag med min ringa erfarenhet kunde bedöma. Sorgen över Majas försvinnande hade varit så djup hos dem båda att det var uteslutet att någon av dem spelat teater. Dessutom glömde pappa bort det sätt hon återfanns på, den omöjliga klipphyllan vid Musselstranden. Skulle någon av dem ha iscensatt en sådan livsfarlig situation? Till vilken nytta?

Jag behövde inte säga något för mamma hade samma sorts invändningar. Men av de spridda meningar jag uppfattade insåg jag att pappa inte riktigt trodde på historien om klipphyllan. Han hade bara hört den genom mig och tydligen ansåg han att jag dramatiserat det hela.

Att inte bli trodd var i och för sig förnedrande, men det gjorde mig ändå inte så mycket. Det var en historia som var svår att tro på, det måste jag hålla med om. Man måste ha upplevt alltihop, sorgen, skulden och den märkliga kvällen på berget när Maja hissades upp av räddningsmanskapet. Jag hade varit med om det. Det hade inte pappa och mamma. Jag förlät dem.

Det var enda gången jag hörde dem nämna Majas försvinnande.

Kristina

Kristina skjuter ner kajaken i vattnet. Försiktigt följer hon själv efter över den sluttande klipphällen med hala, roströda alger. Hon lägger påsen med dun i sittbrunnen och trycker in den i ett hörn under fördäck. Så kliver hon själv i och skjuter ifrån med paddeln.

Molnet av fåglar följer henne ett stycke. Undersidorna av deras vita kroppar färgas orange av en sol som ännu inte kan ses. Havet glittrar. Världen är inte längre grå.

Hon närmar sig gruppen av större holmar och när hon når den närmaste går solen upp. Några tärnor dyker mot henne med de röda näbbarna vidöppna. Som om hon var en fisk som de kunde sluka.

Hon följer den lilla öns konturer. Vid den lugna viken på öns insida reser sig ett helt litet läger av färggranna tält, röda, blå, orangefärgade. Det är fult. Hon avskyr den här sortens grälla färger. På stranden finns uppdragna båtar, en förkolnad lägereld, tomma ölburkar och sandiga badlakan.

Hon ligger stilla mitt i viken, driver långsamt på det lugna vattnet medan hon iakttar scenen.

Den här ön har hon ofta varit iland på. Den har en fin liten strand där det är lätt att dra upp kajaken. På utsidan finns gott om fågelbon och hon har ofta plockat dun, fjädrar och äggskal här.

Så rör sig duken till ett av tälten. Genom öppningen kryper någon ut. En hund? Nej, nu reser den sig upp. Det är ett barn. En liten flicka med mörkt ansikte, bruna kläder och svarta, rufsiga råttsvansar. Hon kniper ihop ögonen mot morgonljuset och springer sedan ut på stranden. Med sömniga, fumliga rörelser drar hon ner dragkedjans ring och får av sig overallen. Sedan sätter hon sig på huk och kissar i sanden. Kristina ligger stilla i viken och ser på hennes nakna, krökta rygg.

Den lilla reser sig huttrande. Morgonen är kylig, stranden vilar i skugga. Hon har ännu inte upptäckt kajaken därute i viken. Med visst besvär lyckas hon vränga tillbaka den aviga overallen som hon kastat på stranden. Hon skakar sanden ur den och tar den på sig igen. Hon verkar vilja göra allt själv, fastän hon är så liten. Hon har inte väckt någon vuxen i tälten för att be om hjälp.

Vågorna har fört kajaken längre in i viken. Kristina kan se flickan bättre nu. Den bruna mjuka dräkten är som en hårrem, hennes svarta, rufsiga hår som en man.

Någonstans i Kristinas mellangärde börjar något röra sig. Det är som ett ylande, ett utdraget, längtansfullt, helt ljudlöst ylande som tränger upp ur henne. Men det är bara en känsla. Hon sitter alldeles tyst, alldeles stilla, medan vågorna kluckar svagt mot kajakens sidor.

Ändå måste flickan ha hört det. Hon hejdar sig på sin väg mot tältet, vänder sig om och får syn på Kristina. Hon skuggar med handen över ögonen. Den låga solen bländar henne. Långsamt börjar hon gå tillbaka ner mot stranden.

Kristina känner hur något håller på att dras ur hennes kropp, tänjs av längtan, som blåmusslans orangerosa innehåll som slits ur sitt skal. Det där mjuka, oformliga med den lilla fasta kärnan – hjärtat – det enda som är stadigt nog att köra kroken igenom. Barnet står på stranden och iakttar henne med fast blick.

”När hon säger något släpper det”, tänker Kristina. ”När hon ropar hej till mig eller när hon kallar på sina föräldrar i tältet.”

Men flickan säger inte ett ljud. Vattnet i viken är rött av skenet från den nyuppstigna solen och vågorna ritar ett nät av vaggande skuggor på kajakens vita sida.

Kajaken gungar närmare. Kristina och flickan ser på varandra. Det glittrar mellan dem.

Flickan kavlar upp benen på overallen och går en bit ut i vattnet. Kristina rör lätt med paddeln vid vattenytan och glider en liten, liten bit inåt. Nu är de alldeles intill varandra.

Flickan är svart och brun med hårkulorna som två klarröda signalfläckar i det rufsiga tofsarna. Vad har denna brunmurriga djurunge med människorna i de grälla tälten att göra? Hon bryr sig inte ens om dem, ser sig inte om, ropar inte på dem. Nej, hon hör inte hemma här.

Droppar glider längs paddelns blad, skälver och faller i vattnet. Flickan stryker med handen över kanoten och ser upp på henne. Ett ögonblick funderar Kristina över hur hon ska få upp den lilla utan att kajaken välter. Och var ska hon sitta? Det finns bara rum för en i sittbrunnen.

Hon kliver ur, ner i vattnet, tar den lilla i famnen och med hennes armar om sin hals kryper hon försiktigt tillbaka ner i sittbrunnen. Flickan är så fullkomligt stilla och följer så mjukt med i hennes rörelser att den svåra balansakten lyckas. Flickan sitter i Kristinas knä, vänd mot henne och lindar sina ben om hennes midja. Där finns bara plats för en, men de är bara en. En enda stor varelse. De sitter där, bröst mot bröst, och deras hjärtan slår mot varandra.

Kristina paddlar ut ur viken. När hon rundar den utskjutande klippan vänder hon sig om och ser mot land.

De färggranna tälten ligger där tysta och sovande.

Ingen har sett dem.

Ulrika

Det var lördag morgon. Jag skulle inte hämta pojkarna förrän på måndag eftermiddag. Vi brukar göra så att Anders kör dem till skolan på måndag morgon efter sin helg och så hämtar jag dem på fritidshemmet på eftermiddagen.

Jag vaknade tidigt och min första känsla när jag slog upp ögonen var förvåning. Jag brukar aldrig vakna tidigt av mig själv och inte ens med hjälp av väckarklocka går jag upp vid den här tiden. Jag hade glömt att dra ner persiennerna kvällen innan och ett rödaktigt sken från en nyss uppstigen sol föll över mina vita garderobsdörrar.

Sedan mindes jag kvällens besök på Mickey's Inn och jag insåg att jag druckit mer än jag borde och att detta, snarare än det obetäckta fönstret, var orsak till mitt tidiga uppvaknande.

Jag brukar inte som andra sova till långt fram på förmiddagen efter en sådan där kväll. Istället sover jag mycket lätt, vaknar då och då under natten och ger i soluppgången upp försöken att somna om och stiger upp, oförskämt pigg och full av energi. Jag städar, joggar, åker till simhallen och lurar alla, även mig själv. Vid fyra, femtiden på eftermiddagen faller jag ihop som en död och sover i ett dygn. Nu var jag klarvaken därför att jag egentligen aldrig somnat riktigt. Festen pågick fortfarande i min kropp och nattens drömmar hade inte varit den djupa sömnens välregisserade föreställningar, utan ryckiga, osammanhängande snabbsekvenser, likt reklamsnuttar för helt olika produkter.

Jag duschade och åt frukost. En lätt rostad fullkornsskiva med keso, tomat och basilika, apelsinjuice och kaffe. Ute på gatan hörde jag det tunga motorljudet från en gammaldags lastbil och jag fick en förnimmelse av att vara utomlands och att jag gått upp tidigt för att jag var på väg någonstans.

Och varför inte? Varför skulle jag inte vara på väg någonstans? Min bil stod fulltankad på gatan nedanför, jag behövde inte vara tillbaka förrän på måndag eftermiddag. Jag skulle hinna åka till Köpenhamn eller ännu längre.

Men jag ville inte till Köpenhamn. Jag körde en tvätt i tvättstugan och tog en lång promenad runt Slottskogen under tiden, lagade en rejäl lunch under torktumlingen och när jag tog ut de torra kläderna visste jag vart jag ville åka.

Nattens berusade drömsekvenser hade visat mig denna plats. Jag hade varit där nyligen med pojkarna, men i drömmen hade det varit en annan tid och det hus vi häromveckan funnit tomt och övergivet var i min drömvärld befolkat av de människor som en gång bodde där.

Jag kände plötsligt en oemotståndlig längtan efter att återigen titta in genom verandans fönster och låta blicken svepa över de blåmålade köksskåpen, de bredrandiga sofforna, tavlan med skeppet, jugendlampan och den vita gungstolen med sin orientaliska dyna. Det var som om jag inte hade fått se mig mätt förra gången. Jag var inte färdig. Jag ville se det igen, utan pojkarna, i lugn och ro.

Jag hade motorvägen nästan för mig själv och jag körde fort, som om huset skulle försvinna om jag kom försent.

Jag parkerade under den stora eken. Det var milt ute, träden var fortfarande gröna, men man kände att det var höst. Den kristallklara luften och de skarpa skuggorna gjorde världen nästan surrealistiskt tydlig.

Ingen bil syntes till utanför huset den här gången heller.

Jag gick uppför trappstegen av stockar. Jag rundade huset och gick upp på verandan. En liten stund stod jag stilla med ryggen åt huset och njöt av utsikten över fjorden, en smula överraskad över dess skönhet, som jag nog inte förstått att uppskatta när jag var ung.

Att titta in genom fönstren var inte samma omtumlande upplevelse den här gången när jag var beredd. Medan jag stod där med näsan tryckt mot rutan, som ett litet barn vid skyltfönstret till en leksaksaffär, kom jag plötsligt att tänka på snäckan.

Jag vet inte var den kom ifrån, denna märkliga lukt av instängt hav, av ruttnande tång och gammal fisk, tjära, fukt och mörker, men så hade det alltid luktat under Gattmans veranda. Så luktade det när Anne-Marie och jag kröp omkring här på stenhällen den allra första sommaren vi lekte tillsammans och jag såg hennes ansikte i ljusränderna från golvets springor. Så luktade det när vi gömde oss för att spionera på de äldre systrarna och deras killar eller när man då och då var tvungen att krypa in här efter en bordskniv eller en penna som man tappat mellan golvbrädorna. Eller när det någon sällsynt gång var låst i huset och man behövde hämta nyckeln i den jättelika snäckan längst in vid stengrunden. Och så luktade det också nu när jag låg på alla fyra på det kalla, fuktiga berget och försökte vänja ögonen vid mörkret där inne.

Jag såg några gamla ryssjor, en musselkratta och en hummertina, det var väl de som luktade gammal fisk förstås. Och där, överdragen med ett tunt, grönaktigt skikt av mossa, men i övrigt hel och oförstörd, låg den stora snäckan på sin vanliga plats. Ursprungligen kom den säkert från någon utländsk strand. Jag grep den och skakade den försiktigt. Ett ihåligt skramlande hördes och ifrån dess mystiska, pärlemorklädda inre kom en nyckel rutschande och landade i min hand.

Nyckeln tycktes inte ha använts på mycket länge. Ett lager av rost måste skavas av innan den gick att få in i dörren på husets framsida. Men när den väl var där gick den lätt att vrida om. Med handen på vredet dröjde jag ett ögonblick och lyssnade. Allt var fullkomligt tyst. Inget motorljud från varken bilar eller båtar. Inga steg eller röster inifrån huset. Jag tryckte ner vredet och gick in.

Det var en drömlik, övernaturlig känsla att gå omkring i dessa rum, som såg precis likadana ut som för tjugofyra år sedan. Minnena lösgjorde sig som dofter från varje ting. Vissa var så starka och påträngande att jag måste värja mig, de överföll mig med hela serier av händelser, röster, virvlande känslor. Andra var svagare, knappt förnimbara, och åstadkom bara en lätt skälvning någonstans djupt inom mig.

Efter en stund släppte känslan av overklighet. Jag upptäckte att vissa saker faktiskt var förändrade. En och annan möbel var borta, fast jag inte klart kunde säga vilka, och alla de där småsakerna, som så snabbt sprids över en plats där människor bor, saknades också. Det var glesare, mer rymd i rummen, och jag insåg att det var detta som nyss givit huset dess drömlika karaktär.

I Sigrids och Tors våning saknades ingenting förutom den stora byrån som Lis och Stefan burit ner den där gången och en tavla, som jag minns att Åke sagt var alltför värdefull för att hänga i ett obevakat sommarhus.

Den lilla vindsskrubben som en gång varit Anne-Maries rum var fylld av bråte. Men de stora flickornas rum, det rum som blivit mitt och Anne-Maries den sista sommaren, var sig likt. Överkasten med det blåvita porslinsmönstret hade blekts av solen. Jag drog ner överkastet till sängen längst bort vid väggen, den säng som varit Anne-Maries. Under överkastet var sängen bäddad med helt vita påslakan av den tidlösa sort som brukar användas på hotell. Hade de funnits här redan då? Jag mindes inte. De såg i alla fall helt nya ut, skinande vita och släta, som om ingen någonsin hade använt dem.

När jag stod där vid sängen kände jag plötsligt hur oerhört trött jag var. Jag kastade en blick på min armbandsklocka och ja, den var faktiskt tio i fem, just den tid när det brukar vara dags att betala igen för den vakenhet jag tidigare tagit ut på kredit. Likt Guldlock i de tre björnarnas hus kröp jag ner i den främmande sängen. Jag noterade att mobilen med musselskalen fortfarande hängde i fönstret och slöt ögonen.

Innan jag somnade fick jag en vision av Anne-Marie med munnen full av körsbär. Hennes vackra mun grimaserade, spottade ut tre kärnor och skrattade. Gröna skuggor vajade över hennes panna och kinder.

Kristina

Flickan tycktes förstå att hon hindrade hennes rörelser. Hon tryckte sig mot Kristina, lutade sitt ansikte mot hennes halsgrop och gjorde sig så platt och liten som möjligt. I början kunde Kristina känna hennes spända muskler, men snart slappnade hon av och följde med i paddlingens rytm, gungande från sida till till sida. De lugna andetagen gjorde Kristinas tröja varm och fuktig. Hon kastade en blick ner på ansiktet under det svarta håret. Ögonlocken var slutna, munnen lätt öppen. Flickan hade somnat mot hennes bröst.

När hon gick upp från stranden med den sovande flickan i famnen såg hon på hennes ansikte. Man måste vara nära för att kunna urskilja hennes anletsdrag ordentligt, hon var så mörk. Näsan var fint mejslad, ögonbrynen tjocka. Hur gammal kunde hon vara? Två år? Kanske tre?

Solen stod högt på himlen nu, men i stugan var det skuggigt och svalt. Alla fönster var täckta med filtar. Kristina tyckte om solens glitter på vattnet och ljusspelet bland löven, men inomhus ville hon inte ha sol. Hennes arbete med sakerna fungerade bättre i dunkel eller lampljus. Det var alltid svårt att lyssna till dem i solsken. Solen påverkade deras yta på något vis. De stängde till om sig, skyddade sig bakom en hinna.

Försiktigt lade hon ner den lilla bland täckena på golvet och lade sig själv intill. Flickan luktade sol och salt. Det hade fortfarande varit natt när Kristina steg upp. Nu kände hon hur trött hon var efter den långa paddelturen. Med ansiktet i flickans hår somnade hon.

I sömnen var hon hela tiden medveten om flickans närvaro. Hennes andetag, lukten av hennes hår, den mjuka huden.

När hon vaknade var det mitt på dagen. Det skarpa solljuset tvingade sig igenom filtarnas glipor och ritade vita linjer över golvet. En fluga surrade, instängd mellan filt och fönster. Det var varmt och Kristinas arm klibbade av svett mot flickans axel.

Hon var hungrig. Medan flickan fortfarande sov gjorde hon i ordning lite mat. Omelett, stekta champinjoner, tomater, ost och bröd. Hon vände stolen med ryggen mot bordet och satte sig med tallriken i knät. Med blicken på flickan åt hon.

Flickan vaknade. Hennes ögonvitor lyste i stugans dunkel. En lång stund låg hon alldeles stilla och bara tittade. Så satte hon sig upp, kliade sitt rufsiga hår och såg på Kristina.

Kristina stannade med gaffeln halvvägs mot tallriken. Hon höll sig blickstilla, så som hon brukade göra när ett rådjur fått syn på henne. Vad tänkte flickan göra nu? Börja gråta?

Nej. Flickan skuttade upp ur bädden. Hon tog några steg runt i rummet och såg sig om. Hennes blick var förundrad, frågande.

Långsamt lät Kristina gaffeln sjunka och ställde ifrån sig tallriken på bordet. Hon vinkade åt flickan att komma, visade på stekpannan med omelett. Flickan tittade på den, men kom inte. Istället gick hon runt i stugan med långsamma, försiktiga steg. Dröjande gick hon utmed raden av Kristinas skapelser. Hon såg länge på varje föremål. Ibland sträckte hon ut handen som för att röra vid något av dem, men hennes fingrar stannade i luften, liksom hejdade av något, och drog sig sedan respektfullt tillbaka.

När hon efter en halvtimme tycktes färdig med denna utforskning kom hon bort till Kristina, som reste sig och lämnade stugans enda stol till henne. Flickan tycktes inte lägga märke till stolen. Hon grep tallriken med den nu kalla omeletten och grönsakerna som Kristina lagt upp till henne, tog den med sig bort till högen med täcken, slog sig ner där och började äta med god aptit, alltjämt med blicken på Kristinas föremål.

Väggklockan ovanför kylskåpet visade kvart i tre. Kristina tänkte på kajaken. Hon hade inte dragit upp den ordentligt, bara knuffat upp den provisioriskt eftersom hon haft den sovande flickan i famnen. Om några timmar skulle vattnet stiga och kanske ta kajaken med sig. Hon måste ner och ta hand om den.

"Stanna här", sade hon till flickan. "Jag ska dra upp kajaken på stranden. Jag kommer strax tillbaka."

Hon mindes att hon hade en påse persikor i kylskåpet. Hon hällde upp dem i en skål och ställde den på golvet vid flickans fötter.

"Varsågod."

Flickan svarade henne inte och Kristina antog att hon inte förstod svenska.

"Kommer snart", upprepade hon och hoppades att persikorna skulle hålla henne kvar.

Hon rusade ner till stranden, drog upp kajaken på säkert avstånd från vattenlinjen och skyndade sig tillbaka.

Flickan satt kvar där hon lämnat henne. Hon åt på en persika och fruktsaften rann nerför hennes haka. När Kristina torkade flickans ansikte med ett hushållspapper märkte hon att hennes händer darrade. Hon var andfådd efter den snabba språngmarschen. Hon hade varit så rädd att förlora kajaken, men medan hon var borta hade hon blivit lika rädd att förlora flickan.

Hon plockade fram en kam, lirkade försiktigt loss hårsnoddarna med de röda kulorna och började kamma flickans hår. Det tog lång tid, för håret var tovigt och hon var rädd att ta i för hårt. Med små tag, nerifrån och upp, redde hon ut tovorna och flickan sade inte ett ljud till protest. Sedan benade hon håret och med hjälp av snoddarna satte hon upp två höga tofsar.

Hur skulle hon kunna hålla henne kvar?

Flickan var tydligen intresserad av föremålen. Kristina visade henne vad hon hade i sina lådor. Hon lade ett äggskal i flickans hand, lät henne hålla det. Hon berättade att det kom från ett skär långt ute i havet.

"Du kan lägga tillbaks det nu. Nej, förresten. Låt det ligga här uppe på hyllan. Jag vill se på det ett tag. Ser du fågelboet med ulltussarna i? Lägg det där, på ullen."

Flickan gjorde precis som hon sade och Kristina insåg att flickan förstod svenska.

Hon satte sig vid bordet och började arbeta och lät flickan plocka själv i lådorna. Det hade hon aldrig låtit någon göra förut. Flickan lyfte försiktigt upp benbitar, snäckor och äggskal, och betraktade dem länge i sin handflata. Kristina förstod att hon hörde deras röster.

Resten av dagen tillbringade de på detta sätt, var och en försjunkna i sitt. Utanför var det bländvitt solsken och fullt av människors buller. Motorbåtarna vrålade nerifrån havet och någonstans uppe i luften kretsade en smattrande helikopter.

Först när skymningen sänkte sig lämnade de stugan. Kristina gick längs rådjursvägarna och flickan följde henne tätt i hälarna. De fann de smäckra djuren som betade i sina gläntor. Tysta stod de i det grå sommarnattsdunklet tills rådjuren upptäckte dem, vände sina högresta, vackra huvuden emot dem och försvann i långa hopp.

När de åter gick till vila på bädden av täcken var det mitt i natten. Flickan somnade så snart hon lagt sig. Kristina låg vaken och såg på henne.

Hela dagen hade flickan och hon varit tillsammans. Från solens uppgång till dess nedgång. Flickan hade stannat kvar i stugan och väntat när Kristina gick ner till kajaken. Hon hade lyssnat när Kristina berättade om fynden i lådorna och uppenbarligen förstått allt vad hon sagt. Hon hade suttit i hennes knä i kajaken och följt tätt efter henne längs rådjursstigarna. Hon hade ätit av Kristinas mat. Låtit sig kammas. Krupit tätt intill Kristina på bädden av täcken. Sett på Kristina med stora, svarta ögon. Skrattat mot henne. Men inte ett ord – inte ett enda ord – hade hon yttrat på hela dagen.

De närmaste dagarna höll de sig inne. Vädret var vackert, havet lugnt, men det var ett sådant oväsen utanför. Motorbåtar cirklade in och ut mellan öarna. Människor hojtade och skrek till varandra mellan båtarna. En helikopter kretsade på låg höjd. Den åstadkom ett öronbedövande oljud och vattrade den stilla havsytan med flimrande, oroliga krusningar.

Kristina vände på dygnet som hon brukade göra vissa perioder. Medan solen stod högt på himlen sov de båda ovanpå högen av gamla täcken. När solen började sjunka steg de upp. Kristina lagade mat och pysslade i stugan och i skymningen gav de sig ut.

De strövade längs stränderna och över klipporna. Sommarnatten gav dem tillräckligt med ljus. De paddlade lite inåt fjorden, men de långa färderna utomskärs fick vänta. Trötta efter nattens vandringar satt de sedan lutade mot varandra på någon klippa och såg himlen bli rosig och ny. Och när de första solstrålarna väckte fåglarna i de gamla ekarna runt stugan drog de sig in i dunklet och kurade sedan ihop sig på täckena som två belåtna nattdjur i sin håla.

Efter några dagar lugnade det ner sig därute. Motorljuden från fjorden var de vanliga. Vädret var fortfarande klart och stilla. Kristina gjorde i ordning matsäck åt dem och tidigt innan solen gått upp gav de sig av i kajaken, ut ur fjordens mynning, förbi öarna tills havet bredde ut sig framför dem, öppet, fritt och väldigt, men också här stilla. Märkligt stilla. Som om de befann sig i ett fjärran Sargassohav och inte i det blåsiga Bohuslän. Flickan gungade med i hennes paddelrörelser. Den stumma munnen mot hennes bultande bröst. Det svarta huvudet som begränsade sikten. Bördan som hon nu alltid hade att bära på.

Hon hade redan vant sig vid detta. När flickan under sömnen rullade ifrån henne på bädden vaknade Kristina och kände sig orolig. Trevade med handen, utan att vara medveten om vad hon sökte. Somnade om när hon nådde den varma kroppen.

De passerade ejdrarna som sov på de flata klipporna, hoprullade som bruna katter i gryningsdunklet, och nådde sedan de yttersta skären, de som är så små att inga båtar lägger till där. För båtfolket är de bara ett par uppstickande berghällar med förrädiska omgivningar av osynliga undervattensklippor, ett fruktat grund som man ska hålla sig på avstånd ifrån. Efter lång tids stiltje och sol var vattenståndet lågt och ovanligt mycket av skäret var nu synligt ovan ytan.

Kristina lät kajaken långsamt glida över de vajande tångskogarna. Flickan hängde på hennes ena arm och såg ner i undervattensvärlden. Hon fick syn på något där nere, en fisk eller en krabba, skrattade till och gjorde ett plötsligt kast åt sidan för att se bättre.

Kristina kände muskelspänningen i flickans kropp och hennes hårt kramande armar när kajaken gick runt. I nästa ögonblick var hon under vattnet. Flickan hade släppt sitt grepp i fallet. Kristina såg tången under sig, vattnet var meterdjupt och hon bottnade. Men botten var ojämn och tången alkalisk och hal. Hennes fötter halkade och gång på gång kom hon under ytan och fick kallsupar. Hela tiden famlade hon efter flickan som fanns någonstans intill henne.

När hon kom på fötter var flickan inte där. Bröstet isade till. Hon dök och spärrade upp ögonen under vattnet. Allt hon kunde urskilja var dessa skogar av senapsgul tång. Hon kom upp till ytan igen.

Då upptäckte hon flickan. Med sprattlande händer och fötter simmade den lilla mot skäret. När hon var framme kravlade hon sig försiktigt upp för den glatta berghällen.

Kristina kom vadande efter med kajaken. Hon lyfte upp den, tömde vattnet ur sittbrunnen och lät den sjunka ner i utrymmet mellan två stenar i vattenbrynet.

Flickan satt på berget, blank av väta som en mink. Hon ruskade på huvudet så att vattendropparna flög från tofsarna. Men hon grät inte. Hon klädde av sig den våta velouroverallen och underbyxorna. Kristina vred ur dem och lade dem till tork på berget. Det var gott att veta att flickan kunde simma.

Så gick de på upptäcktsfärd på skäret. Fåglarna kretsade naturligtvis omkring dem, men de var inte lika aggressiva som vanligt. De gjorde inte de där dykningarna med öppna näbbar, som skrämt Kristina så mycket i början. Nu verkade de bara nyfikna, inte hotfulla. Det var mest flickan de kretsade kring och Kristina höll sig beredd att trösta henne om hon skulle bli rädd.

Men flickan visade inga tecken på rädsla. Tvärtom verkade hon tycka om det. Helt naken stod hon bland de virvlande fåglarna. Mörk hud och vita fjädrar gnistrade tillsammans i solen. Hon sträckte sina händer efter vingarna och skrattade när de nuddade hennes fingrar.

Sedan sprang hon över de rundade hällarna och fåglarna följde henne. Hon sprang i cirklar, i sicksack, fortare och långsammare, kiknande av skratt, och hela tiden följde fåglarna henne. De tycktes leka någon sorts lek, fåglarna och hon.

När de åt sin uppblötta matsäck kastade flickan brödsmulor till fåglarna och de fångade dem i luften. Hon lade en bit bröd på sitt huvud. En tärna slog sig ner där, åt av brödet och satt sedan kvar med de röda fötterna nersjunkna i det svarta håret. Den plirade med sina glaspärleögon och istället för skrik gav den ifrån sig ett milt kurrande. Flickan satt stilla med slutna ögon och inåtvänt leende.

Kristina hade aldrig sett fåglar uppföra sig på det sättet. Hon kunde knappt tro det hon såg.

Tidigare hade hon inte gjort riktigt klart för sig varför detta med flickan var hemligt. Det hade varit en intuitiv känsla som hon haft redan från början när den lilla kröp ut ur tältet och hukande kissade i sanden. Flickan hörde inte ihop med människorna i tälten. Hon hörde inte ihop med folket i fritidsbåtarna och i affären, de gapiga, påstridiga pratkvarnarna, dem man måste träffa någon gång då och då för att få mat och förnödenheter, men som man lämnade så fort man kunde. Nej, hon hörde ihop med den andra världen. Med rådjuren, fåglarna, snäckorna, benbitarna. Om Kristina någonsin tvivlat på det hade hon blivit säker när hon såg tärnan i flickans hår.

Annars var ju hennes stumhet ett tecken så gott som något. Att hon vände sig bort från pratet. Att hon riktade sig åt ett annat håll.

Kristina undvek att tala till flickan med ord. Oftast behövdes det ju inte heller. De utbytte blickar, rörde vid saker och vid varandras kroppar. Det var inte svårt att förstå vad den andre ville. När de kallade på varandra använde de ett smackade läte. Det var flickan som börjat med det. När hon hittade något fint som hon ville visa Kristina gav hon ifrån sig ett lätt, smällande ljud med tungan, som en ekorre. Det lät ivrigt, belåtet och lockande. Kristina försökte härma det. Hon hade svårt för att åstadkomma ljudet, hon begrep inte hur flickan gjorde. Hon hittade sin egen variant och flickan lystrade till det.

Kristina visste att den tysta världen och den pratiga världen måste hållas skilda från varandra. Därför visade hon sällan sina skapelser för någon. Den tysta världen drog sig så lätt undan när den pratiga närmade sig. Allt som hörde till den tysta världen måste skyddas.

När hon cyklade eller paddlade till affären lät hon därför flickan vara hemma. Hon visste hur kvinnorna i kassan kunde vara mot barn. Hur de trängde sig på dem, rörde vid deras hår, stoppade i dem godis. Hennes mörka lilla flicka skulle avsky det. Frågor skulle kanske ställas. Kanske måste hon sitta mitt emot någon med ett skrivbord emellan. Kuratorn skulle börja åka hit igen. Hon skulle åter läggas under luppen. Nej, flickan skulle hon hålla för sig själv.

Innan hon åkte till affären visade hon på väggklockan när hon skulle komma tillbaka, men flickan var förstås för liten för att begripa. Kristina skyndade sig så mycket som möjligt och var alltid ängslig för att något skulle hända den lilla medan hon var borta. Hon hade rullat en stor sten över brunnslocket och gömt undan knivar, verktyg och tändstickor. Men det enda som brukade hända var att flickan somnade. När Kristina återvände med sin fullpackade ryggsäck fann hon ofta den lilla fridfullt snusande på täckena med något av fynden från lådorna bredvid sig.

Men en dag hade flickan fått tag i en penna. När Kristina kom hem från affären satt hon på täckena och klottrade på väggen. Kristina såg att det var massor av små, små fåglar. Hon lät flickan hållas. När denna märkte att Kristina inte var arg fortsatte hon med sitt verk. Då och då när Kristina arbetade med sina skapelser eller var borta i ärenden tog flickan fram pennan och ritade fåglar på väggen.

Flickan hade ett säreget förhållande just till fåglar. Precis som Kristina kunde hon få kontakt med rådjuren i mörkret, hon kunde närma sig harar utan att skrämma dem och hon kunde få den annars så skygga räven att visa sig. Men fåglarna tycktes stå henne närmast. När hon anlände till de yttersta skären flockades de alla omkring henne och det var en ton av glädje och jubel i deras skrik som Kristina aldrig hört när hon varit där ensam.

Flickan kunde få dem att sitta på hennes utsträckta armar och händer. Hon kunde hålla dem nära intill sitt ansikte medan ljud strömmade över hennes läppar, ljud som var så märkliga att Kristina knappt trott att en människa kunde frambringa dem, ljud som inte tycktes formas i munnen, utan längre ner, i halsen, i bröstet, någonstans djupt i hennes inre, och sedan pressades ut ur henne som en vind. Och fågeln intill henne lyssnade, satt stilla med huvudet på sned och ögon som svarta droppar.

Kristina brukade tvätta flickans bruna overall tillsammans med sina egna kläder i den stora tvättbaljan och hänga dem på klädstrecket mellan apeln och rönnen. Det varma, soliga vädret höll i sig och kläderna brukade alltid vara torra när det var dags för en vandring eller paddeltur i skymningen.

Ibland badade hon också flickan själv i baljan. Särskilt fötterna brukade vara mycket smutsiga.

Flickan hade hela tiden saknat skor. Hon hade varit barfota den gången hon kröp ut ur tältet. Kristina hade funderat på att skaffa ett par barnskor, men hade inte en aning om vilken storlek hon borde köpa. Men flickan verkade klara sig så bra barfota, så hon beslöt att uppskjuta det problemet till hösten.

Kristina tyckte att hon befann sig i en uppåtstigande spiral av lycka. Det var nästan skrämmande. Var skulle det sluta? Det hade börjat när hon fick stugan här ute, och när hon sedan upptäckte rösterna i tingen och började skapa sina varelser hade hon stigit ytterligare en bit. Sedan kom kajaken som ett vitt spjut och slungade henne ännu högre. Och så nu flickan! Hon steg och steg i ett torn av glas och ljus.

Så en morgon kände hon något. Ett stråk av kyla. En skugga. Den var än så länge långt ifrån henne, men den närmade sig. Det var en obehaglig men välbekant upplevelse. Den första tiden i stugan hade skuggorna ofta jagat henne. Hon hade kvar sina tabletter och hon visste att de var effektiva. De fick skuggorna att dra sig tillbaka. Ändå avskydde hon dem och undvek i det längsta att ta dem. De avtrubbade hennes sinnen, förstörde hennes instinkter. De skyddade henne från skuggorna, men samtidigt avskiljde de henne från naturen, från hennes nattliga drömmar, från de viskande rösterna i snäckor och fjädrar.

Till slut tog hon dem ändå. Hon ville inte riskera att bli en skuggvarelse igen, en som stängde in sig och gömde ansiktet bakom masker. Flickan skulle inte få se henne sådan.

Det var i gryningen. De paddlade inåt fjorden. En lätt vindil målade matta mönster i vattenytan. Bara en bris, ingen riktig vind, men tillräckligt för att inte ge sig ut på öppna havet i kajak.

De följde kustlinjen. Det öde hedlandskapet bredde ut sig med berg och ljung, här och var genomskuret av klyftor dit all fruktbarhet tycktes ha koncentrerats. En djungelliknande grönska uppfyllde dem och trädens kronor vällde ut mellan de grå bergen, som om trycket blivit för högt där nere och växtligheten kokade över sina bräddar.

Kusten blev brantare. Berget fick en mörkare färg. Höga, lodräta klippväggar reste sig ur den grå fjorden likt murarna till en trollkarls ointagliga borg. Flickan böjde nacken bakåt och tittade upp. Hon hängde mot Kristinas överarm och hindrade henne i hennes paddeltag. Kristina lät paddeln vila och tittade uppåt hon också. Berget var svart med vit, böljande ådring här och var. På en hylla högt uppe satt några trutar. Det stod en kyla ifrån bergväggen.

Kristina makade flickan tillrätta och paddlade vidare. Ett stort, nästan kubformat klippblock invid berget tvingade henne att göra en gir. Bakom klippblocket uppenbarade sig en liten strand. De gick iland och drog upp kajaken. Ur dess inre drog Kristina fram två korgar. Flickan hade fått en egen nu. Med korgarna på armen började de sitt sökande.

Kristina kunde inte erinra sig att hon varit iland just här tidigare. Det var en plats som hon borde ha kommit ihåg. Den lodräta, svarta väggen och därintill alla de geometriska blocken med skarpa kanter. De låg staplade utefter bergssidan, huller om buller, somliga på högkant, som om de stannat upp mitt i sin rullande rörelse. De tycktes bestå av en annan bergart än den svarta väggen intill. En stor brunröd brottyta högt uppe i berget visade var de suttit innan de rasade. Ett sår som ännu inte läkts.

Kristina sökte med blicken utefter marken. Revor av gåsört kröp över sanden och strandkålen bredde ut sina gummiaktiga blad, överdragna av matt imma. Drivor av musselskal täckte stranden närmast vattnet.

Flickan höll på att tränga sig igenom den tjocka väggen av växtlighet som proppade igen mynningen till en bergsklyfta. Hon försvann in i det smala utrymmet mellan två enar. Korgen fastnade och stack ut på ett mystiskt sätt medan flickan ryckte och lirkade med den och slutligen fick den med sig in.

Kristina strövade över stranden. Flugorna surrade i den svarta, soltorkade tången.

Flickan återvände med sin korg. Kristina kastade en blick i den, men den var fortfarande tom. Flickan lyfte på musselskal och stenar och synade dem, höll dem i handen, lyssnade, väntade, så som hon sett Kristina göra. Men ingenting, nej ingenting som talade den här morgonen. Hon gav upp, slängde korgen ifrån sig och klättrade vigt upp på ett av stenblocken. Sedan tog hon sig ner på andra sidan och försvann i ett mellanrum mellan blocken.

Kristina följde efter för att se vart hon tog vägen. Hon hörde flickans kvävda skratt som fågelkvitter under stenarna och sedan det smackande lätet, högt och ivrigt.

När de paddlade hem var deras korgar fortfarande tomma, men Kristina visste att de gjort sommarens största fynd.

Nu hade de en ny fristad, ett svalt krypin undan solen och människorna. Sedan de varit ute på ytterskären brukade de paddla till denna plats. Ibland tog de sig dit landvägen genom att vandra över bergen.

De kröp i den naturligt skapade gånggriften, under stenblocken, uppför bergssidan, till ett ställe där underlaget planade ut i en hylla och gången slutade. Där bäddade de med ormbunkar och ejderdun och gjorde sig ett bo.

Det var som en egen värld därinne. Berget var varmt brunrött, som gammalt guld. Solen strilade ner i springorna mellan stenblocken.

Stigningen i gången var brant och takhöjden var på ett ställe så låg att Kristina måste åla en liten bit. Hon hade inte sin vanliga smidighet och styrka när hon tog tabletterna. När hon sjönk ner på dunbädden invid flickan var hon utmattad och hennes händer och knän var sönderskrapade.

De brukade ligga och skoja och leka på det ordlösa vis som vuxit fram mellan dem. De nafsade varandra lätt, kittlades, blåste på den andres hud. I öppningen mellan två stenblock kunde de se den svarta bergväggen störta ner i havet. Ibland låg de länge stilla och såg hur trutarna slog sig ner på de smala klipphyllorna.

Så småningom brukade de bli sömniga. Kristina lade armen om flickan och till ljudet av vågornas skvalp och trutarnas skri gled de in i sin gemensamma middagsslummer. De sov ett par timmar, tätt tillsammans, och när solen började sjunka gav de sig hemåt igen.

Ulrika

Jag drömde att jag stod på Gattmans veranda och tittade in genom fönstret. Ute var det var mörkt och kyligt. Därinne lyste jugendlampan över matsalsbordet och i dess varma ljuskrets såg jag Anders och Åse äta middag tillsammans med Jonatan, Max och lilla Hedda. Hedda satt i en hög barnstol och Åse matade henne med bitar av en tjock brödskiva. Anders satt på hennes andra sida. Pojkarna satt med ryggen mot mig. Det luktade nybakt bröd ända ut på verandan.

Jag knackade på rutan, men de tycktes inte märka mig. Då kände jag hur marken skakade av tunga steg som närmade sig och jag bankade allt hårdare på fönstret.

Anders reste sig upp, lutade sig över bordet och såg förvånat på mig. Åse lade sin hand kring hans underarm och höll honom i ett fast grepp. Den andra handen höll hon över Heddas ögon, som för att skydda henne från en förväntad, fruktansvärd syn. De tunga stegen hördes alldeles bakom mig på verandans trägolv. Pojkarna vände sig mot mig. De såg först på mig och sedan på något bakom mig, häpna och förskräckta. Jag blundade och höll mig hårt fast i fönsterblecket.

När jag vaknade tog det en stund för mig att förstå var jag var. Det var som att vakna ur en dröm och upptäcka att man befinner sig i en annan dröm.

Det var mörkt. Fönstret i rummet var på fel plats. Jag såg den andra sängen vid den motstående väggen och jag mindes att jag var i Gattmans hus. Jag hade krupit ner i Anne-Maries gamla säng vid femtiden och nu måste det vara kväll. Eller kanske natt. Jag kände mig oerhört förvirrad.

Jag kunde inte köra hem nu. Vilken vansinnig idé att gå in här!

Att överhuvudtaget åka hit. Det bästa jag kunde göra var att somna om och åka hem igen så fort det blev ljust.

Men jag kunde inte somna om. Det var kallt i rummet. Jag steg upp och frös så jag skakade när jag tog av mig täcket. Plötsligt insåg jag vad som gjort mig så förvirrad när jag vaknade. Drömmens doft av nybakt bröd fanns där fortfarande!

Jag tog på mig skorna och jackan, gick ut ur rummet och ner för den branta vindstrappan.

I övre hallen på Tors och Sigrids våning stannade jag. Jo, det luktade verkligen nybakt bröd. Och jag hörde ett ljud. Det var svagt och svårt att identifiera. Som droppar från ett glest regn. Eller det trippande, rasslande ljudet av en råttas fötter.

Steg för steg tog jag mig ner för trappan. Ibland tystnade ljudet och när jag själv stått stilla en stund – väntande, lyssnande – så började det igen. Snabbt. Långsamt. Snabbt. Jag insåg att detta ljud inte kunde orsakas av ett regn eller en råtta. Naturens ljud låter inte på det sättet, naturen är mer målvedveten, tveklös. Detta sätt att rusa på och sedan hejda sig, treva sig fram och åter rusa, kunde bara härröra från en människa.

Jag passerade nedre hallen. I köket och vardagsrummet var det alldeles mörkt. Ljudet kom från Karins och Åkes rum. Jag gick dit.

I dörröppningen stannade jag och betraktade källan till det mystiska ljudet. Jag var lite förvånad över att jag inte känt igen det tidigare, eftersom det var ett ljud som jag ofta själv frambringade.

Det diskreta, oregelbundna smattret kom från tangentbordet till en portabel dator.

Förutom det månskensaktiga ljuset från datorskärmen var rummet mörkt och mannen som skrev satt med ryggen mot mig. Han gjorde ytterligare en paus, vände sig om och fick syn på mig.

Jag hade full förståelse för hans reaktion. Han skakade till, häftigt och krampaktigt, som om han fått en hel serie elektriska stötar, och jag skyndade mig att säga:

”Det är bara jag.”

Jag trevade efter ljusknappen och fann den.

”Vad i helvete”, sade mannen när lampan spred sitt sken över oss.

Då kände jag igen honom. Han hade glasögon med små ovala, röda bågar och hans hår var grått. Det var lustigt med det grå. Som om ett lager matt, fint damm hade lagt sig över det blonda huvudet. Jag fick en känsla av att jag skulle kunna böja mig fram och blåsa bort det. Annars var han sig lik. Mörka ögonbryn, frisk, brunaktig ansiktsfärg. Lite tyngre, mer markerade ansiktsdrag.

”Jens”, sade jag. ”Jag vet inte vad jag ska säga. Jag ber så mycket om ursäkt.”

Han ryckte till när jag nämnde hans namn, men inte så mycket den här gången. Han hade inte känt igen mig ännu. Och varför skulle han göra det? Sist vi sågs var jag femton år. Nu var jag trettionio. Det var naturligt för mig att gissa att den som befann sig i det här huset kunde vara Jens, eftersom han tidigare bott här. Det var inte lika naturligt för honom att gissa att en främling som plötsligt kommer ner för trapporna är en grannflicka som var gäst här för tjugofyra år sedan.

Jag lät honom få lite tid på sig. Men han kände fortfarande inte igen mig. Det sårade mig, jag vet egentligen inte varför. För att jag hade åldrats? För att jag betytt så lite för honom? Nej, jag vet inte varför jag blev sårad. Det var ju helt naturligt att han inte kände igen mig.

Jag var tvungen att tala om vem jag var. Och det räckte inte med namnet – mitt förnamn och efternamn – jag måste också påminna honom om sommarstugan där vår familj bodde, att jag varit Anne-Maries sommarbästis, att jag bodde i deras hus sommaren 1972. Sovsäcken på Kannholmen sade jag ingenting om, lite kunde han få fylla i själv.

Han nickade långsamt. Nu visste han vem jag var. Men han var fortfarande rädd för mig. Han iakttog mig hela tiden uppmärksamt. Som om jag var en galning som kunde företa sig något farligt om man vände ryggen till.

”Jag är ledsen om jag skrämde dig. Jag vet inte varför jag bar mig så här illa åt. Det var en ingivelse jag fick, att åka hit. Jag tog extranyckeln i snäckan. Jag har inte rört något här inne. Jag ville bara titta och så blev jag så vansinnigt sömnig. Jag var uppe sent igår kväll. Jag lade mig i Anne-Maries gamla säng och somnade."

Nu slappnade han av lite.

"Du lade dig i Anne-Maries gamla säng?"

Han sänkte blicken mot golvet, kliade sig på hakan och när han såg upp var hans ansiktsdrag mjukare. Man anade nästan ett leende i ena mungipan.

"Prövade du några andra sängar först? Som Guldlock? Vi gjorde en reklamfilm på det där en gång."

"Den för Björnsängen? Först en hård furusäng, sedan en mjuk som hon nästan försvinner i och sedan en lagom?"

"Du har sett den?"

"Ja. Den var ganska rolig."

"Min idé."

"Så du jobbar med reklam?"

"Ja. Vill du ha te? Jag har bakat bröd. Jag tror det har svalnat nu."

Jens lagade te medan jag satt vid köksbordet och såg på honom. Han var klädd i jeans och en marinblå, stickad tröja med krage – den såg ut som ett Myrornafynd från fyrtiotalet, men var förmodligen något mycket exklusivare. De ovala, rödbågade glasögonen hade han bytt ut mot ett par med cirkelrunda, orangefärgade bågar. Han pratade avslappnat och underhållande medan han plockade med kastrull och tekoppar. Då och då kastade han en snabb blick på mig över axeln. Han hade en sorts professionell trevlighet, mjuk men sval, till intet förpliktigande; å, vad jag avundas folk som kan vara trevliga på det sättet. Själv är jag som en mussla, hård och sluten, tills någon bänder upp mig och hela slemmiga smeten åker ut på en gång. Skvatt! Det är inte trevligt.

På bordet stod två stearinljus i tennstakar. Jens tände dem, släckte taklampan, satte sig vid det dukade bordet och hällde upp te åt oss. Jag bredde smör på en brödskiva och tvekade ett ögonblick innan jag stoppade den i munnen, så som jag ofta gör när jag äter främmande människors mat. Som liten ville jag aldrig äta när vi var bortbjudna. Varken kakor, glass eller tårta. Jag betraktades som bortskämd och mamma skämdes över mig. Nu vet jag att det är en naturlig reaktion. Att äta främmande människors mat är en allvarlig sak. När deras mat kommer i mina tarmar har de makt över mig. Att äta är att överlämna sig. Det var därför de bergtagna vägrade äta av trollens mat, hur hungriga de än var.

”Så ni har kvar huset?” sade jag.

Brödet var fortfarande lite varmt och degigt i mitten och mycket gott.

”Det är mamma som äger det. Men hon är aldrig här. Hon bor på Gotland. Hon har gått i kloster, kan man säga. Fast så heter det tydligen inte numera. Hon kallar det kommunitet eller något sådant där. Hon bor tillsammans med sju andra katolska kvinnor på en gård, där de föder upp får och odlar grönsaker. Jag har inte träffat henne på flera år. Hon vill inte att man kommer dit. Men vi ringer varandra ibland. Jag tror hon har det ganska bra. Hon låter gladare än på många år.”

”Åke då? Var bor han?”

”Åke är död.”

”Jag läste att han fick en hjärtattack någon gång”, sade jag.

Jag erinrade mig löpsedlar med bilder av en mager Åke och någon kvinna med blonderad, lite billig frisyr.

”Men då överlevde han. Det var synd att han inte dog den gången. Ja, faktiskt. Då var han fortfarande respekterad. Han skulle fått långa fina dödsrunor och enkätfråga bland alla kulturkändisar: ’Hur minns du Åke Gattman?’ och de skulle bara minnas en massa fina saker. Ingen skulle nämna att det gått några år sedan han publicerade något sist. Han hade ju varit så otroligt produktiv tidigare. Man hade kanske sett det som om han dog mitt i någon sorts kreativ paus.

Nu räddades han. Mona som han bodde ihop med hittade honom på toaletten och körde honom till sjukhuset och de fick igång honom igen. I tidningarna påstod han att han varit på andra sidan och uppväckts igen. Lite väl dramatiskt kanske. Jag tror han överdrev. Men sedan har jag ofta undrat om inte Mona ångrat att hon lät honom uppväckas. Hon hade nog ett helvete med honom sedan. Han söp ner sig totalt och när hon till sist inte orkade fanns det liksom inget golv längre. Inga torra perioder. Bara rätt ner. En förortskvart betalad av socialen. Och sedan inte ens det. Gatan. Han frös ihjäl 1989. Kan du tänka dig det? Pappa var uteliggare. Fast det fattade vi inte förrän vi läste dödsattesten. Vi hade ingen som helst kontakt med honom de sista åren, varken jag, mamma eller mina syskon."

Jag försökte föreställa mig Åke Gattman som uteliggare. Till min förvåning var det inte så svårt. Jag kunde se det rosiga ansiktet ännu rosigare, rödplufsigt, orakat. Jag kunde se det blonda, rufsiga håret ännu rufsigare, grått, hoptovat. De där lite kaxiga maneren han hade, den där yvigheten som jag tagit för självförtroende, sådant hade jag faktiskt mött hos A-lagare också. "Jag är minsann något, jag är inte den skit jag ser ut som." Självhävdelse. Det slog mig att jag mycket väl kunde ha sett honom någon gång. På en bänk i Brunnsparken eller så. Ett ovårdat, stinkande bylte som jag hastat förbi med raska steg. Åke Gattman. Gode gud.

"Vem tar hand om huset nu då?" frågade jag. "Det är ju väldigt väl underhållet."

"Det är Eva och hennes man. De jobbar båda på en folkhögskola i Småland, men de är här några veckor varje sommar och grejar. Och så kommer väl Lis och Stefan någon helg, men de har ju sitt eget ställe på Koster. Och stor familj med fyra barn. Så de har väl inte tid så mycket. Ska jag skära upp mera bröd?"

"Ja tack. Det var väldigt gott."

Han tog med sig ett av ljusen bort till diskbänken för att se att skära. Hans jättelika skugga rörde sig över de blå skåpdörrarna.

"Jag var tvungen att baka. Jag kan inte komma till affären utan bil."

”Och Anne-Marie?”

”Anne-Marie bor i USA. Hon har inte besökt Sverige på tio, tolv år eller något. Hon trivs inte här. Nej, för det mesta är huset faktiskt tomt.”

”Det är märkligt att det är så välbevarat. Tyget på soffan därinne är väl detsamma som då? Det är nästan inte slitet alls. Det måste vara av fin kvalitet.”

”Det är väl för att ingen sitter där.”

Han ställde ljuset och korgen med det uppskurna brödet på bordet. Sedan hämtade han en flaska och två vinglas ur ett skåp borta i mörkret. Han slitsade upp metallhöljet och vred ner korkskruven med snabba, smidiga rörelser.

”Lite synd på sätt och vis”, tillade han sammanbitet medan han drog upp korken.

”Ni har aldrig funderat på att sälja? Eller hyra ut?”

Han skakade på huvudet och log stillsamt. Utan att fråga hällde han upp vin i glasen.

”Nej. Mamma har aldrig sagt ett ord om det. Ibland undrar jag om hon glömt av att hon har ett hus i Tångevik. Hon har nog inte varit här på tjugo år eller något. Den där sommaren 1972 när du bodde här – det var sista sommaren vi var här allihop.”

Jag smakade på vinet.

”Jag har så ofta undrat: vad hände med Maja? Lärde hon sig någonsin att tala?”

Jens skakade på huvudet.

”Nej. Aldrig. Mamma och pappa skilde sig, som du vet. Pappa flyttade till Göteborg. Han flyttade ihop med Mona och flyttade ifrån henne och ihop igen, det var många turer och många kvinnor, men henne återvände han till hela tiden. Tills också det tog slut och det bara var alkoholen som gällde. Mamma hade vårdnaden om Maja. Helt plötsligt var Maja hennes enda barn. Anne-Marie försvann till USA och blev kvar där. Eva och Lis var redan på väg ut till sina vuxenliv. Jag blev kvar ytterligare ett år tills jag avslutat gymnasiet, kunde söka studielån och stå på egna ben. När jag flyttat blev huset i Bromma alldeles för stort för mamma och Maja. Hon sålde och skaffade sig en lägenhet på Kungsholmen. Hon sade upp sin tjänst på DN och skaffade sig ett frilanskontrakt istället. I början var skillnaden inte så stor, hon hade alltid arbetat mycket hemma. Men hon ägnade mycket mer tid åt Maja än tidigare. Hon åkte runt med henne till olika läkare och fick så småningom diagnosen autism. Jag vet inte om den var riktigt rättvisande. Men Maja var helt klart inte normal och någonting skulle man ju kalla det.

Maja tog upp mer och mer av mammas tid. Hon fick bidrag från försäkringskassan för att hon vårdade henne och drog ner på sitt skrivande. DN var förresten inte särskilt intresserade längre. Hon skrev alltmer om religion och så länge det handlade om buddism och primitiva religioner var det okey, men när det blev för mycket kristendom tröttnade de. Hennes kontrakt med DN upphörde och hon sökte sig till kristna tidskrifter istället. De var inte lika frikostiga och hennes levnadsstandard försämrades. Men jag tror inte hon brydde sig så mycket. Hon ägnade sig bara åt Maja och religiösa grubblerier. Hon lånade pengar av mig en gång till en resa. Hon och Maja brukade resa i Sydeuropa och besöka olika kloster och heliga platser. De reste på billigaste sätt, liftade och åkte tåg. Sökte stipendier. Bodde i kloster och utförde hushållsarbete som betalning.

Mamma var alltid på jakt efter nya metoder att hjälpa Maja. Ett tag var det en hypnotisör som hon hoppades mycket på. Han försökte få Maja att återvända till sin spädbarnstid på barnhemmet i Bangalore. Det lyckades inte. Då försökte han få henne att uppleva sommaren då hon var försvunnen. Det lyckades inte heller. Han hade aldrig träffat på en människa som var så totalt oemottaglig för hypnos.

När Maja var tolv år flyttade mamma och hon till Varberg. Mamma hade nämligen kommit i kontakt med en läkare där som specialiserat sig på autism och bedrev något projekt i samarbete med Varbergs lasarett. Mamma trodde mycket på honom och hade lärt känna honom väl. Fan vet om de inte hade någon sorts förhållande. Det var i alla fall på grund av honom som hon flyttade till Varberg och bosatte sig i en liten tvårumslägenhet nära lasarettet. I vilket fall som helst uppnådde han inga synliga resultat med Maja, fastän han skrev det i sina rapporter. Efter ett år lades hans autismprojekt ner och han flyttade till USA. En karriärkille tror jag. Men mamma och Maja blev kvar i Varberg i några år till. Jag tror de förde en väldigt isolerad tillvaro som inte var bra för någon av dem.

Några år senare hamnade mamma i någon sorts kris och togs in på mentalsjukhus. Depression med neurosliknande symptom, sade läkaren som jag talade med den gången. Under tiden bodde Maja i ett fosterhem, som under flera år kom att fungera som någon sorts avlastning för mamma."

"Var är Maja nu då?" frågade jag.

"Hon kom till en gruppbostad när hon var tjugotre. Där bor hon fortfarande. Hon har det väl ganska bra, tror jag. Men du själv då, Ulrika, hur har du det? Vad jobbar du med?"

"Jag är etnolog. Forskar om bergtagning. Skild. Två söner, sex och nio år. Du?"

Han skrattade.

"Var det färdigt med dig redan? "

"Det kan bli mer sedan", sade jag och drack av vinet."Du gick naturvetenskaplig linje minns jag. Var det en bra förberedelse för reklamyrket?"

"O ja, herregud. De kunskaperna har varit bra många gånger. Men jag hade ingen tanke på reklam när jag gick där, förstås, och inte på någon naturvetenskaplig karriär heller. Det var väl bara för att det var svårast. Jag ville se om jag klarade av det. Sedan läste jag en termin filosofi och därefter började jag på Journalisthögskolan. När jag gick där gav jag ut en diktsamling. Tack vare den där diktsamlingen hamnade jag i en märklig tidningsartikel."

"Jasså? Jag visste inte att du skrivit någon diktsamling", sade jag.

Jag var förvånad över att jag missat det. För jag brukade alltid hoppa högt varje gång jag såg namnet Gattman i tidningen. Men det var förmodligen under en period när jag hade fullt upp med mig själv.

”Eller det var väl inte bara på grund av diktsamlingen. Det var minst lika mycket mitt efternamn. Jens Gattman. Åke Gattmans son. Det var den där tidningsartikeln som avgjorde mitt öde tror jag.”

”Hur då?”

”Någon på tidningen hade fått den strålande idén att man skulle samla ihop morgondagens elit. Vilka kommer vi att lyssna på i framtiden? frågades det, och så gick man ut och letade upp ett gäng ungdomar som hade utmärkt sig inom olika områden. Man bjöd in oss till redaktionen, fixade resa och hotell för dem som behövde. Sedan samlade man ihop oss och tog en gruppbild och intervjuades oss. Herregud, vilket gäng!”

Han skrattade.

”Där fanns en blyg trettonårig tjej som komponerade symfonier. Hon sade knappt ett ord. Sedan minns jag en dalmas, en satt liten gubbe på nitton år som skulle bli vår nye Jussi Björling. Han vankade omkring med händerna på ryggen och lät som en brummande björn när han talade.

Så var där en osannolikt självsäker tjej som var med i moderaternas ungdomsförbund och som var övertygad om att hon skulle bli Sveriges första kvinnliga finansminister. Inte statsminister, finansminister skulle hon bli. Hon hade nämligen den perfekta lösningen på Sveriges ekonomiska problem. Hon hade den perfekta lösningen på allt annat också och hon kunde bemöta alla invändningar snabbt och välformulerat och med ett iskallt leende. Man bara rös när man hörde henne.

Och så – herregud, det var en otrolig samling – så var det den nye Stenmark från Växjö. Han var tio år och veckopendlade till pisterna i italienska alperna. Hade åkt slalom sedan han var två.

Sedan var det en läskig tjej, som kastade med håret och putade med brösten och såg lömsk ut. Hon hade gjort karriär i elevorganisationen och sade sig vara feminist. Jag minns inte inom vilket område man hade tänkt att hon skulle uppnå toppen.

Ja, så var det förstås en sådan där liten hal försäljartyp, du vet, som lurade veckopengarna av sina kompisar och pallade äpplen av en granne och sålde till en annan granne och hade kammat hem segern i jultidningsförsäljning fyra år i rad.

Jag minns inte alla. Vi var femton stycken. Och jag var alltså framtidens författare. Det var helt absurt. Först fotograferingen. Vi kördes iväg ett par mil till ett vägbygge någonstans. Där fick vi stå på den raka, nyasfalterade vägen som försvann ut bland åkrarna och ännu var avstängd för trafik, och blicka segervisst in i kameran. The dream team. Sedan var det tillbaka till redaktionen och intervjuer i enrum. Vi fick sitta i ett väntrum och glo på varann och gå in en och en till en journalist. Så var det den bandade gruppdiskussionen. Vi skulle samtala om framtiden, alla femton. Det blev flera förståndiga och kloka monologer. Ingen diskuterade med någon annan. Förutom feministtjejen som kom i någon sorts gräl med den nye Jussi Björling och var nära att kasta sig över honom. Jag fattar inte varför, han sade knappt något och han verkade så godmodig. Men hon blev otroligt provocerad av honom. Jag tror han utlöste någon sorts faderskomplex hos henne.

På kvällen var det stor middag i en hyrd festlokal. Där satt vi alla smågenierna, Lill-Stenmark och Lill-Jussi och hela gänget. Det var meningen att vi skulle få vara för oss själva och koppla av, men journalisterna kunde inte hålla sig. De kikade i dörren och vinkade och log. De ville väl uppsnappa något av den gnistrande begåvade middagskonservation som skulle bryta ut. Ingen sade ett ord. Det var den absolut tystaste måltid jag upplevt. Moderattjejen spanade då och då bort mot journalisterna i dörren, men när hon insåg att ingen skulle dokumentera hennes visdomsord tyckte hon inte det var lönt att öppna munnen. Feministtjejen verkade ha tömt krutet och såg bara trött ut. Vi åt och tuggade och besticken klirrade mot porslinet. Det var kalkon, minns jag.”

”Nu måste du säga vilka de var”, sade jag.

”Vad de hette, menar du? Herregud, jag minns inte.”

”Men var det ingen som blev känd senare?”

”Ingen. Inte en endaste av dessa femton blev någonting. I alla fall inte så känd att allmänheten hört talas om dem. Jag har inte sett någon av dem i massmedia. Och det är väl ganska självklart. Att bli utnämnd till morgondagens elit! Det är väl mer än tillräckligt för att sänka en totalt. Själv blev jag illamående när jag såg den där gruppbilden över hela mittuppslaget och lite längre fram min egen bild – allvarlig ung poet med svårmodig blick under ostyrig, blond lugg. Och så presentationen där morsans och farsans namn fanns med. Och farfars dessutom.”

Han fyllde på våra glas medan han pratade. De röda skuggorna från vinet gungade över bordsskivan. Utanför fönstret och verandadörren syntes bara kompakt mörker, utan minsta ljusskiftning.

”Jag blev nästan sjuk av den där artikeln”, fortsatte Jens. ”Jag gick andra terminen på Journalisthögskolan och satt och filade på min andra diktsamling vid den tiden, men jag bestämde mig för att nej, aldrig mer. Aldrig. Jag hoppade av Journalisthögskolan mitt i terminen. Började jobba på posten och när jag tjänat ihop lite pengar stack jag ut och reste några år. Marocko, Indien, Australien, det där vanliga.

En gång när jag var på väg hem blev jag sittande på flygplatsen i Singapore i ett helt dygn innan jag kom med ett plan. Det gjorde inte så mycket, flygplatsen var som en hel stad, man hade kunnat bo där hela sitt liv. Jag gick omkring på de olika våningsplanen. Det var något japanskt bilmärke de gjorde reklam för. Man såg de jättelika affischerna överallt och jag levde med dem hela det där dygnet. Och jag tänkte på alla som såg affischerna, alla hundratusentals människor som strömmade förbi här och såg det där japanska märkesnamnet. Jag låg på en bänk med huvudet på min ryggsäck och såg människomassorna och affischerna och jag tänkte på hur det skulle vara att påverka hundratusentals människor, miljoner människor. Istället för de två hundra som läste min diktsamling. Vilken makt! Jag bestämde mig för att jobba med reklam när jag kom hem. Och det har jag gjort sedan dess. Tolv år på reklambyrå och sedan egen verksamhet."

"Var det så underbart som du trodde?" frågade jag.

Han lutade sig fram. Ögonen glittrade innanför de runda glasögonen.

"Det var bättre. Du vet reklam, det var... förbjuden frukt! Riktigt dirty. Kommersiellt. Och det här med att påverka utan att själv synas, det passade mig perfekt. Mina föräldrar hade varit kändisar och det var inget som lockade mig alls. Jag gillar att gå anonym på stan och se stora affischer med min idé och märka att alla tittar på dem, men att ingen tittar på mig."

"Sedan har jag ju gjort annat också", fortsatte han. "Skrivit för TV. Gjort revysketcher. Såpopera. Företagsutbildning. Allt möjligt. Har till och med gjort en låttext till schlagerfestivalen.

Nu för tiden är det ju helt okey att hålla på med sådant här. Man är ingen stygg pojke längre. Och på något vis gör det grejen mindre rolig. Häromdagen blev jag intervjuad av en tjej från universitetet som skrev en uppsats om könsroller i såpoperor. Jag trodde hon skulle komma med näsan i vädret, men det var inte alls så. Hon frågade mig om mina arbetsmetoder, om min research, om hur jag utformade karaktärer. Och hon lyssnade noga och allvarligt till allt jag sade. Hon behandlade mig respektfullt, nästan med vördnad. Som en gammal mäster inom något exklusivt hantverksskrå. Och på sätt vis hade hon ju alldeles rätt. Men jag blev ändå så märkligt irriterad över det där. Den sista tiden har jag mer och mer längtat efter att skriva något helt annat. Så jag tog power booken med mig och åkte hit. Min fru körde hit mig med ett matförråd och löfte om att hämta mig nästa måndag. Hon är på kurs i Köpenhamn."

"Så det var därför jag inte såg din bil."

"Ja. Jag är helt isolerad här", sade han med ett skratt. "Eller *var*", tillade han.

”Jag stör dig.”

”Nej.”

Han sträckte hastigt handen över bordet och lät den vila ett ögonblick på min underarm.

”Det är trevligt att ha någon att prata med. Jag började nästan bli konstig. Ja, jag trodde faktiskt att jag *var* konstig när jag kom hem efter promenaden och märkte att dörren var upplåst. Och när det knarrade i trappan och du stod där i mörkret höll jag på att dö av skräck.”

”Det förstår jag verkligen” sade jag. ”Jag skäms förskräckligt. Jag förstår faktiskt inte varför jag åkte hit och gick in här. Jag var här ute för ett tag sedan med mina pojkar. Jag ville visa dem den här platsen. Sommarstugan där jag bodde som barn, stranden där jag badade. Huset där min kompis bodde. Du vet. Pojkarna var väl inte så intresserade kanske. Som de flesta barn kan de nog inte föreställa sig att deras föräldrar också har varit barn. De vet det naturligtvis, men det går inte att föreställa sig, man kan inte riktigt tro på det.”

”Ja, jag vet”, sade Jens. ”Mamma berättade ofta om när hon var liten. När jag skulle föreställa mig henne som liten såg jag min vuxna mammas huvud på en liten flickas kropp. Det där med den mindre kroppen kunde jag begripa, men jag kunde inte tänka mig att hon haft ett annat *ansikte*.”

”Man måste bli äldre själv först”, sade jag. ”Uppleva de stora förändringar som sker med den egna kroppen och personligheten, innan man på allvar kan inse att andra också förändras. Så det var ju alldeles abstrakt det jag berättade för pojkarna. ’Här på stranden satt jag och grävde. Den svarta stenen där var en borg och jag grävde en vallgrav runt den’ och så vidare. För dem var det väl lika kul som att kolla på vikingagravar och runstenar kan jag tänka mig. Denna period när man inte själv var född, jag minns hur ointressant den var. Så overklig. Egentligen visste jag ju att de skulle reagera så. Jag hade planerat det som en fiskeutflykt också. Vi hade tagit med Jonatans spinnspö. När jag såg vår sommarstuga kände jag ingenting. Den var så förändrad. Helt ombyggd. Tomten var avstyckad. Det låg flera stugor runt omkring. Men när jag kom till ert hus fick jag så starka känslor. Det var som om detta var mitt verkliga barndomshem. Vet du att jag alltid har önskat att jag tillhörde er familj? "

Hans mörka ögonbryn höjde sig förvånat.

"Varför det?"

"Jag vet inte. Inte för att ni var kändisar eller så. För att ni hade det här gamla. Ett arv."

"Det hade väl ni också. Det har väl alla familjer. Fast arvet ser olika ut."

"Men jag har aldrig kunnat identifiera mig med mina föräldrars arv. Jag känner inte igen någonting. Men när jag kom hem till er så kände jag igen mig med en gång. Ett tag hade jag en dagdröm som gick ut på att jag hittade ett papper som visade att jag var Anne-Maries tvillingsyster. Karin och Åke hade adopterat bort mig när jag var nyfödd."

"Var fick du den idén ifrån?"

Han ställde ner sitt glas och betraktade mig forskande.

"Men sådant fantiserar väl de flesta barn om. Är det inte ganska normalt? Att man tvivlar på att man är sina föräldrars riktiga barn? Det är väl någon sorts frigörelseprocess eller så. Den där dagdrömmen var behaglig samtidigt som den innehöll något obehagligt. För om de adopterat bort mig – varför hade de gjort det? Och varför hade de behållit Anne-Marie och inte mig? Svaret var naturligtvis att jag inte dög. De hade behållit Anne-Marie för att hon var sötare, roligare, bättre."

"Var i allsin dar har du fått det där ifrån, Ulrika?"

"Var får man saker ifrån? Inifrån naturligtvis. Det var en känsla. Jag kände ett så starkt släktskap med er alla. Ert intresse för kultur och samhällsliv. Ert sätt att diskutera och samtala. Knyta samman stort och smått, se mönster i tillvaron. Det fanns inte alls hemma hos mig. Vi talade aldrig med varandra på det sättet. Jag hittade något mycket viktigt hos er. Och sedan var det plötsligt borta. Ni försvann ifrån mig. Ett par vykort från Anne-Marie. Sedan total tystnad."

Jag talade fort, ivrigt, snubblade över orden.

"Jag tror jag har sökt efter er sedan dess, fast jag inte riktigt varit medveten om det. Vet du att jag har inrett mitt vardagsrum nästan precis som det där rummet där inne? Jag hade inte alls tänkt på det förrän jag såg in genom fönstret när jag var här med pojkarna."

" Det kanske kan roa dig", sade han och fördelade den sista vinskvätten mellan oss, "att jag ibland kände att jag ville byta med dig. När jag såg din pappa tänkte jag att han var en sådan där vanlig pappa som man kunde skicka iväg på föräldramötena utan att skämmas. Det var mycket som var fint i vår familj, det har du alldeles rätt i, och jag är tacksam för den uppväxt jag fått. Men för mina barns skull har jag lovat mig själv en sak: att aldrig bli en kändis. Det var vidrigt att ha kända föräldrar. Det var som om andra alltid visste mer om en än man själv gjorde.

På högstadiet hade jag en historielärare som tydligen visste allt om morsan och farsan. Han hade läst varenda bok, varenda tidningsartikel, sett vartenda debattprogram i TV där de var med. Han visste förstås att de hade vänstersympatier och om det var på grund av det eller för något annat vet jag inte, men han hatade dem uppenbarligen. När vi läste rysk historia kunde han berätta att miljontals människor blev offer för Stalins terror – och så i en liten sidoreplik till mig: 'Har din pappa talat om det för dig, Jens?' Han kunde komma med antydningar om någon offentlig debatt som pappa var inblandad i och tala till mig som om jag var insatt i frågan, vilket jag naturligtvis inte var. Pappa och mamma pratade aldrig politik med oss. Jag kände skam. Jag skämdes för att jag inte visste vad mina föräldrar höll på med, skämdes för att det tydligen var något upprörande, skämdes för att jag inte kunde försvara dem.

När jag gick på mellanstadiet pågick en debatt i pressen om en film med sexscener och den debatten måste naturligtvis pappa blanda sig i. I sitt inlägg skrev han någon provocerande mening som innehöll ett runt ord, säkert mycket medveten om effekten. Han retade upp en massa andra tyckare och debatten fick större och större proportioner och meningen med det runda ordet citerades överallt. Det där kände varenda unge på skolgården till. Inte själva innehållet i debatten förstås, men det där ordet som pappa skrivit. Tjejerna sade att min farsa var äcklig. Jag önskade intensivt att jag hade en vanlig pappa med ett vanligt jobb. Att jag kunde berätta för andra vad min pappa gjorde på jobbet, istället för att de berättade det för mig. Förstår du?"

"Ja", sade jag. "Ja då, det gör jag."

"Vad gjorde du sedan då? Efter den där sista sommaren?" frågade han.

"Gick på gymnasiet. Det var kanske nyttigt för mig att Anne-Marie var borta. Tidigare hade jag bara härdat ut i skolan medan jag längtade efter henne. Nu var jag tvungen att skaffa mig vänner i klassen. Sedan läste jag en massa olika ämnen på universitetet. Till slut hittade jag det jag ville göra. Jag skrev en doktorsavhandling i etnologi om bergtagningsmyten. Sedan har jag fortsatt att forska om bergtagning. Jag har utvidgat det lite och jämför med moderna berättelser om ombordtagningar på rymdskepp. Helst vill jag åka till USA eftersom det finns så många ombordtagningsberättelser där. Men det får vänta tills pojkarna blir äldre."

"Jag är inte riktigt säker på att jag vet vad bergtagning är", sade Jens.

Så då berättade jag det för honom. Eftersom han verkade intresserad berättade jag också flera bergtagningshistorier. Klösmärkena på fönsterbrädan, Den förtrollade gruvarbetaren och många andra. Om ingen stoppar mig kan jag hålla på hur länge som helst. Och Jens stoppade mig inte. Han satt mitt emot mig i skenet från stearinljusen och lyssnade. När det sista ljuset brann ner och hans ansikte försvann i mörkret tystnade jag. Det var mitt i natten.

Vi sade godnatt. Jens drog sig tillbaka till Karins och Åkes gamla sovrum där han installerat sig och jag gick uppför de knarrande trapporna och lade mig åter i Anne-Maries säng i det kyliga vindsrummet. Jens hade skickat med mig en elektrisk värmefläkt som jag fick igång. Jag låg länge och lyssnade till dess brusande ljud innan jag somnade.

Det finns en bergtagningshistoria som jag inte berättade för Jens. En historia som han kan själv. Och jag är säker på att det var den han tänkte på hela tiden.

Jag vaknade i en värld av sol och tystnad. Pärlemorytan i mobilens musselskal glänste svagt i fönstret. Jag hade sovit länge.

Jag klädde mig och gick ner. Det oregelbundna trippandet fanns där i dag också och den här gången fick ljudet mig att le. Jag borde ha känt igen den där rytmen med en gång. Det var i det här huset jag hörde den första gången. Karins skrivmaskinsknatter från verandan. Snabbt och långsamt, säkert och tveksamt. En sökande, reflekterande människas rytm. En rytm som jag gjort till min egen.

"Ta vad du vill ha i köket. Jag har redan ätit frukost", ropade Jens.

Det syntes inte minsta spår av hans frukost i köket. Inte en smula, inte en tesked. Diskstället tomt, diskbänken torr och blank. Det var inte underligt att jag tagit huset för obebott när jag strövade omkring här igår.

Jag skar en skiva av Jens bröd och lagade kaffe.

På fönsterbänken låg i alla fall ett hopvikt papper. Jag vecklade ut det. En urklippt tidningsartikel. Den hade rubriken "Död kvinna funnen efter tjugofyra år" och en bild av stenblocken vid Musselstranden tagen från havet. Jag läste den medan kaffevattnet kokade. Det stod att några barn "gjorde det makabra fyndet under lek". Klippet måste vara från Bohusläningen. Jag hade inte sett nyheten i Göteborgs-Posten. Max och Jonatan skulle bli nöjda om jag kunde skaffa fram den där artikeln. Det hade varit en svår missräkning för dem när de berättat om sin upptäckt i skolan och inte blivit trodda, varken av lärare eller klasskamrater.

Jag hade varit på väg att berätta om händelsen för Jens igår kväll, men i sista sekunden hade jag avstått. Den där kvinnan hade försvunnit samma år som Maja försvann. Jag visste inte om Jens ville bli påmind om Majas försvinnande. De där heta helvetesveckorna. Känslan av främlingskap när hon återvände. Ett skelett på platsen där hon hittades, nej det hade inte varit nödvändigt att säga. Men han hade läst om det och kanske gjort samma reflektion som jag, eftersom han sparat artikeln. Jag vek ihop den och lade tillbaka den i fönstret.

När jag ätit fyllde jag på mer kaffe och tog koppen med mig in i vardagsrummet. Morgonsolen föll i rektanglar av gult ljus över golvplankorna. Jag såg ut över fjorden. Det var fortfarande vackert ute.

Jag gick till sovrummet där Jens satt. Lutad mot dörrposten drack jag mitt kaffe och betraktade hans rygg medan han skrev. Han hade en rutig skjorta på sig nu. Rullgardinen hade han dragit ner för att inte solskenet skulle konkurrera ut ljuset från bildskärmen. Den genomlysta väven med sin gulaktiga, vaxade yta påminde mig om de där sorgtyngda veckorna när Maja var borta. Jag såg på bildskärmen men från min plats kunde jag inte urskilja några ord.

" Du är flitig", sade jag.

"Ja. Men nu tar jag en paus."

Han stängde av datorn och vände sig mot mig. Han tog av sig glasögonen, kliade sig i ögonen och satte tillbaka dem igen.

"Jag behöver röra på mig. Ska vi gå en promenad?"

"Jag tror det är dags för mig att åka hem", sade jag.

"Kan du inte vänta lite? Det är så fint väder. Vi kunde ta en lång, härlig höstpromenad."

Jag tvekade och såg på honom över koppens kant. Återigen kände jag lust att gå fram och blåsa bort det matta dammet från hans hår.

"Jag skulle vilja berätta en sak medan vi går", tillade han.

" Okey."

Det var milt, nästan varmt ute. Vi hade ylletröjor på oss, men inga jackor. Vi följde stora vägen en bit och vek sedan av på en liten stig. Mellan de vissna, brunrosa ljungtuvorna hade spindlarna spunnit sina tusentals nät så tätt, att det såg ut som om ett enda jättelikt nät sänkt sig från himlen under natten och fångat in hela trakten. Överallt vibrerade de daggöverdragna trådarna i den lätta vinden.

”Jag har tänkt på det där du sade om din önskedröm”, sade Jens. ”Att du var Åkes och Karins bortadopterade barn. Har du hört någon här tala om något sådant?”

”Nej”, svarade jag med ett litet skratt. ”Jag förstår inte varför du hakar upp dig så på det. Det är en vanlig fantasi hos tonåringar. Det ingår i den normala utvecklingen. Vet du inte det?”

”Jag ska berätta varför jag frågar. Något år efter att pappa dött blev jag nämligen kontaktad av Mona, hans före detta sambo. Hon sade att hon hade papper som varit Åkes hemma hos sig. Hon visste inte vad hon skulle göra med dem och undrade om jag ville ha dem. Jag bad henne skicka dem och fick hämta ut en stor låda på posten. Han hade tydligen ambitionen att komma tillbaka som författare. Där fanns utkast och anteckningar, men inget färdigt. Det liknade inte alls det han gjort tidigare. Det var mer personligt, inåtvänt. Stilen var en annan. Trevande och ödmjuk. Jag undrar verkligen vad det skulle blivit av det om han inte druckit så mycket.”

”Var det en roman han höll på med?” frågade jag.

”Det är svårt att säga. Det var väldigt ostrukturerat. Bara korta texter på lösa lappar. Kryptiska formuleringar. En del verkade som dikter. Annat var mer åt prosahållet. Men allt kretsade kring samma tema: ett bortlämnat barn.”

”Vad då för barn?”

”Ja, det var just det jag undrade. Om det var Maja han tänkte på. Det var ju mamma som fått vårdnaden om henne, som lade ner all sin energi och tid på att ge henne ett gott liv, medan pappa helt tappat kontakten med henne. Men det stämde inte. Jag lade ut alla lapparna på golvet, som om jag kunde lägga pussel med dem. Och jag förstod att det handlade om ett barn med vit hy. Det var mycket vit färg: vit hud, vita rockar, vita väggar, vit snö, vita dun.

Det fanns en stor sorg i de här texterna. Jag kände att pappa skrivit om något som han aldrig berättat tidigare. Något som inte kunde sägas på hans vanliga raka språk. Alla dessa lappar, dessa halva meningar och överstrykningar var ett sökande efter ett nytt uttryckssätt.

Jag ringde Mona, men hon visste inte alls vad det rörde sig om. Pappa hade aldrig visat något för henne och hon hade inte varit särskilt intresserad heller. Och han hade aldrig talat med henne om något barn.

Då åkte jag hem till mamma. Hon hade flyttat tillbaka till Stockholm då, det var efter Varbergstiden men innan hon flyttade till Gotland. Men vi träffades sällan. Hon umgicks bara med vännerna i katolska församlingen. Hon bodde i en etta med några få möbler och bara ett krucifix på väggen. Vi satt i hennes pyttelilla kök och drack nyponte. Jag berättade om pappas lappar och frågade om hon kände till något bortlämnat barn. Och hon sade: 'Javisst. Det är Lena han menar.' Jag frågade vem Lena var och hon svarade som om det var något fullkomligt självklart: 'Din syster.' "

"Din syster?" upprepade jag.

"Så sade hon. Och jag visste ju att hon var lite underlig nu för tiden, tillbakadragen och grubblande och religiös och så, men nu förstod jag att det hade blivit allvarligt. Jag trodde hon var tokig. Men så berättade hon allting för mig. Lugnt och distanserat, som om det var en annan person hon talade om, inte om sig själv."

Jens gjorde en paus medan han stannade och krängde av sig tröjan. Det var varmt i solen. Han hängde tröjan över axlarna och knöt ärmarna framtill. Jag väntade otåligt på att han skulle fortsätta.

"Jag visste ju att hon och pappa träffades tidigt och att de också gifte sig mycket unga. Mamma var bara sjutton och de fick gå till kungs."

”För att hon väntade barn?” frågade jag.

”Tanken har alltid legat nära till hands. Men Eva föddes ju flera år senare, så jag har tidigare trott att den där första graviditeten slutade med missfall eller att det helt enkelt var falskt alarm.

Men det blev inte missfall. Barnet föddes. Det var en flicka. Det var något allvarligt fel på henne. Mamma kunde inte riktigt säga vad. Men enligt läkaren skulle hon aldrig kunna få ett normalt liv. Mamma fick inte se henne. Jag frågade henne varför. Hon svarade: 'Antingen var det för att hon såg ut som ett monster och man ville skydda mig från chocken. Eller också var det för att hon var så söt att jag inte skulle kunnat lämna bort henne sedan.'

Men hon skulle lämnas bort, det hade läkaren bestämt sig för. Mamma vägrade. Läkaren talade länge med henne. Han talade med pappa och lyckades övertala honom. Han talade med pappas föräldrar och mammas föräldrar. Och alla försökte i sin tur övertala mamma. Hon var så ung, nästan ett barn själv. Hela hennes liv skulle bli förstört. Hon som hade så många talanger. Hon skulle inte kunna ge flickan den vård hon behövde. Det fanns institutioner som var specialiserade på att ta hand om sådana barn. Argumenten haglade över mamma. Hon låg på ett ensamt rum på sjukhuset. Var fjärde timma rullade man in pumpmaskinen och mjölkade ur hennes bröst. Flera gånger om dagen kom någon, en släkting, en läkare, en expert, in till henne och förklarade vad som var bäst för henne och barnet och pappa. Hon sade nej hela tiden. Till sist lyckades pappa övertala henne. Han hade ett papper med sig och hon skrev på. Han skulle ha lämnat henne annars. Han sade det inte, men hon hade sett det på honom. De var nygifta, men han skulle inte ha stannat om hon behållit barnet. Det var hon övertygad om.

När hon skrivit på kysste han henne och nästan sprang ut ur rummet med pappret i handen. Då fick hon någon sorts nervsammanbrott. Hon skrek och grät och rev lakan och örngott till trasor. Sedan slet hon upp sömmen till kudden och skakade den så att alla dun flög ut. När pappa återvände tillsammans med en sköterska stod hon upp i sängen och skakade kudden. Hela rummet var fullt av dun. Det var som om det snöade där inne. Det måste vara denna scen som gång på gång återkom i pappas diktförsök."

"Men flickan lämnades alltså bort?" frågade jag.

"Ja, hon kom till ett vårdhem. Pappa och mamma hälsade aldrig på henne. Inte en enda gång. Det var också läkarens råd: att inte 'förvirra' henne med besök. Flickan kallades Lena av personalen och genom en ny namnteckning bekräftade pappa och mamma det namnet. När Lena var fem år dog hon i influensa. Hennes immunförsvar var mycket dåligt. Då var mamma redan gravid med Eva.

När mamma berättade det här för mig fick jag känslan av att det här var något som hon var färdig med. Och jag förstod att det var detta som hon arbetat med i alla år. Hennes grubblande, hennes pilgrimsvandringar, hennes klostervistelser – det var en botgöring för den där namnteckningen. Och nu hade hon tydligen fått förlåtelse. Eller såg det på ett annat sätt. När hon berättade om pappa som satt där med det ödesdigra pappret i handen skrattade hon till och med lite grann. Hon talade nästan med ömhet om den svaghet och rädsla hon såg i hans ansikte. Det var som om hon hade kommit till slutet av en lång väg. Samma väg som pappa nyss påbörjat när han skrev sina trevande lappar. Men han kom aldrig längre."

"Och när påbörjade Karin den där vägen?" frågade jag. "När de adopterade Maja?"

" Jag vet inte hur pass medvetet det var då."

Jag såg tidningsbilden framför mig: Maja med den fastbundna nappflaskan, spjälsängen, flugorna.

"Men", sade jag, "när de stod i barnhemssalen i Bangalore och såg den lilla flickan i spjälsängen, så måste de ju ha tänkt på den där andra flickan på det där andra hemmet. Eller hur?"

"Kanske. Fast jag tror att de hade väldigt många andra tankar också. De var ju där som journalister. De skulle samla material, rapportera. Jag tror de betraktade sina egna liv som helt ovidkommande i sammanhanget. Lenas födelse låg så långt tillbaka i tiden. De hade fått fyra barn sedan dess, utvecklats till två kunniga, uppburna yrkesmänniskor. Nej, jag tror inte de tänkte på Lena den gången. De hade ett vidare perspektiv. De såg med skarp och kritisk blick på världen och människorna, inte in i sig själva."

Vi gick längs en liten stig som tidigare varit en väg. Förr körde man med bilar, traktorer och hölass här. Nu fanns det en ny och bättre väg i närheten och den gamla vägen hade vuxit igen till en gångstig. Vi kunde inte längre gå i bredd. Jag gick först och Jens gick efter mig. Jag såg ner i marken och hela tiden såg jag den gamla vägen, den som inte längre fanns: de gråvita, blanknötta hjulspåren av hårt packad snäckskalssand och grässträngen med groblad i mitten.

"Jag kommer att tänka på bortbytingshistorierna", sade jag. "Du vet, trollen tar barnet från modern och lägger sin egen trollunge i vaggan. De flesta sådana historier går ut på att modern gör något otäckt med den där trollungen – bränner honom med eldtången eller så – och då dyker trollmamman upp för att skydda honom och lämnar tillbaka det egna barnet. Man kan bara ana sig till verklighetens tragedier bakom sådana berättelser. Barn som förefallit normala vid födseln och där ett handikapp sedan blir märkbart. Selma Lagerlöf har skrivit en mer kristet humanistisk variant på den historien, om modern som försöker vara god mot den elaka bortbytingen och när hon slutligen belönas med att få sitt eget barn tillbaka, visar det sig att hennes barn har levt i en sorts parallelltillvaro, som styrts av hennes egna handlingar. När hon inte orkade mer och daskade till trollungen, så daskade trollmamman borta i berget till hennes människobarn, och när hon behandlade trollungen väl, så behandlade också trollmamman hennes barn väl."

"Ja, jag har läst den för längesedan", sade Jens. "Det är en stark berättelse."

"Jag tycker man kan se adoptionen av Maja som en sådan bortbytingshistoria."

”Du menar att mamma försökte skapa en kärleksfull tillvaro åt Lena på vårdhemmet genom att ta hand om Maja? Att hon försökte påverka det förflutna?”

”Ja. Det är naturligtvis omöjligt, men är det inte det vi gör hela tiden? Går inte hela vuxenlivet ut på att omskapa barndomens och ungdomens händelser? Upprepa dem, förbättra dem, putsa och fila på dem tills de stämmer med den föreställning vi har om moral och lycka och estetik. Naturligtvis är det ingenting man är medveten om. Jag var till exempel inte alls medveten om att jag möblerat mitt vardagsrum som rummet i ert sommarhus.”

”Men”, sade Jens, ”om det nu var så, om mamma ville omskapa Lenas liv genom att ge kärlek åt ett annat övergivet barn, så måste det ha varit fruktansvärt för henne att Maja inte tog emot hennes kärlek. Maja stötte ju bort henne. Hon ville inte bli kramad och smekt. Mamma måste ha upplevt det som en sorts straff.”

”Och det fasansfulla är ju att också detta barn försvinner från henne”, tillade jag.

Han teg en stund. Jag hörde bara hans steg bakom mig på stigen. Sedan fortsatte han:

”Jag talade faktiskt med mamma om det den där gången när vi drack nyponte i hennes lilla kök. Det var första gången vi talade om Majas försvinnande. Vi har aldrig nämnt det tidigare. Det har känts så meningslöst, alltsammans var ju ändå oförklarligt. Bara frågor, inga svar. Men nu nämnde hon det själv. Hon sade att nu visste hon var Maja varit de där veckorna. Jag blev naturligtvis mycket förvånad och frågade ’Var då?’ Hon hade talat så sansat och förnuftigt hela tiden, så jag var inte beredd på hennes svar. Hon log stilla mot mig och sade: ’Förstår du inte det? Hos Lena naturligtvis.’

Jag blev alldeles kall, för jag insåg med ens att hon var galen, trots allt. Jag samlade mig och frågade så lugnt jag kunde: ’Varför tror du det?’ Och hon svarade: ’Dunet i hennes hårtofs. Det lilla vita dunet. Det var en hälsning från Lena.’ Hon såg så fridfull och lycklig ut när hon sade detta, så jag ville inte protestera.”

”Hon måste ha betraktat dunen från den uppslitna kudden som det enda positiva i det som hände den gången”, anmärkte jag. ”Det där vilda, upproriska snöfallet var hennes förtvivlade protest, hennes nej som hon bevarat inom sig.”

Vi gick längs stigen och jag såg de båda vägarna, den som fanns och den som inte fanns, som i en dubbelexponering. Ibland gick de isär. Den nya lilla stigen tog genvägar som den gamla vägen inte kunnat ta eller så måste den göra omvägar och väja för buskar som inte funnits där förr.

Jag lade märke till att vi hela tiden pressades till vänster av buskarna. Det fanns ett tryck ifrån skogen, som stigen inte kunde stå emot. Så småningom var den helt skild från den gamla vägens sträckning, bortdriven av växtligheten. Jag märkte hur det gick till. Jag rev mig på en utstickande björnbärsranka och tog ett steg åt vänster. Nästa gång jag såg björnbärsrankor gick jag åt vänster i god tid. Sedan höll jag mig kvar ute i gräset till vänster om stigen.

”Där uppe ligger gölen där vi fångade smågrodor. Minns du det?” sade Jens.

Vi öppnade en grind och kom in på ängsmarkerna. Allt var inte igenvuxet i alla fall. Här betade tydligen hästar för det låg hästspillning här och var. Det höstliga, öppna landskapet med sitt gulnade gräs, sina låga stenmurar och brinnande nyponbuskar påminde mig om England. Om det inte vore för de omgivande grå bergen skulle ett ridande jaktsällskap kunna spränga fram när som helst.

”Det är en annan händelse som jag har tänkt mycket på”, fortsatte Jens. Han gick bredvid mig nu, så jag kunde se honom medan han talade. ”Det var på våren 1973, alltså året efter Majas försvinnande. Pappa hade bott nere i Göteborg hela vintern. Han och mamma var inte skilda ännu. Vi visste inte säkert hur det skulle bli i framtiden. Om han skulle komma tillbaka till mamma, Maja och mig eller stanna kvar där han var. Nu skulle vi i alla fall åka ner och hälsa på honom. Det var hans egen idé att vi skulle komma dit. Han ville inte ta emot oss hemma – vi visste egentligen inte var han bodde och han talade inte om det för oss – utan vi skulle träffas på krogen. Han skulle bjuda på middag på en kinesrestaurang. Vi hade inte träffat pappa sedan han flyttat ifrån oss hösten innan, bara talat med honom på telefon.

Det blev misslyckat från början. Vi hittade inte kinesrestaurangen. Pappa hade gett en otydlig vägbeskrivning, men han sade att det var lätt, nära Avenyn, alla visste var restaurang Ming låg. De vi frågade visste det i alla fall inte och när vi äntligen kom dit hade pappa redan väntat trekvart och hällt i sig en hel del saké under tiden. Sedan grälade han och mamma under hela måltiden. Pappa var full och högljudd och mamma grät. Jag tog med mig Maja bort till akvariet och matade guldfiskarna med riskorn och bitar av pekinganka. Kineserna låtsades inte om någonting, de bara tassade omkring oss, plockade upp skärvor från ett glas som pappa råkat välta i golvet, bugade och log. Vi var de enda gästerna. När pappa skulle betala hade han inte pengar så det räckte, så mamma fick lägga till.

När vi sagt adjö till pappa och skulle gå tillbaka till stationen, mamma, Maja och jag, råkade vi passera ett litet galleri. Det låg i källarplanet och vi skulle aldrig lagt märke till det om inte Maja tvärstannat framför fönstret och vägrat gå längre. Hon hade fått syn på någonting därinne som intresserade henne. Det var långt kvar tills vårt tåg skulle gå – vi hade inte räknat med att mötet med pappa skulle få ett så abrupt slut – så mamma föreslog att vi skulle gå in.

Det var en märklig utställning. Den bestod av olika föremål, huvudsakligen tillverkade av naturmaterial. Jag minns en rådjursskalle med en hätta av glänsande aluminiumfolie och hornen omlindade med dun. Fågelreden fyllda med tistelbollar och getingbon. En bur av grenar innehållande en avsliten fågelvinge och en annan bur med ett förgyllt ägg. Ett stort fiskskelett klätt i en kappa av flätat gräs och silvertrådar.

Föremålen kunde ha varit tillverkade av något primitivt folkslag, om det inte vore för inslagen av guld- och silverfärger och aluminiumfolie, vilket gav mig associationer till rymdåldern.

Mamma var alldeles hänförd och vi undrade vem som gjort det här. Den kvinnliga galleristen sade att konstnären hette Kristina Lindäng. Mamma frågade om det fanns något informationsblad. Kvinnan pekade på ett bord i den innersta lokalen.

På bordet stod ett porträttfoto i en ram. Det föreställde en ung flicka med långt mittbenat hår och stora, allvarliga ögon. Bredvid fotot brann ett ljus. Det såg ut som ett altare på något vis. På bordet låg också en hög med informationsblad. Det var inte den vanliga listan med konstskolor, stipendier och utställningar, utan bara några rader som informerade om konstnärens namn, födelseår och bostadsort. Samt en mycket förbryllande upplysning: konstnären var försvunnen sedan november 1972 och troligen död.

Mamma frågade galleristen hur hon fått tag i konstverken. Hon berättade att det var en kurator på Lillhagens sjukhus som övertalat henne att visa den här utställningen. Det var en före detta patient till henne som gjort föremålen.

Men det märkligaste av allt var Majas reaktion. Karin hade många gånger släpat med henne på museer, barnteater, allt möjligt, men Maja var aldrig intresserad. Den här gången var det annorlunda. Hon verkade helt förhäxad av de där konstverken. Först gick hon långsamt från det ena föremålet till det andra, betraktade dem länge med stora ögon och sträckte försiktigt ut handen och rörde vid dem.

Sedan var det som om hon letade efter något. Hon gick runt, runt i utställningslokalen och tittade överallt och när hon inte fann vad hon sökte ville hon in på galleristens kontor. Vi kunde inte hindra henne, hon skulle absolut in där. Och när hon kom in letade hon under skrivbordet och i skåpen, i en städskrubb och på toaletten. Hela tiden smackade hon med tungan som en ekorre. Vi hade aldrig tidigare hört det ljudet från henne. Hon betedde sig mycket märkligt. När vi skulle gå vägrade hon följa med oss. Vi fick bära henne till tåget, bitande och sparkande."

Vi hade passerat ängarna och var ute bland bergen. Vi rörde oss norrut igen. De varma dofterna av torrt gräs och multnande växter följde oss en bit och ersattes sedan av en kall doft av hav.

Jag blev en smula irriterad över att Jens varit i Göteborg den där gången utan att höra av sig till mig. Så lycklig jag skulle ha blivit om han ringt mig och föreslagit ett kort möte. Jag skulle ha rusat till vilken mötesplats som helst och struntat i alla andra planer. Att träffa Jens hade varit nästan lika underbart som att träffa Anne-Marie.

Vandringen hade blivit mer fysiskt krävande och vårt samtal hade upphört. Vi gick åter var för sig. Jens gick först. Jag lade märke till att han rörde sig ganska ovigt och till och med var en smula andfådd. När skjortan glipade i en rörelse såg jag att han hade en antydan till mage, vilket förvånade mig. Hittills hade jag uppfattat honom som oförskämt välbehållen och vältränad. Jag passerade honom och märkte att han hade svårt att hålla jämna steg med mig, vilket skam till sägandes gjorde mig en smula belåten.

På en hög bergknalle stod jag stilla och väntade på honom och låtsades finkänsligt som om jag beundrade utsikten. Jag behövde förresten inte låtsas för det var verkligen en fantastisk syn: Fjorden som öppnade sig mot den väldiga vidden av öppet hav. Öar med enstaka hus, vita som sockerbitar i solen. När jag stod där dök namnet Kristina Lindäng upp i mitt huvud. Jag visste att jag hört det tidigare, men mindes inte var.

Vi fortsatte och när vi gick nerför en brant sluttande bergssida kände jag igen den snårskogsfyllda klyftan nedanför oss. Det var klyftan som ledde till Musselstranden. Vi hade gått en lång omväg, men vi hade hamnat här till slut i alla fall.

Vi banade oss väg genom småekar, enar och snärjande kaprifolrankor. Återigen påmindes jag om det märkliga i att känna sig som om man vore miltals inne i en urskog och samtidigt uppleva denna starka doft av saltvatten, tång och musslor.

Vi trängde oss igenom enbuskväggen på det enda ställe där det var möjligt, alldeles intill berget. Också Jens mindes detta, för han tog sig direkt till rätt ställe.

Bländade av det skarpa ljuset stod vi på stranden. Det var lågvatten och musselbankarna låg synliga ute i viken. Kuddar av smutsigt havsskum skälvde i strandkanten.

Jag betraktade de stora stenblocken längs bergssidan. Brottytan i berget ovanför dem, platsen där de en gång varit fästade, lyste i solskenet med sin rödbruna, köttiga färg som skilde sig från den övriga klippytan. Då mindes jag plötsligt var jag hört namnet Kristina Lindäng. Det var så hon hette, kvinnan som Max hittat under stenblocken. Skelettet.

Jag berättade om vår upptäckt för Jens.

"Var det du som hittade henne?" sade han förvånat.

"Max. Min son", rättade jag.

"Jag läste om det i Bohusläningen. Jag köpte tidningen på en bensinmack på väg hit. Jag såg hennes namn och så mindes jag utställningen. Jag var inte säker just då, inte helt säker, men jag trodde att flickan som gjorde de där märkliga föremålen hette så. Kristina Lindäng. Är det verkligen sant att det var du som hittade henne, Ulrika?"

"Min son", sade jag igen.

"Men att ingen hittade henne tidigare", mumlade han.

"Det är inte så många fler än du och jag som känner till landvägen hit", sade jag. "Och med båt går det ju knappt att komma in. Man stannar där ute vid musselbankarna och tar musslor, men man tar sig inte iland för det blir så grunt. Och det här är ju inte precis någon badstrand. Jag tror det är väldigt sällan som någon är här."

Han satte sig på berget alldeles intill en av jättegrytorna. Den var fylld av vatten. Det växte sjögräs i den. Ovanför vattenytan satt saltet avlagrat i glittrande ringar.

Jag såg på honom och undrade för mig själv om Anne-Marie också blivit gråhårig. Jag kunde inte föreställa mig det.

"Kröp du in där själv?" frågade han.

Jag skakade på huvudet och gjorde en grimas.

"Nej, nej, aldrig. Det var bara pojkarna som var där."

"Jag kröp faktiskt in", sade han.

Jag stirrade på honom.

"Du? När då?"

"Häromdagen. Ja, jag kunde inte låta bli när jag läste det där i tidningen. Att det faktiskt fanns en sådan gång, jag kunde helt enkelt inte tro det. Att vi aldrig upptäckt den. Jag kröp hela vägen uppför sluttningen. Det finns små öppningar och springor överallt, det är inte särskilt mörkt. Fast väldigt trångt för en vuxen människa. När man kommer högst upp finns det ett ganska stort, plant utrymme. Det var tydligen där din pojke hittade henne. Där finns en öppning mot bergssidan, alldeles i jämnhöjd med klipphyllan där Maja stod."

Han reste sig och vi gick några steg framåt så att vi kunde se bergväggen som stupade i havet på andra sidan stenblocken. Det var svårt att se klipphyllan så som ljuset föll just då. Men några hopkurade trutar som satt på rad visade var den fanns.

Kristina

Det var tabletterna. Hon skulle inte ha tagit tabletterna. De hade somnat tillsammans som vanligt, tätt ihop i grottan med aprikosfärgade väggar.

De hade tagit landvägen dit och det hade varit varmt och tröttsamt att gå över bergen. På ett ställe hade de sett två män på väg till en segelbåt som låg förtöjd nere i en vik. Kvickt hade flickan hukat sig bakom en bergknalle. Där låg hon och tryckte som en harpalt tills männen passerat. Kristina hade aldrig sagt åt henne att gömma sig för människor. Hon gjorde det ändå.

I grottan hade flickan hållit henne vaken länge, kittlat henne med dun och skrattat. Men så hade hon slutligen kommit till ro och Kristina hade hört hennes regelbundna, sovande andetag.

När hon vaknade var hela världen förändrad. Inga solstrålar strilade genom klippblockens springor och lockade glitter ur väggarna. Utifrån kom bara ett gulgrått skymningsljus som lämnade större delen av grottan i mörker.

Platsen bredvid henne var tom. Det var första gången på sex veckor som hon vaknade utan den lilla varma kroppen intill sig.

Kristina trevade runt i mörkret, kände över bädden av dun och ormbunkar, från vägg till vägg. Flickan var inte där.

Ljuden därute. Rop. En båtmotor. Hur hade hon kunnat sova i detta oväsen? Hon som brukade vakna för minsta knäpp? Men det var tabletterna.

Hon kröp fram till öppningen som vette mot den branta bergväggen där trutarna brukade sitta och tittade ut.

Där fanns inga fåglar. Men på en klipphylla stod flickan.

Hon stod alldeles stilla med ryggen tryckt mot väggen och stirrade ner mot vattnet. Hyllan hon stod på var nätt och jämnt så bred att hennes fötter rymdes där.

Kristina smackade lätt, så som de brukade göra när de kallade på varandra. Flickan såg på henne med uppspärrade, skräckslagna ögon, men stod kvar. Hon tordes inte gå tillbaka. Kunde inte. Hon måste ha nått klipphyllan genom att tränga sig ut genom den trånga öppningen mellan stenblocken. Hon hade hamnat någonstans mitt på klippväggen och sedan tagit sig vidare genom att sätta händer och fötter i sprickor och utbuktningar. Hon hade klättrat uppåt med blicken framåt. Skulle hon ta sig tillbaka skulle hon bli tvungen att klättra neråt med fötterna först, utan att se var hon satte dem. Hon befann sig på en plats som man med stor tur och skicklighet kunde ta sig till, men inte ifrån.

Hur länge hade hon stått där? Antagligen hade hon vaknat före Kristina, kanske försökt väcka henne, men inte lyckats. Genom öppningen hade hon sett trutarna på klipphyllan och velat ta sig upp till dem.

Kristina grubblade intensivt på hur hon skulle kunna rädda flickan. Hade de varit ensamma skulle hon ha lockat henne att hoppa. Det var högt, men vattnet var djupt här vid bergväggen och flickan simmade som en fisk. Kristina skulle ha simmat ut och legat i vattnet nedanför och lockat på henne, så som en alkfågelhona lockar sina ungar att våga språnget från klipporna. Ocn när flickan hoppat skulle Kristina simmat bredvid henne, alldeles nära, runt det stora klippblocket och in till stranden. Så skulle hon ha gjort om de varit ensamma. Det skulle ha gått. Den lilla skulle ha vågat. Inte först, men till slut. Hennes tillit skulle ha varit tillräckligt stor.

Men nu var de inte ensamma. Från sin plats under klippblocket kunde hon inte se ner till havet, bara uppåt klippan. Men hon hörde de gälla, upprörda rösterna och motorn från en aktersnurra.

Snart blev det fler båtar, fler röster. Uppe på bergets krön dök det upp människor.

Mörkret föll och klippan upplystes av ficklampor och starka

strålkastare. Flickan stod pressad mot bergväggen, spetsad av ljusstrålarna som en uppnålad insekt. Hon var dödsförskräckt. Men helt tyst.

En man firades ner till flickan med ett rep om livet, tog henne i ett fast grepp och drogs åter upp. Människornas jubel ekade i fjorden.

Båtmotorerna vrålade igång, avlägsnade sig. Rösterna uppe på berget försvann. Allt blev tyst. Hon var borta.

Hon fortsatte som förut. Paddlade i fjorden och ut till skären när vädret tillät. Strövade över bergen och ängarna. Samlade skatter i sin korg. Hon satt vid bordet och fogade samman naturens lämningar, väckte liv i det som varit dött. Hon cyklade till affären, tvättade sina kläder, bakade sitt bröd.

Men hon färdades inte längre uppåt i ett torn av glas och ljus. Kristina kände ensamhet och det var en ny känsla för henne. Hon hade alltid tyckt att hon hade allt hon behövde. Hennes problem hade bestått i att värja sig för det onödiga, skydda sig mot det skadliga. Hon hade ofta längtat bort från människor. För första gången i sitt liv längtade hon *till* en människa. För första gången upplevde hon saknad.

Det vilade en imma av sorg över hennes värld. Alla platser där hon varit med flickan, stenar där den lilla suttit, berg där hon klättrat, ängar och stränder där hon sprungit, allt var överdraget med denna matta imma.

Sommaren tog slut. Fjorden tystnade. Vattnet blev svart och regnbyar drog mellan bergen.

Varje gång hon vaknade bland täckena på golvet ville hon sträcka ut handen och röra vid flickan. Reflexen satt kvar, fastän hon visste. Då, innan hon var riktigt vaken, var hennes minne av flickan så starkt – hennes doft, hennes mjuka hud, de kittlande pustarna från hennes andedräkt. Hon låg länge blundande för att hålla det kvar. När hon slog upp ögonen såg hon bara en tom plats. Men på väggen trängdes alla de små fågelfigurerna.

Långsamt mörknade det omkring henne.

Hon tog upp kajaken, bäddade in den i dess presenning och

surrade den vid husväggen.

Mörket trängde in i henne. Hon var inte tät längre. Det grävde sig in i henne, gröpte ur henne, fyllde upp hennes tomma brösthåla.

Aldrig hade tingen talat till henne som nu. Hon kunde höra deras röster så fort hon kom in i stugan. De viskade och ropade ur hennes lådor.

Hon lade upp dem på bordet – krabbsköldar, skatfjädrar, tussar av harpäls, det tunna skelettet av ett måshuvud. De talade till henne om vissnande, upplösning, uttorkning, sönderfall.

"Rör vid oss", bad de. "Väck oss. Ge oss liv."

Och hon tog i dem, fogade dem samman med lim och koppartråd och läderband, så att deras röster närmade sig varandra, flöt in i varandra, blev nya röster.

"Beskydda oss. Stärk oss", viskade de.

Och hon målade skyddande tecken på dem, flätade burar av grenar, klädde dem i hjälmar av aluminium och kappor av gräs och silvertråd.

Hon arbetade tills hon inte orkade mer och då lade hon sig på golvet och sov länge.

En dag kokade hon sig en termos med te. Hon packade termosen och tablettburken i sin ryggsäck och vandrade över de regnvåta bergen till stranden med klippgrottan.

Hon kröp genom gången upp till dunbädden. I öppningen mellan stenblocken kunde hon se en stor gråtrut sitta på bergväggen. Den burrade upp sig i regnet.

Hon hällde upp varmt te åt sig, tog tabletterna en och en, och svalde ner dem med teet. Hon tog god tid på sig. Hon slutade inte förrän burken var tom. Då lade hon sig ner. Hon frös inte längre.

Det blev mörkare i grottan. Det var truten som satt sig alldeles i öppningen. Vinden lyfte dunen i hans fjäderdräkt och fick dem att skälva. Blicken i hans öga var av gult, kallt glas.

Ulrika

”Jag kan göra maten”, sade jag. ”Om du vill skriva.”

Jens stod vid skafferiet och betraktade med fundersam min vad som fanns där inne. ”Utmärkt”, sade han och vände sig tacksamt mot mig. ”Min fru kommer och hämtar mig i morgon och jag vill gärna bli klar innan dess.”

Jag satte på mig ett schackrutigt förkläde som hängde på en krok på dörren, synade skafferiets och kylskåpets innehåll och använde all min fantasi för att hitta på något intressant med det som fanns där. Kryddor och orientaliska pastor fanns det gott om, och en hel del rotfrukter. Jag gjorde en gryta på blomkål, kålrot, squash, morötter, äpple och burktomater och kryddade med curry och chilipeppar. Till detta lagade jag couscous. Jag letade fram ett underlägg och ställde grytan på bordet, hittade en öl i kylen och rörde couscousgrynen fluffiga med en klick bordsmargarin.

”Maten är klar”, ropade jag.

”Mm. Kommer om ett litet, litet ögonblick”, svarade han.

Det kändes som ett gammalt äktenskap och det slog mig att det kanske hade kunnat vara det. Om Maja inte försvunnit den där sommaren, om familjen inte hade upplösts så plötsligt, om de allihop kommit tillbaka sommaren därpå och bjudit in mig igen och jag hade kommit dit med mitt nya självförtroende och sent väckta intresse för killar…

Nej, så hade det inte kunnat vara. För ett ungdomsförhållande hade knappast lett till äktenskap och ett äktenskap hade knappast hållit i så många år. Det skulle varit slut för längesedan. ”Nu får du komma annars blir det kallt”, ropade jag.

”Jag kommer.”

Jag började äta själv. Det diskreta trippandet därinne hade avlösts av ett annat ljud: det monotona brummandet från skrivaren.

"Måste du ha den där på när vi äter?" anmärkte jag när han äntligen dök upp.

Han hade bytt till de orangebågade. Han gick tillbaka och stängde dörren till sovrummet.

"Det är okey, va?"

Under måltiden pratade han på det där lättsamma, proffstrevliga sättet, ackompanjerad av det dämpade oväsendet från skrivaren. När den plötsligt tystnade gjorde han en paus och fortsatte sedan att prata. Höstsolen föll över det gamla träet i bordsskivan och förvandlade ölet i glasen till guld.

Efter maten gick han in i sovrummet och återvände med en bunt papper.

"Här har du något att läsa medan jag diskar", sade han. "Jag tror det är varmt nog att sitta på verandan."

Han hämtade en solstol från en garderob i hallen, bar ut den på verandan och fällde upp den.

"Så", sade han och tryckte till den lite för att känna att den stod stadigt.

Jag hängde min jacka över axlarna och satte mig i solstolen med pappersbunten i knät. Vattnet i fjorden var mörkblått och skiftande, som om någon skakat ut ett sjok tungt, gammaldags siden mellan bergen. Inifrån köket hörde jag Jens spola vatten. Annars var hela världen tyst.

Jag sänkte blicken till översta pappret. Där stod bara ett enda ord: *Kristina*. På nästa papper började texten: "*Det är en grå värld hon färdas i. Solen har ännu inte gått upp. Hon älskar denna värld som saknar både ljus och mörker, en värld utan skuggor, utan färger. Ingenting är riktigt synligt och inget riktigt dolt, allt är aningar, förväxlingar.*"

Jag läste förstrött medan jag då och då lyfte blicken mot fjorden och bergen. Sedan sögs jag allt djupare in i berättelsen. När jag slutat hade solen sjunkit och verandan vilade i skugga. Det var kallt.

Jag fällde ihop solstolen och tog den med mig in. Köket var tomt. Bordet avdukat. Disken torkad och undanplockad. Inte en vattendroppe på diskbänken.

Jag fortsatte ut i hallen och ställde in solstolen i garderoben under trappan. När jag sköt in den kände jag hur den stötte till något och orsakade ett ras. Jag kunde skönja en hög med serietidningar därinne i mörkret. De borde inte förvara dem så slarvigt. Några av dem hade kanske blivit värdefulla nu.

Jens satt i gungstolen i vardagsrummet och såg ut genom fönstret. Han lutade nacken mot den lilla orientaliska kudden med tofsarna och gungade långsamt fram och tillbaka. Hans blick var långt borta på andra sidan fjorden, uppe bland bergens toppar, där solen ännu lyste och lockade fram nya nyanser ur klipporna. Om han nu såg det. Han hade varken de röda eller orange glasögonen på sig. På bordet stod en tekanna, täckt av den gamla rutiga, vadderade tehuvan som familjen använde förr, och två keramikmuggar.

"Tror du det var så här?" frågade jag och höll upp pappersbunten framför honom. "En galen kidnapperska i en ljudlös kajak?"

"Kanske."

"Det är en god gissning", sade jag och lade papprena på bordet. "Det verkar rimligt."

"Rimligare än dina bergtagningshistorier i alla fall. Och det är mer än en gissning. Jag har forskat lite. Per telefon."

Han gjorde en gest mot mobiltelefonen på sjömanskistan.

"Jag har spårat ägaren till galleriet som ställde ut Kristina Lindängs föremål. Och via henne fick jag tag i kuratorn, Gudrun Samuelsson, som tog initiativet till utställningen. De två var väninnor, det var därför galleristen lät sig övertalas. Det var ju ingen utställning där hon kunde sälja något. Jag hade ett långt samtal med Gudrun Samuelsson. Hon är pensionerad nu, men hon minns Kristina mycket väl."

"Är det på hennes uppgifter du bygger den här historien?"

"Delvis. Vill du ha te?"

Jag nickade och slog mig ner i den blåvitrandiga soffan. Han tog av huvan och hällde upp te åt oss. Det gick inte att urskilja färgen i den mörka keramikmuggen, men jag kände på smaken att det var grönt te.

”Hon gav mig en del fakta om Kristinas bakgrund. Hon berättade att Kristina bodde på vår sida av fjorden, längst ut på udden. På Kalvön, som det kallas, fast det egentligen inte är någon ö längre. Det är bara tjugo meter till land och det har funnits en byggd förbindelse i många år. Men det har alltid varit ett isolerat ställe. Betesmarker mest.”

”Har du varit där?” frågade jag.

”Nej, men Gudrun Samuelsson körde dit för några år sedan och hon sade att det inte var något att se. Stugan är riven för längesedan. Det är någon som har köpt hela Kalvön, byggt en lyxvilla där och stängt av vägförbindelsen för obehöriga.”

”Kände hon Kristina väl?”

”Det var nog ingen som kände Kristina väl. Men hon visste en del om hennes bakgrund och hon försökte hålla en viss kontakt med henne sedan hon flyttat dit ut. Men det var svårt eftersom hon saknade telefon.

Gudrun berättade att hon hade blivit mycket orolig när Kristina försvann. Hon hade varit så deprimerad den sista gången Gudrun besökte henne. Hon hade bara legat på golvet på en hög med filtar och stirrat in i väggen. Framför fönstren hade hon hängt tygstycken, så att det var nästan mörkt i stugan. Det hade varit ostädat och knappt funnits någon mat i kylskåpet, vilket gjort Gudrun förvånad. Kristina brukade alltid vara så ordentlig.

Men allt det där hade hon märkt efter en stund. Det första hon sett när hon kom in var alla föremålen. Det var hundratals av dem. På alla ytor där saker kunde ställas fanns dessa märkliga föremål av fjädrar, ben, snäckskal och gräs. Hon såg dem inte så tydligt eftersom det var så mörkt i stugan, men hon såg tillräckligt för att inse att det inte längre handlade om något harmlöst terapiarbete. Det här var – för att använda hennes egna ord – ’omskakande, djupt berörande konst’.

Dunklet i stugan hade dessutom åstadkommit en märklig synvilla. Det hade förefallit henne som om sakerna på något vis vibrerade. Bara en liten, liten aning. Som om de andades och skälvde. Som om de faktiskt levde. Och samtidigt hade hon haft rakt motsatt känsla. Att de var döda. Att de var de dödaste föremål hon någonsin sett. De var – för att åter citera Gudrun Samuelsson – 'som döden själv. De utstrålade död. De andades död.' Jag minns att det var precis så jag upplevt de där sakerna på utställningen. Precis så.

Först hade hon trott sig vara ensam i stugan. Och när hon så fick syn på Kristina bland filtarna hade hennes första tanke varit att hon var död. Hon hade talat till henne utan att få svar. Då hade Gudrun böjt sig över henne och sett att hon levde. Hon hade stirrat rakt in i väggen. Och Gudrun hade sett vad hon stirrade på: små fågelfigurer, klottrade på väggen med kulspetspenna.

Jag bad henne beskriva fåglarna, men hon hade svårt att minnas dem. De var mycket små, 'gnetigt' ritade som hon sade. Jag frågade om det möjligen kunde vara någon annan än Kristina själv som gjort dem. Kanske ett barn? Enligt Gudrun Samuelsson var det inte troligt, eftersom Kristina aldrig tog emot några besök i sin stuga. Jag frågade om klottret förefallit henne barnsligt, och det kunde hon gå med på, men som hon sade 'Kristina var på många sätt ett barn'. Och hennes konstnärliga uttryck kunde förändras snabbt. Om de föremål Gudrun sett i stugan var resultatet av en explosiv, konstnärlig utveckling, så kanske detta primitiva klotter var en lika plötslig tillbakagång. Ett uttryck för den mentala vågdal som hon tydligen hamnat i."

"Frågade hon Kristina om klottret?" undrade jag.

"Det gick inte att få kontakt med henne. Gudrun Samuelsson fick intrycket att Kristina överdoserat sin medicin. När hon körde hem hade hon bestämt sig för två saker: Att Kristina måste omhändertas och få vård. Och att hennes konstföremål måste visas för allmänheten på en utställning.

Men det blev aldrig något omhändertagande. När Gudrun

återvände i sällskap med två ambulansförare var Kristina försvunnen. Inga tablettburkar gick att finna i stugan, trots att hon enligt sin läkare borde ha två burkar kvar av senaste förskrivningen. Hennes plånbok och andra personliga saker fanns däremot kvar. Allt tydde på självmord.

Att kroppen aldrig hittades var naturligtvis en dubbel tragedi för föräldrarna. Gudrun hade haft kontakt med dem ända sedan Kristina skrevs in på Lillhagen. Det var bland annat för deras skull som Gudrun varit så envis med att förverkliga sin dröm om en konstutställning. De har haft lite kontakt senare också. Fadern är inte längre i livet men modern hade hon talat med alldeles innan jag ringde. Hon var så glad att Kristina äntligen hittats och kunde få en riktig begravning."

"Men något barn såg hon aldrig hos Kristina?" frågade jag.

"Nej. Men hon var ju inte där på hela den sommaren. Hon åkte dit en eller två gånger om året bara."

"När hon var där sista gångerna då? Fanns det inget i stugan som tydde på att ett barn bott där?"

Han skakade på huvudet.

"Jag frågade henne. Men hon kunde inte minnas något sådant."

"Har du konfronterat Maja med den här historien?"

"Nej. Och jag tror inte det skulle vara någon idé."

"Var finns hon nu?"

"Strax norr om Stenungssund. I en gruppbostad för vuxna med beteendestörningar. Du har ju din bil här. Vi skulle kanske kunna åka dit imorgon. Ja, det skulle vi faktiskt kunna göra. Så får du träffa henne. Jag försöker få tag i Susanne och ber henne hämta mig där någonstans istället. Och du fortsätter ner till Göteborg efteråt."

"Jag måste hämta pojkarna på fritids före sex."

"Det blir inga problem."

Jens grep mobiltelefonen och ringde, men det var någon störning så han fick försöka senare.

Han letade fram en gammal kortlek och så spelade vi kortspel som vi båda trodde att vi glömt, men som vi erinrade oss bit för bit medan vi spelade. Ibland sade vi: ”Men så här kan det ju inte vara. På det här viset kan ju ingen vinna.” Eller så insåg vi plötsligt ”Men vad är det för poäng med det här.” Och så kom någon av oss ihåg hur det skulle vara och den andre kom ihåg lite till och så fungerade det. Märkligt nog hade vi riktigt roligt.

När mörkret föll tände vi stearinljus och öppnade en flaska vin. Jens lyckades få tag i sin fru och de bestämde att hon skulle hämta honom på Shellmacken i Stenungssund klockan tre nästa dag.

Jag kom ihåg att ringa och säga god natt till pojkarna, det hade jag inte gjort kvällen innan. De mådde bra. Hade varit på Vattenpalatset i Lerum och på kvällen hade de sett två videofilmer efter varandra, så de hade inte märkt att jag inte ringt. Jens hade gett mig urklippet från Bohusläningen och jag lovade pojkarna att de skulle få det när jag kom hem. Anders tog luren.

”Och var håller du hus?” frågade han beskt.

”Jag hälsar på en barndomskamrat i Tångevik”, sade jag.

”Du ringde inte igår ikväll.”

”Jag vet, men pojkarna bryr sig inte så mycket om det där nattandet längre. ”

”Det var någon som såg dig på Mickey's Inn med en billig typ. Inte för att jag har med saken att göra, men vet du vad det där är för ett ställe? Vet du vilka som går dit? Smygalkoholister och folk som vill ha ett lätt skjut. Rätt tragiska figurer, de flesta.”

”Det där har jag ingen aning om. Jag har aldrig varit där tidigare. Men du känner tydligen till det väl.”

”Jag skiter fullkomligt i vad du gör, Ulrika. Jag tänker på pojkarna. Du vet att Åse är en sjysst tjej, när de är här har de det bra. Det vet du, eller hur? Du behöver aldrig oroa dig. Men jag vet ingenting om vad du har för dig.”

”Jo då, det vet du. Jag forskar i bergtagningsmyten.”

Han fnös ljudligt.

”Du hämtar dem på fritids imorgon hoppas jag.”

”Det är klart.”

”Du låter inte ens nykter”, sade han och lade på.

Jens stod på verandan och jag gick ut till honom. Stjärnhimlen var av det överdådiga slag som den bara blir om hösten på landet. Man såg fler stjärnor ju längre man tittade. Havet var osynligt i mörket, men man kunde känna dess närvaro som en salt kyla mot ansiktet.

”Minns du när du pekade ut stjärnbilderna för mig?” frågade jag.

Det mindes han inte. Han mindes inte ens vad stjärnbilderna hette längre och kunde inte peka ut en enda utom Karlavagnen.

”Jag tyckte det var så befriande att det där med stjärnbilderna var människornas påfund. En tolkning bara. Jag gjorde mina egna stjärnbilder sedan. Hästen till exempel, sade jag.”

Och så pekade jag ut den för honom. Han kunde inte få det till en häst hur mycket jag än förklarade.

”Vad ska du göra med ditt manus?” frågade jag.

”Jag vet inte. Jag lägger undan det ett tag. Tar fram det och jobbar vidare sedan. Kanske blir det en bok. Eller så får det vara.”

Jag såg på honom där han stod i det svaga ljuset från måne och stjärnor. Det var inget ljus egentligen. Mer som de vita skuggorna på ett fotonegativ. Han stod framåtlutad med underarmarna stödda på verandaräcket och vinglaset i båda händerna.

Han hade berättat mycket för mig. Ändå hade han själv varit märkligt osynlig i dessa berättelser. Sitt nuvarande liv hade han inte sagt så mycket om. Han hade i förbigående nämnt två tonårsdöttrar. En fru på kurs i Köpenhamn Jag undrade vem han var egentligen. Smidig, välformulerad, behaglig att umgås med. Pedantisk – inte en smula i köket. Han hade fantasi – han hade levt sig in i en sjuk kvinnas värld. Inga anlag för klaustrofobi – han kröp hela vägen i gången under stenblocken.

Han hade två sätt att tala. Det ena var en sorts uppvisning. Jag hade en känsla av att han sagt de där sakerna hundratals gånger på samma sätt till olika människor. Som när han berättade om sitt yrkesval, bilaffischerna på Singapores flygplats, tidningsartikeln om morgondagens elit. Men när han berättat om Karins och Åkes bortlämnade barn, så hade han låtit annorlunda. Som om han uttalade orden för första gången. Som om jag var en lyssnare och inte en publik.

Han vände sig mot mig och betraktade mig forskande, kanske tänkte han samma undrande tankar om mig. Det slog mig att också jag varit förtegen om mig själv. Jag hade berättat en del om min forskning, men inget personligt. Och egentligen spelade det ingen roll. Våra nuvarande liv var oväsentliga här ute.

”Det är märkligt att vi är här båda två”, sade han.”Och att det har gått så många år. Det känns inte verkligt.”

Då gjorde jag det jag länge velat. Jag böjde mig fram och blåste långsamt på hans hår.

För tredje dagen i rad vaknade jag i familjen Gattmans sommarhus. Nu hade jag vant mig vid Anne-Maries säng och vindsrummet, och den första sekunden blev jag därför förvånad när både musselskalsmobilen och den fuktiga kylan saknades. Sedan såg jag den hopfällda power booken och skrivaren på bordet och mindes.

Jens var redan uppstigen, men dubbelsängen var fortfarande behagligt varm på hans sida. Jag rullade över till hans plats och lade ansiktet mot kudden, där hans lukt hade dröjt sig kvar. Han luktade verkligen otroligt gott. Med sina tjusiga glasögon, dyrbara tröjor och blänkande diskbänkar gav han inte intryck av att lukta någonting alls, men det gjorde han. Jag hade inte haft en aning om det förrän jag kvällen innan böjde mig fram och blåste på hans hår. Hade han luktat likadant när han var ung? Jag kunde inte minnas det. Kanske var lukten något som vuxit fram med åren, som det grå håret och hans längtan att skriva något annat än reklamtexter.

Jag är övertygad om att vi styrs av lukter. Vi hittar alltid på en massa rationella skäl till varför vi gillar eller ogillar människor, men det är lögn alltsammans. Vi luktar oss fram bara. Innan jag träffade Anders var jag tillsammans med en egocentrisk, urtrist doktorand som höll på med (och för allt vad jag vet fortfarande håller på med) en avhandling om invandrarbarns villkor, och varje gång jag tänkte göra slut trillade jag dit igen, för att karln luktade så syndigt gott. Det var som en drog. Egentligen är det ju ett ämne för en avhandling det med. ”Luktens betydelse för mänskliga relationer.” Förmodligen ett helt outforskat område.

Men nu luktade det kaffe. Och jag gick upp till Tors och Sigrids våning och duschade och tvättade håret. Jag torkade mig med Jens fuktiga badlakan som hängde över en stol i övre hallen. Jag visste inte hur hans fru såg ut, men jag skulle kunnat hålla en slant på att hon var ganska mager. Av hans sätt att ta i mig hade jag förstått att han inte var bortskämd med kvinnligt hull. De flesta män gillar mulliga kvinnor när de är ensamma med dem. Men när de visar sig offentligt vill de ha en slank dam vid sin sida; det är mer status i slanka fruar och de bär upp kläderna bättre.

Jag målade mig med mascaran i min handväska framför den spegel där Anne-Marie och jag en gång stått och målat oss sida vid sida. Jag önskade att jag haft ett klädbyte med mig, men hur skulle jag, när jag for hit för att titta in genom Gattmans verandafönster, ha kunnat ana att jag skulle bli kvar här i tre dagar?

Vi åt frukost och hjälptes åt att diska. Då och då rörde vi lätt vid varandra, såg på varandra, men sade nästan ingenting. Vi hade pratat så mycket de andra dagarna, det var skönt med tystnaden.

Så gjorde vi i ordning för avfärd. Jens vek ihop lakanen i dubbelsängen och packade ner dem i en exklusiv resväska av räfflad aluminium. Han lade power booken i sin särskilda väska och skrivaren i en annan. Det tog honom två minuter och sedan såg rummet ut som om han aldrig bott där. I köket packade han ner lite överbliven mat i en plastkasse. Mitt enda bagage var tidningsurklippet och Jens manuskript som jag fått av honom.

Vi stuvade in sakerna i min bil. I sista sekunden kände jag den rostiga reservnyckeln i jackfickan. Jag ålade in under verandan och lade tillbaka den i snäckan. Jens tyckte det var onödigt att lägga den där, varken Lis eller Eva kom längre ihåg det där med snäckan, men jag insisterade på att den skulle tillbaka på sin plats. När jag låg på alla fyra i den märkliga havs- och jorddoften och trevade efter snäckan i dunklet insåg jag att han med ”onödigt” kanske menat ”olämpligt”.

”Du behöver inte oroa dig”, sade jag när jag borstat av mina knän och armar och låste upp bildörren. ”Jag ska inte inte använda nyckeln någon mer gång. Jag tycker bara att man ska lägga tillbaka saker där man tog dem."

Han log, men sade inget, och klev in i min bil.

På håll såg huset ut som en vanlig, oansenlig enplansvilla. Det låg liksom utslängt i ett platt område med gulnade ängsmarker. Längre bort syntes en långgrund havsvik med simmande svanar.

När man rundade huset upptäckte man att det var större än man först trott. Två likadana huskroppar sköt ut som flyglar till den första och inneslöt en terrass med sidenaktigt grånade brädor och en murad eldstad. Byggnaden såg betydligt öppnare och mer inbjudande ut från det här hållet, med många fönster och dörrar.

Jens gick över terrassen och knackade lätt på en av dörrarna. Gardinen i fönstret intill drogs undan en aning. Halvt skymd bakom det vita bomullstyget såg jag henne. Det kan ha berott på kontrasten mellan den vita gardinen och det svarta i hennes hår och hud. Eller på just det där beslöjade. Men ansiktet jag såg där innanför glasrutan föreföll mig så oerhört exotiskt och främmande. I mitt minne var hon inte så mörk.

Hennes ena öga iakttog oss. Det andra var försvunnet i skuggan bakom gardinen. Jag kom att tänka på de trasiga leksaksglasögonen hon burit sista gången jag sett henne och som givit henne samma enögda blick.

Så föll gardinen tillbaka och dolde henne helt. Jag hörde steg därinne som närmade sig dörren. En oformulerad fråga, som vagt rört sig i mitt bakhuvud på vägen hit, steg upp i mitt medvetande med plötslig tydlighet: Hon är väl inte farlig? Våldsam? Jag kastade en hastig, undrande blick på Jens. Han svarade med en blinkning och ett litet hopknipet samförståndsleende. Sedan såg han mot dörröppningen och sade:

"Hej Maja."

Jag tittade dit. Hon hade öppnat dörren så tyst att jag inte hört det. Hon stod framför oss, mycket smal och späd, lika mörkhyad som en afrikan. Det tjocka, svagt böljande håret bar hon samlat till en svans som räckte henne till korsryggen. Hon bar jeans och en röd collegetröja med vitt tryck. Tröjan var billig och ful, förmodligen inköpt på någon stormarknad, men hennes egna mörka färger fick det röda tyget att glöda och de dumma, vita bokstäverna att lysa som hemliga tecken. På fötterna hade hon gymnastikskor. Det var svårt att tro att hon var tjugoåtta år. Hon var späd som en fjortonåring.

”Det här är Ulrika. Henne kommer du väl ihåg från Tångevik?” sade Jens.

Osäkert sträckte jag fram min hand. Det var bara ett ögonblick jag höll den där framför henne, men det kändes som en evighet innan hon långsamt lyfte armen. Handen som stack ut ur den alltför långa tröjärmen var den smalaste jag sett. Jag tog lätt om den. Jag fick en känsla av jag kunde göra henne illa om jag kramade den för hårt. Jag var nära att skratta när jag tänkte på min oro över hennes eventuella våldsamhet.

Jens hälsade genom att mycket lätt lägga sin hand på hennes överarm.

”Kan vi komma in en stund?” frågade han.

Det fanns ingenting i hennes ansikte som tydde på vare sig ogillande eller glädje. Det verkade inte som om hon hört frågan. Men Jens upprepade den inte, väntade bara tålmodigt. Så öppnade Maja dörren på vid gavel och gled mjukt åt sidan så att vi kunde komma förbi.

”Tack ska du ha”, sade Jens.

Vi kom direkt in i hennes rum. Det var enkelt och vackert möblerat, med ljusa träslag och textilier i blekrosa, solgult och lindblomsgrönt. Där fanns ett pentry och ett tvättrum med dusch och toalett. Rummet var stort. Jag hade väntat mig att det på sin höjd skulle rymma en säng och ett skrivbord, men där fanns även plats för ett matbord, en soffgrupp och – vilket fick mig att haja till – en bokhylla som löpte från golv till tak och var så full med böcker att flera av dem lagts horisontellt ovanpå de andra för att få plats.

”Läser...” Jag sökte efter rätt pronomen. Att tala om Maja i tredje person var kanske oartigt. Å andra sidan var väl Jens den enda som skulle svara. Jag vände mig ändå till Maja. ”Läser du?”

Maja stod framför mig som om hon lyssnade, hon drog sig inte undan, men hennes ansikte var helt uttryckslöst.

”Hon slukar böcker”, svarade Jens.

”Å”, sade jag förvånat.

Jag läste titlarna i bokhyllan. Det var en hel del skönlitteratur, kända titlar som man hittar i de flesta bokhyllor.

”Så fint du har det här inne”, sade jag.

Jag menade det. Allting i rummet var smakfullt, harmoniskt och behagligt. På en byrå stod en tennbägare med torkad ljung. På väggen hängde några akvareller med bohusmotiv. Det enda som gav en antydan om att det inte var ett vanligt hem var, slog det mig efter en stund, avsaknaden av mattor. Golvet var täckt av en inlagd plastmatta mönstrad som gräddvit marmor. Det gav rummet ett sydländskt utseende, som kontrasterade mot det nordiska möblemanget.

”Hur har du det, Maja?” frågade Jens. ”Bra?”

Frågan föll ner i henne som en sten i en brunn.

”Maja”, sade jag. ”Har du någon gång varit hemma hos en kvinna som hette Kristina? Som gjorde saker av snäckskal och ben och fjädrar?”

En krusning i ytan?

”En kvinna med långt hår”, fortsatte jag. ”Bodde du i hennes stuga när du var liten? Tog hon dig med i sin kajak?”

Ett svagt ljud hördes från hennes näsborrar, när hon pressade ut luften i en lång utandning. Ett ögonblick fick jag för mig att det var inledningen till ett yttrande. När hon drog efter andan igen iakttog jag henne spänt. Hon andades ut genom näsan på samma långsamma sätt. Hon lät som en människa som sover. Djupt och rofyllt. Men hennes ögon var öppna och hon vek inte undan med blicken. Hon såg rakt på mig. Hennes ansiktsuttryck var lyssnande, avvaktande. Som om det var hon som ställt en fråga och jag som skulle svara.

Sekunderna gick och tystnaden blev allt tyngre, till slut nästan outhärdlig. Jag var tacksam när Jens bröt den.

”Ulrika har ju aldrig varit här förut. Hon kanske vill se sig om lite. Är det okey om vi går runt lite, tror du?”

Han gav Maja tre sekunder att visa sitt ogillande eller hindra oss från att gå ut. Sedan tog han hennes tystnad för samtycke.

”Då gör vi det. Kom Ulrika.”

Vi gick ut genom en annan dörr och hamnade i en korridor. Maja stannade kvar i sitt rum.

”När lärde hon sig läsa?” frågade jag.

”Hon var elva, tolv nånting, tror jag. Mamma hade tagit hem henne från särskolan, för där fungerade det aldrig. Hon undervisade henne själv. Hon prövade med olika metoder för läsinlärning. Maja var inte intresserad. Ville inte skriva av några bokstäver. Höll sig till sitt ritspråk.”

”Ja?”

”Och sedan upptäckte mamma bara att hon kunde. Att hon satt med böcker och tidningar framför sig. Först trodde mamma det var en bluff. Hon testade henne genom att skriva små meddelanden om saker som hon skulle hämta. Och Maja kom tillbaka med precis rätt saker.”

”Skriver hon också?”

”Inte ett ord. Det är precis som med talet. Bara input. Ingen output.”

Han stannade utanför en öppen dörr. Därinne satt en ung man vid en dator. Bredvid honom fanns ytterligare en dator som ingen använde.

”De här datorerna har de försökt få henne att använda”, sade Jens. ”I ett av programmen är man tvungen att skriva sina meddelanden för att få datorn att göra som man vill. Hon är inte speciellt intresserad överhuvudtaget, men hon kan sitta och pilla en stund och kolla lite vad som händer på skärmen. Men så fort hon måste skriva något, så lägger hon av. Inte ens med datorn vill hon prata.”

”Men Jens, alla de där böckerna, har hon verkligen läst dem?”

”Ja. De flesta åtminstone.”

”Men förstår hon vad hon läser då?”

Han ryckte på axlarna.

”Någon behållning måste hon väl ha av det. Jo, jag tror att hon förstår. Jag tror faktiskt hon förstår allting hon läser och allting hon hör alldeles perfekt. Det är som om hon tänker ’Okey, jag känner till er värld och jag accepterar att jag måste leva i den. Men begär inte att jag ska delta i det här spektaklet.’ ”

Vi gick vidare till ett kök, rymligt och välutrustat med alla upptänkliga hushållsmaskiner. Vid diskbänken stod en tjock, trumpen kvinna och penslade bullar på en plåt. En rödhårig kvinna plockade disk ur diskmaskinen. Jens hälsade nickande. Den rödhåriga, som tydligen var personal, växlade några ord med Jens. Den tjocka blängde surmulet.

Vi fortsatte vår husesyn och gick in i den kakelklädda tvättstugan där en stor tvättmaskin var igång. Något rosafärgat roterade innanför det runda fönstret. Jens drog mig intill sig, kysste mig lätt på pannan och stod kvar med armarna om mig, alldeles stilla. Rätt genom den parfymerade tvättmedelsdoften kände jag hans lukt.

”Vilka är det som bor här?” frågade jag in i hans tröja.

”Yngre personer – det vill säga mellan arton och fyrtio år. Fyra män och två kvinnor. Det finns en kille, Andreas, som är autistisk, men han har tillfrisknat mycket de senaste åren. Som barn var han helt isolerad i sig själv. Han är så gott som normal nu. Han är en underbar konstnär. Du ska få se hans grejer i ateljén.”

Han talade vid mitt hår och vred oss båda långsamt från sida till sida. Jag andades in honom, drog i mig honom med behärskad girighet, som en kokainist drar i sig sin sträng.

”Resten av dem är väl psykotiska tror jag. Men alla är lugna och fina. Det är villkoret för att komma hit. Att man inte går bärsärkagång eller så. Fast jag antar att de är rätt drogade med mediciner.”

Vi gick ut i ett stort vardagsrum med fönster mot terrassen. Där fanns en vitkalkad öppen spis och soffor med Josef Frank-tyg. Jag förstod att man inte ville ha några bärsärkar här.

Jag hade trott att Majas rum var inrett av Karin eller möjligen av henne själv. Men nu såg jag att det var samma person som inrett det här vardagsrummet och kanske också alla de andra bostadsrummen. Väggarna pryddes av liknande akvareller som dem hos Maja. Ett inredningsproffs. Det gjorde mig lite besviken. Jag hade trott att Majas rum uttryckte något av henne själv. Men inte ens tavlorna på väggen hade hon alltså valt själv. Och hennes kläder – förmodligen hade de bara varit det allra första hon fått syn på när hon kom in på stormarknaden. Hon hade inte ens brytt sig om att leta fram en tröja i rätt storlek. Om hon alls köpt den själv. Kanske hade någon annan köpt kläderna åt henne. När jag tänkte tillbaka slog det mig att ingenting i hennes rum varit personligt. Egentligen inte böckerna heller. Internationella bestsellers som någon bokklubb valt ut åt henne.

I soffan satt en kille med renrakat huvud och ring i örat och tittade på tv. Han verkade otålig och satt med fjärrkontrollen riktad mot apparaten, beredd att byta kanal vilken sekund som helst. Han var stor och muskulös och fick mig att känna mig en smula obehaglig till mods.

”Hej, Andreas. Det här är Ulrika, en gammal vän till Maja och mig. Har du lust att visa oss ateljén?” sade Jens vänligt.

Andreas reste sig snabbt och följde med oss utan att släppa greppet om fjärrkontrollen.

Ateljén var ett stort ljust rum. Bortre delen var avsedd för musiklyssning med kuddar på golvet och en ljudanläggning. Resten av lokalen inrymde ett stort bord som tydligen var arbetsplats för olika aktiviteter: snickeri, måleri, keramik. Två män arbetade gemensamt med en modell av ett segelfartyg.

”Har du gjort något intressant sedan sist?” frågade Jens och Andreas rotade fram några uppspända dukar som stod lutade mot väggen.

Det var surrealistiska motiv, utförda med stor teknisk skicklighet. Människor i tunnlar, spiraltrappor och höga torn. Vi uttryckte vår beundran.

”Har Maja gjort något?” frågade Jens.

Andreas skrattade.

”Hon har väl en del grejer där borta”, sade han.

Han gick bort till en hylla under en bänk och drog fram en massa papper. Jens bläddrade långsamt igenom dem och räckte dem till mig allteftersom han tittat på dem. Det var fåglar. Samma sorts fåglar som hon ritade när hon var liten. ”Gnetiga”, som kuratorn kallat dem. Men alldeles tydliga fåglar. Rad efter rad. Papper efter papper. Tusentals fåglar.

”Jaha”, sade Jens. ”Hon har inte förnyat sig precis.”

Andreas storskrattade. Han hade ett obehagligt, bullrigt skratt.

”Hon gör trettio sådana papper om dagen, jag lovar dig.”

”Det har hon gjort sedan hon var fyra år”, sade Jens. ”Jag undrar hur många papper det blir? En hel skog antagligen.”

”Och inte två fåglar är lika”, påpekade Andreas.

Jag bläddrade tillbaka och betraktade fåglarna på nytt. Vid första anblicken föreföll de oerhört lika, som om de var tryckta med några få stämplar. Men tittade man noga såg man att det alltid var någon detalj som skilde dem åt. Andreas hade rätt. Det gick inte att hitta två som var lika. Fåglarna stod upprätt, låg ner i tryckande, ruvande ställning, svävade, flaxade. Höll vingarna på olika sätt, höll halsarna på olika sätt, vred huvudena på olika sätt. En del föreföll små och nätta, de kunde vara tärnor eller skrattmåsar, andra var kraftfullare, gråtrutar kanske, eller möjligen ejdrar.

Jag räckte Jens pappersbunten och han stoppade tillbaka den under bänken. Den rödhåriga kvinnan tittade in och frågade om vi ville ha nybakta bullar.

I köket samlades husets invånare kring det stora furubordet. Maja kom sist. Innan hon satte sig gick hon fram till kylskåpet, tog fram en tillbringare med röd saft och hällde upp i ett glas. Hon drack tydligen inte kaffe som de andra.

Det var ett stillsamt bullkalas tills Andreas började retas med den tjocka kvinnan, som såg ut som ett åskmoln i ansiktet. Ju argare hon blev, desto roligare tyckte han det var. De andra bad honom att sluta. Till sist reste sig kvinnan, hävde ur sig en förbluffande lång harang med svordomar, könsord och förolämpningar och lufsade därefter ut i korridoren. Strax därpå hörde man smällen från en dörr.

Andreas låg över bordet och höll på att kvävas av bulle och skratt. Av de andras kommentarer förstod jag att det inte var första gången det här inträffade. De andra försökte hela tiden få honom att sluta skratta, men Andreas hade råkat in i någon sorts patologisk skrattattack som han inte kunde avbryta.

”Han ligger tio år efter”, sade en av männen förklarande till mig.

Jag antog att han menade att Andreas mentalt var tio år yngre än vad hans kropp var. Han var kanske tjugotvå, så då skulle han vara tolv år inuti. En retsam lillbrorsa. Jag undrade hur gammal Maja var mentalt. Tänkte hon som en tjugoåttaåring?

Maja lyfte blicken från sitt saftglas och såg på Andreas över bordet. I hennes ögon fanns inget klander. Hon bara betraktade honom, öppet, uttryckslöst och länge. Och Andreas skratt upphörde som om någon stängt av det med den fjärrkontroll som låg bredvid honom på bordet. Han såg förvirrad och yrvaken ut. Han sträckte på sig, blinkade bort en skrattår och strök hastigt undan bullsmulorna från munnen.

Stämningen blev lugnare och någon frågade mig vad jag jobbade med. Det gav mig osökt anledning att berätta några bergtagningshistorier och den rödhåriga personalkvinnan lämnade egna bidrag, bland annat en lokal version av Klösmärkena-på-fönsterbrädan.

Vi tackade för bullarna, tog adjö av Maja och lämnade gruppbostaden.

Det var ett annat väder nu. Inte alls så varmt och behagligt som de föregående dagarna, när man kunde gå ut utan jacka och sitta i en solstol på verandan. Det var fortfarande sol, men den var blekare, mer metallisk, och luften hade ett sting av vinter. Det kändes skönt att komma in i bilen.

”Jaha”, sade Jens när jag körde ut på huvudvägen. ”Kände du igen Maja?”

”På sätt och vis är hon ju sig lik.”

”Hon blir nog aldrig bättre än så här. En utveckling som Andreas kan man inte hoppas på längre.”

”Ibland är tystnad att föredra”, sade jag.

”Lade du märke till hur lätt Maja fick tyst på honom?”

”Ja. En blick bara.”

”Jag har tänkt på det där”, sade Jens. ”Själv påverkas hon aldrig av någon. Men hon har en märklig förmåga att påverka andra. Fastän hon inte gör någonting. Eller just därför. I Provence besökte jag en gång ett gammalt nunnekloster som inte längre var i bruk. Man kunde gå runt och se hur nunnorna levt där. I en av cellerna var ett svart tygstycke uppspänt på utsidan av fönsterrutan. Guiden berättade att nunnorna hade varit förbjudna att äga speglar, eftersom de ansågs inbjuda till syndig fåfänga. Någon av nunnorna kom då på det här med tyget bakom glaset. Den svarta, blanka ytan gjorde det möjligt att spegla sig. De kan inte ha blivit särskilt fåfänga av den spegelbilden. Du vet hur man brukar se ut när man speglar sig i mörka fönster, dubbelexponerad och konstig.

Jag har tänkt att Maja fungerar som en sådan svart spegel. En annan människa brukar annars vara ett fönster, genom henne ser man ut i en annan värld. Men Maja är bara en mörk, blank yta och allt man ser hos henne är bilden av sig själv. Frågar man henne något så får man sin egen fråga tillbaka. Du märkte nyss hur obehagligt det är. Och när man kramar henne upplever man inte ömhet och gemenskap utan bara sin egen längtan. Blir man arg på henne möter man sin egen ilska och vanmakt.

När man ser Maja ser man bara sin spegelbild, men inte klart som i vanliga speglar, utan mörkt, oskarpt, en spökbild. Det är en fasansfull upplevelse som inte lämnar någon opåverkad.

Jag tror det var vad som hände vår familj. Var och en såg sig själv i den svarta spegeln. Och alla reagerade olika på det.”

Jag körde in på Shellmacken. Vi var tidiga. Jag gick ur för att tanka medan Jens satt kvar i bilen. Råkalla vindpustar ryckte i mina sedlar. När jag försökte mata in dem i automaten – den var kräsen som ett småbarn och spottade ut gång på gång – bromsade en bil in på andra sidan automaten och en man klev ur. Nästan samtidigt lyfte vi av pistolhandtagen till varsin pump. Han fick syn på mig och hejade glatt:

"Trollen har inte tagit dig än, ser jag."

Det var Jan-Erik Liljegren, polisen som jag var på Mickey's Inn med.

"Nej", sade jag. "Jag aktar mig. Hur är det med dig?"

"Det är fantastiskt. Livet är underbart. Har aldrig mått så bra", hojtade han medan han fyllde i bensinen.

Det satt en kvinna i framsätet. Jag undrade om det var frun som tagit tillbaka honom eller en ny kvinna. En av de tragiska figurerna från Mickey's Inn kanske.

"Det var roligt att höra." Jag måste skrika för att överrösta pumparnas brummande. "Du ser verkligen pigg ut. Är det något nytt som har hänt?"

" Jaa... Eller nej. Egentligen inte." Hans svar tycktes förvåna honom själv. "Det är inget nytt direkt. Snarare..." Han ryckte på axlarna och hängde tillbaka pistolhandtaget.

"Man blåser bort lite damm från det gamla", sade jag.

Han nickade instämmande och ivrigt medan han skruvade fast tanklocket.

"Du har så rätt. Det viktigaste har nog redan hänt. Man blåser bort lite damm från det gamla bara. Så är det."

Skrattande och vinkande hoppade han in i bilen, startade och rullade vidare genom sitt underbara liv.

Det var fortfarande gott om tid tills Jens fru skulle hämta honom så jag körde bort och ställde mig på ett tomt område av bensinmacken. Jag slog av motorn. Vi tittade på våra armbandsklockor och sedan på varandra.

”Vad händer nu?” sade han.

”Vi sitter i en bil på Shellmacken i Stenungsund. Så vitt jag kan se är det allt som händer just nu”, sade jag.

”Och sedan? ”

”Sedan kommer din fru och hämtar dig och kör dig till Stockholm. Och jag åker till Göteborg och hämtar mina pojkar på fritids.”

”Och sedan?”

”Inte vet jag. Vad vill du ska hända?”

Han suckade och tittade upp i biltaket.

”Det var inte bara för att skriva som jag åkte till Tångevik. Jag åkte dit för att tänka. Det är mycket i mitt liv jag behöver tänka över. Jag står i någon sorts korsväg.”

Han suckade igen och såg bekymrad ut. Jag försökte muntra upp honom lite:

”Där står man jämt, tycker jag. ’Jag har bott vid en korsväg i hela mitt liv.’ ” Jag gnolade lite på Edvard Perssons melodi och han log snett.

”Jag är glad att jag åkte dit”, fortsatte jag. ”Jag är tacksam för att jag fick läsa din berättelse om Kristina. De där veckorna när Maja var försvunnen, de har varit som ett hål i mitt liv. Din berättelse har fyllt igen det.”

”Ja, det var väl det jag försökte. Men jag vet inte om jag lyckades.”

Jag böjde mig mot honom och snusade lite på hans hals.

”Du luktar gudomligt. Men det vet du förstås”, sade jag.

”Nej”, skrattade han. ”Vad luktar det?”

”Du.”

Han smekte mig över kinden.

”Har ingen sagt det till dig?” frågade jag. ”Att du luktar så gott?”

”Nej. Inte just det faktiskt.”

Kunde det vara sant? Det kanske bara var jag som kunde känna den där lukten.

Han tittade på klockan igen. Så drog han fram sin plånbok och rotade fram ett visitkort med sin adress och sitt telefonnummer. Jag tog upp min handväska och letade fram ett av mina visitkort. Vi såg på varandra och på våra kort. En smula tveksamt lämnade vi över dem till varandra, som två barn som byter sina käraste bokmärken. När han stoppade ner mitt kort i plånboken fick han syn på något annat och sken upp.

”Å, det här måste du se.”

Han räckte mig ett amatörfoto. Det föreställde en otroligt tjock, blond kvinna som stod invid en utomhusgrill. Hon var klädd i shorts och linne, fettet vällde åt alla håll. Kroppen var vänd mot grillen, men hon vred på huvudet och såg rakt in i kameran.

”Vet du vem det är?” frågade Jens.

”Inte en aning.”

”Det är Anne-Marie.”

”Va?”

Han skrattade åt min förvåning.

”Det är inte sant.”

”Jo då. Känner du inte igen henne?”

Jag lutade mig fram och höll fotot närmare vindrutan. Jag betraktade ansiktet. Den vackra sluttande amorbågen. Jo, det var Anne-Maries mun. Lätt grimaserande, som om hon höll tre körsbär där inne och när som helst skulle spotta ut kärnorna. Hon hade ett listigt uttryck i ögonen. Jag fick för mig att hon lekte kurragömma och retades med betraktaren. Inifrån denna jättekvinna såg Anne-Marie på mig. Min gyllene Anne-Marie. Honungs-Anne-Marie. Bergtagen i sitt fett.

”Gode Gud, det är hon”, sade jag.

”Du pratade ju om att åka till USA och intervjua folk som kidnappats av UFO:n. Om du kommer till New Mexico så kan du ju hälsa på henne. Hon skulle bli jätteglad, det är jag säker på. Ring henne om du ska dit, du kan få numret av mig. Skriva är ingen idé, man får aldrig svar. Men ring. Eller bara åk dit, det är det bästa. Jag kan garantera att du får bo där. Hon har gott om plats."

"Har hon familj?"

"Hon har tre barn. Man vet jag inte. Hon har varit gift och skild och sambo så många gånger att jag inte kan hålla reda på det. Men det är alltid killar med gott om pengar. Stora hus och många bilar."

"Och mycket mat", sade jag.

"Fel mat mest, tror jag. Hon är nästan oigenkännlig eller hur?"

"Man ser ändå att det är hon. Det lyser om henne", sade jag.

För det såg jag nu. Till och med på det här dåliga fotot, till och med i den där feta kroppen, hade hon någon sorts strålglans, en blick i ögonen, ett drag över munnen, något fräckt och lockande och oåtkomligt. Eller var det bara som jag inbillade mig? Var det bara för att Jens sagt att detta var Anne-Marie? Innan han talade om det för mig hade jag ju bara sett en överviktig, medelålders kvinna utan någon som helst utstrålning. Var det kanske bara Anne-Maries namn, minnet det väckte, som strålade?

"Anne-Marie lyser och jag luktar gudomligt", muttrade Jens och stoppade tillbaka fotot.

"Så är det", sade jag. "Ni tillhör den doftande, lysande familjen. Familjen med honungs- och äpplemustglans."

Jag kysste honom och i samma ögonblick svängde en liten japansk bil upp alldeles invid oss.

"Det är Susanne. Nej, sitt kvar, jag tar mina grejer själv."

Han klev ur samtidigt som kvinnan i bilen bredvid. Hon öppnade bilens baklucka och hjälpte Jens att bära över hans bagage från min bil. Hon var klädd i roströd yllekavaj och hade kort, svartfärgat hår klippt i taggiga flikar kring pannan och tinningarna. Hennes rörelser var snabba och ekonomiska. Raskt stuvade hon om sitt eget bagage och packade in Jens grejer på ett sådant sätt att alltihop fick plats i det minimala utrymmet. Hon var mager som en bergsget.

Jens gjorde tecken åt mig att veva ner rutan. Det gjorde jag och han böjde sig ner, stack in handen och drog lätt med pekfingrets baksida utefter min kind och mun. Vi såg på varandra, men ingen sade något.

Sedan vände han sig och gick tillbaka till Susannes bil. Hon hade redan hoppat in på passagerarplatsen och Jens satte sig vid ratten och ändrade stolen till passande läge. Det där förarbytet verkade vara en självklarhet för dem. Men det var förstås inte så underligt, hon hade ju kört ända från Köpenhamn och de hade hela sträckan till Stockholm kvar.

Jens startade och körde ut från macken och jag körde efter.

Hela vägen till Göteborg följdes vi åt längs motorvägen. Ibland körde jag om Jens, ibland körde han om mig. I början var det av en händelse, sedan blev det en lek. Vi körde inte fort, det var ingen kappkörning. Vi bara passerade varann då och då och fick en sekundsnabb glimt av varann genom bilfönstret.

Vid infarten till Göteborg gled deras bil över till ett annat körfält och flöt in i den tjocka strömmen av bilar, som i en sväng leddes bort till E20 mot Stockholm.

Ett lätt molntäcke vilade över staden, men ovanför gasklockan skimrade den vita himlen som insidan av ett musselskal. Klockan var tjugo i fyra. Jag kunde hämta Max och Jonatan tidigt på fritids. Jag längtade efter dem.